네메시스

NEMESIS
by Philip Roth

이 도서의 국립중앙도서관 출판예정도서목록(CIP)은
서지정보유통지원시스템 홈페이지(http://seoji.nl.go.kr)와
국가자료종합목록 구축시스템(http://kolis-net.nl.go.kr)에서 이용하실 수 있습니다.
(CIP제어번호: CIP2015012258)

Philip Roth

NEMESIS

네메시스

필립 로스 장편소설 | **정영목** 옮김

문학동네

일러두기

1. 주석은 모두 옮긴이주이다.
2. 본문 중 고딕체는 원서에서 이탤릭체로 강조한 부분이다.

H. L.에게

차례

1
폭염의 뉴어크

그해 여름 첫 폴리오는 6월 초, 메모리얼 데이* 직후, 우리가 살던 곳에서 시내를 가로지르면 나오는 가난한 이탈리아인 동네에서 발병했다. 그곳에서 한참 떨어진 도시 남서쪽 구석의 위쾌이크 유대인 구역에 살던 우리는 그 소식을 전혀 몰랐으며, 묘하게도 우리 동네만 빼고 뉴어크 전역의 거의 모든 동네에 한 건씩 나타났던 이후의 여남은 건에 관해서도 전혀 듣지 못했다. 도시 전체에서 거의 마흔 건이 발병한 독립기념일**이 되어서야 석간 신문 1면에 "보건국장 부모들에게 폴리오 경보 발령"이라는 기

---

* Memorial Day. 미국의 기념일 가운데 하나로 전쟁에서 사망한 사람을 기리는 날이다.

** 7월 4일.

사가 등장했는데, 이 기사는 보건국장 닥터 윌리엄 키텔이 부모들에게 아이들을 면밀히 관찰하여 두통, 인후통, 구토, 목의 경직, 관절통, 열 같은 증상이 나타날 경우 의사와 상담하라고 주의를 주었다고 보도했다. 닥터 키텔은 폴리오 마흔 건 발병은 폴리오 철의 초기에 보통 발병하는 건수의 두 배가 넘지만, 인구가 42만 9천 명임을 고려할 때 이것을 두고 결코 회백척수염*이 유행한다고 말할 수는 없다고 분명히 밝혔다. 여느 여름과 마찬가지로 올해도 관심을 갖고 적절한 위생적 예방 조치를 취하는 것이 마땅하지만, 아직은 이 병이 가장 창궐했던 시기로 기록된 이십팔 년 전에 부모들이 "당연히" 가질 수밖에 없었던 불안을 느낄 만한 이유는 없다는 것이었다. 그 시기란 1916년을 말하는데, 이때 미국 북서부 여러 주에 폴리오가 유행해 2만 7천 건 이상 발병하고 6천 명이 사망했다. 뉴어크에서는 1360건이 발병하여 363명이 사망했다.

그뒤로 발병 건수가 예년 수준으로 줄어 폴리오에 걸릴 가능성이 1916년보다 훨씬 적어진 해에도, 아이가 영원히 기형적인 불구자가 되거나 철폐鐵肺라고 알려진 원통형 금속 인공호흡기 밖에서는 숨을 쉴 수 없게 되는—또는 호흡기 근육 마비로 죽음

* 폴리오의 공식 명칭인 poliomyelitis의 우리말 번역.

에 이를 수도 있는—이 마비를 일으키는 병 때문에 우리 동네 부모들은 상당한 불안에 사로잡혔고, 그 바람에 여름 몇 달 동안 학교에 가지 않고 하루종일 또 긴 어스름녘까지 밖에서 놀 수 있던 아이들의 마음의 평화도 깨지고 말았다. 폴리오를 심하게 앓고 난 뒤의 무서운 결과에 대한 걱정은 이 병을 치료할 약이나 면역력을 줄 백신이 존재하지 않는다는 사실 때문에 더 심해졌다. 폴리오—주로 걸음마를 하는 아이에게 전염된다고 생각하던 때에는 소아마비라고 부르기도 했다—는 누구나 걸릴 수 있었고, 뚜렷한 원인도 없었다. 열여섯 살 이하의 아이들이 주로 걸렸지만 어른들 역시 심하게 감염될 수 있었다. 당시 미합중국 대통령이 바로 그 예였다.

가장 유명한 폴리오 피해자인 프랭클린 델러노 루스벨트는 서른아홉의 힘 좋은 나이에 병에 걸렸고, 그뒤로 걸을 때면 부축을 받아야 했고, 부축을 받을 때도 골반에서 발까지 쇠와 가죽으로 만든 보조기를 차야만 설 수 있었다. FDR*가 백악관에 있는 동안 설립한 자선단체 '10센트의 행진'은 연구와 환자 가족에 대한 경제적 지원을 위해 모금을 했다. 부분적인 또는 심지어 완전한 회복도 가능하기는 했지만, 그것은 값비싼 병원 치료와 재활 훈

* 프랭클린 델러노 루스벨트(Franklin Delano Roosevelt)의 약칭.

련을 몇 달 또는 몇 년씩 받고 난 뒤의 일이었다. 매년 모금운동 기간마다, 미국의 어린이들은 병과 싸우는 것을 돕기 위해 학교에서 10센트를 기부하고 극장에서 안내원들이 돌리는 모금 캔에 10센트를 던져넣었고, 전국의 상점과 사무실과 학교 복도의 벽에는 "당신도 도울 수 있습니다!"와 "함께 폴리오와 싸웁시다!"라고 적힌 포스터가 붙었다. 휠체어를 탄 아이들―다리 보조기를 차고 수줍게 엄지를 빨고 있는 예쁜 소녀, 다리 보조기를 차고 희망에 차 영웅적인 미소를 띠고 있는 얼굴 윤곽이 뚜렷한 소년―의 포스터 때문에 건강한 아이들에게도 이 병에 걸릴 가능성이 더욱더 무시무시한 현실로 다가왔다.

저지대인 뉴어크는 여름이면 푹푹 쪘고, 게다가 도시 일부가 넓은 습지―말라리아의 주요 근원지였는데, 당시에는 말라리아 또한 막을 수 없는 병이었다―에 둘러싸여 있었기 때문에 지옥 같은 더위를 달랠 것이라고는 찬물 샤워와 얼음물밖에 없어서 밤에 피난처를 구해 무더운 아파트 문밖으로 나가면 골목이나 진입로의 접의자에 앉을 때마다 모기떼를 손바닥으로 쳐서 때려잡거나 쫓아내야 했다. 아직 가정용 냉방장치가 출현하기 전이라 실내에 바람을 일으키려고 탁자에 자그마한 검은색 선풍기를 틀어놓았지만 그것도 기온이 35도를 넘어가면 거의 무용지물이었다. 그해 여름에는 일주일이나 열흘씩 계속 그런 기온이 이어

지곤 했다. 바깥에 나가면 사람들은 말라리아, 황열병, 장티푸스를 옮긴다고 알려진, 또 도시 전역에서 '파리 잡기' 캠페인을 시작한 뉴어크 시장 드러먼드를 비롯하여 많은 사람들이 폴리오를 옮긴다고 믿고 있던, 모기와 파리를 쫓기 위해 시트로넬라 초에 불을 붙이거나 캔에 든 살충제 플릿을 뿌렸다. 파리나 모기가 어찌어찌해서 가족이 사는 아파트의 방충망을 뚫고 들어오거나 열린 문으로 날아들어오면, 병균이 묻은 다리로 집안에서 자는 아이에게 내려앉아 폴리오를 옮길 거라는 두려움 때문에 파리채나 플릿을 들고 집요하게 쫓아가곤 했다. 당시에는 전염원을 아무도 몰랐기 때문에, 뒤뜰의 쓰레기통을 습격하는 비쩍 마른 도둑고양이나 굶주린 채 집 둘레를 살금살금 걷다가 보도와 거리에 온통 똥을 싸질러놓는 길 잃은 비루먹은 개나 집의 박공벽에서 꾸꾸 울다가 백묵 같은 똥으로 앞쪽 현관 입구 층계를 더럽히는 비둘기를 포함해 거의 모든 것이 의심의 대상이 되었다. 발병하고 나서 한 달이 되자—보건국에서 유행병이라고 인정을 하기도 전에—방역 부서가 도시의 골목을 배회하는 엄청난 수의 고양이를 조직적으로 박멸하는 일에 나서기 시작했지만, 이런 고양이들이 길들여진 집고양이보다 폴리오와 더 관련이 있는지 없는지 아무도 알지 못했다.

사람들이 분명히 아는 것은 이 병이 전염성이 아주 높으며 건강한 사람이 이미 감염된 사람에게 가까이 있기만 해도 옮을 수 있다는 것이었다. 이런 이유 때문에, 도시의 감염자 수—그와 더불어 공동체의 공포—가 꾸준히 늘어가자 우리 동네의 많은 아이들은 부모에게 어빙턴 근처 올림픽파크의 큰 공설 수영장에 가는 것을 금지당하고, 동네의 '냉방 완비' 영화관에 가는 것도 금지당하고, 버스를 타고 시내에 가거나 우리 도시의 마이너리그 팀인 뉴어크 베어스가 루퍼트 구장에서 야구 시합하는 것을 보러 다운넥을 거쳐 윌슨 애비뉴까지 가는 것도 금지당했다. 우리는 공중화장실이나 공용 음수대를 이용하지 말라고, 다른 사람의 소다수 병에 입을 대고 먹지 말라고, 감기에 걸리거나 낯선 사람과 놀거나 공공도서관에서 책을 빌리거나 공중전화로 이야기를 하거나 노점에서 음식을 사지 말라고, 비누와 물로 손을 꼼꼼하게 씻기 전에는 뭘 먹지 말라고 주의를 받았다. 우리는 모든 과일과 야채를 씻어 먹어야 했고, 병들어 보이거나 폴리오의 분명한 증상 가운데 어느 하나라도 호소하는 사람과는 거리를 두어야 했다.

아이를 폴리오 감염에서 보호하는 최선의 방법은 도시의 더위를 완전히 벗어나 산이나 시골의 여름 캠프에 보내는 것이라고 생각했다. 60마일 정도 떨어진 저지 해변에서 여름을 보내는 것도 마찬가지였다. 경제적 여유가 있는 가족은 브래들리 비치의 민박집에서 침실을 빌리고 부엌을 사용할 수 있었는데, 모래밭과 판잣길로 이루어진 1마일 길이의 이 해변은 저지 북부 유대인들에게는 수십 년 전부터 인기가 있는 곳이었다. 그곳에서 어머니와 아이들은 해변으로 나가 일주일 내내 신선하고 몸에 좋은 바다 공기를 들이마셨고, 주말이나 휴가 때는 아버지가 그들과 합류하기도 했다. 물론 여름 캠프나 해변 동네들에서도 폴리오가 발병한다는 게 알려져 있었지만 뉴어크에서 신고되는 것에 비하면 아무것도 아니었기 때문에, 불결한 보도와 정체된 공기가 전염을 촉진하는 도시 환경을 벗어나 바다가 보이거나 그 소리가 들리는 곳 또는 먼 시골이나 산 위에 자리를 잡는 것이 그 병을 피할 수 있는 현실적인 최선의 보장책이라고 널리 믿었다.

그렇게 특권이 있는 운좋은 사람들이 여름 동안 도시에서 사라지고 나면 뒤에 남은 우리는, '과로'가 폴리오의 또하나의 가능한 원인으로 의심받고 있었다는 것을 고려할 때 절대 하지 말아야 할 일을 했다. 우리는 학교 놀이터의 뜨겁게 달궈진 아스팔트에서 이닝에 이닝을, 게임에 게임을 거듭하여 소프트볼을 하고, 하루종일 강렬한 더위 속에서 뛰어다니고, 목이 마르면 금지된 음수대의 물을 마시고, 이닝 사이에는 벤치에 서로 몸을 다닥다닥 붙이고 앉아 필드에 나갔을 때 이마에 흐르는 땀이 눈에 들어가지 않도록 닦아내는 데 사용하던 닳아빠진 더러운 미트를 무릎에 놓고 움켜쥐고 있었다—우리는 땀에 흠뻑 젖은 폴로 셔츠와 냄새나는 스니커즈 차림으로 익살을 떨고 떠들어댔으며, 우리의 부주의 때문에 우리 가운데 한 사람이 평생 철폐에 속박되고 몸이 가장 두려워하는 공포가 현실이 되는 운명에 처할 수도 있다는 걱정 같은 것은 하지도 않았다.

여자아이들은 겨우 여남은 명만 놀이터에 나타났는데, 주로 여덟이나 아홉 살짜리들로, 이 아이들이 줄넘기를 하는, 차가 들어오지 못하는 좁은 학교 도로는 센터필드 끝과 이어졌다. 여자아이들은 줄넘기를 하지 않을 때는 도로를 이용해 홉스코치와 러닝베이시즈와 잭스 놀이*를 하거나 아니면 하루종일 행복하게 발치에 분홍색 고무공을 튀기며 놀았다. 가끔 줄넘기를 하던 여자아이들이 더블 더치**를 하여 줄 두 개를 반대 방향으로 돌리면, 남자아이 하나가 초대받지도 않았는데 달려가 줄을 넘으려던 여자아이를 팔꿈치로 밀치고 줄 안으로 뛰어들어 여자아이들이 가장 좋아하는 줄넘기 노래를 우스꽝스럽게 고래고래 외쳐 부르며 일부러 허공을 날던 줄이 자기 몸에 엉키게 만들곤 했다. "H, 내 이름은 히포포타머스Hippopotamus***……!" 여자아이들은 그

---

* 각각 돌차기 놀이와 두 베이스 사이를 달리는 술래 잡는 놀이와 고무공을 튀기면서 잭이라는 도구를 잡는 놀이.

** 줄넘기에서 반대 방향으로 돌리는 줄 두 개를 동시에 넘는 것.

에게 "하지 마! 하지 마!" 하고 외치며, 놀이터 감독에게 도와달라고 소리를 질렀다. 그러면 감독은 놀이터 어디에 있든 그냥 그 자리에서 문제아(대부분 같은 아이였다)에게 "그만해, 마이런! 여자애들 좀 그냥 놔둬. 아니면 너 집에 보내버릴 거야!" 하고 소리만 지르면 되었다. 그것으로 소란은 가라앉았다. 곧 줄은 맵시 있게 허공을 훑었고 차례차례 줄에 뛰어드는 아이들은 다시 노래를 이어갔다.

A, 내 이름은 애그니스Agnes
그리고 내 남편 이름은 앨폰스Alphonse,
우리는 앨라배마Alabama 출신
우리는 사과apple를 가져온다네!
B, 내 이름은 베브Bev
내 남편 이름은 빌Bill,
우리는 버뮤다Bermuda 출신
우리는 비트beet를 가져온다네!
C, 내 이름은……

*** 하마라는 뜻.

여자애들은 그 아이 같은 목소리로 놀이터 가장자리에 진을 치고 A에서 Z까지 즉흥적으로 가사를 만들어내며 노래를 불렀다가 다시 처음으로 돌아왔다. 가끔 엉터리이기는 했지만, 자기 차례가 올 때마다 행의 끝에서 명사들의 두운을 맞추었다. 여자애들은 흥분해서 펄쩍 뛰고 쏜살같이 튀어나가며—마이런 코퍼먼과 그애 같은 아이들이 원숭이처럼 끼어들 때를 제외하면—놀라운 에너지를 보여주었다. 놀이터 감독이 더위 때문에 학교 그늘에 가서 쉬라고 할 때를 제외하면, 이 아이들은 봄학기가 끝나는 6월의 금요일부터 가을학기가 시작되어 방과후나 쉬는 시간에만 줄넘기를 할 수 있는 레이버 데이* 뒤 화요일까지 그 도로를 비우는 법이 없었다.

그해 놀이터 감독은 전쟁터에 싸우러 나가지 않은 극소수의 청년 가운데 한 명인 버키 캔터였다. 그가 참전하지 않은 것은 시력이 형편없어 두꺼운 안경을 껴야 했기 때문이었다. 캔터 선생님은 그 전해에 챈슬러 애비뉴 학교의 새로운 체육 선생이 되었기 때문에 놀이터에 나와 살다시피 하는 우리 가운데 많은 아이들을 수업 시간에 보아 이미 알고 있었다. 그해 여름 그는 스물세 살이었으며, 뉴어크의 다인종, 다종교 고등학교인 사우스

* 미국과 캐나다의 노동절. 9월 첫째 월요일.

사이드를 졸업했고, 이스트오렌지의 '팬저 체육 교육·위생 대학'을 나왔다. 키가 165센티미터에 약간 못 미쳤음에도 운동선수로서 능력이 뛰어나고 시합에 강했지만, 키와 나쁜 시력 때문에 대학 수준의 풋볼, 야구, 농구 경기에는 출전할 수 없었고, 대학 대항 운동 경기에서 그의 활동은 창던지기와 역도로 제한되었다. 작고 단단한 몸 위에 자리잡은 꽤 큰 머리를 이루는 요소들은 모두 가파르게 기울고 경사가 졌다. 툭 튀어나온 널찍한 광대뼈, 급하게 경사를 그리는 이마, 각진 턱, 콧마루가 두드러진 길고 곧은 코 때문에 옆모습은 동전에 새겨진 실루엣처럼 선명했다. 두터운 입술은 그의 근육만큼이나 윤곽이 선명했고, 얼굴색은 일 년 내내 황갈색이었다. 그는 사춘기 때부터 머리를 군인처럼 상고머리로 깎았다. 그런 머리 때문에 특히 귀가 눈에 띄었는데, 지나치게 커서도 아니고—사실 그렇게 크지도 않았지만—또 꼭 머리에 아주 바싹 붙어 있었기 때문이라고도 할 수 없었다. 옆에서 보았을 때 그 모양이 카드의 스페이드 에이스처럼, 또는 신화에 나오는 날개 달린 발의 날개처럼 생겼기 때문이었다. 그의 귀는 다른 대부분의 경우처럼 위쪽 끝이 둥글지 않고 거의 뾰족했다. 그는 할아버지가 버키라는 별명을 지어주기 전에는 어린 시절 골목 친구들에게 잠시 에이스로 알려졌는데, 단지 그가 아이답지 않게 운동을 잘했기 때문만이 아니라 귀 형태가 특이했기 때문에 붙은 별명이었다.

전체적으로 그의 얼굴을 구성하고 있는 경사진 평면들 때문에 안경 뒤의 흐릿한 회색 눈—아시아인의 눈처럼 길고 가늘었다—은 주머니 안에 깊이 들어가 있는 듯한 느낌, 두개골에 그냥 놓인 것이 아니라 구멍을 파고 안에 들어가 있는 듯한 느낌을 주었다. 이 자로 잰 듯 윤곽을 그리고 있는 얼굴에서 나오는 목소리는 뜻밖에도 높았지만, 그것 때문에 외모가 풍기는 위력이 약해지지는 않았다. 그것은 쇠로 만들어져 언제까지나 닳지 않을 듯한 눈에 띄게 또렷한 얼굴, 언제든지 의지할 수 있는 강인한 청년의 얼굴이었다.

7월 초의 어느 오후, 이스트사이드 고등학교에 다니는 이탈리아 아이들, 열다섯에서 열여덟 살에 이르는 남자아이들로 꽉 찬 차 두 대가 들어오더니 놀이터와 맞닿은 학교 뒤쪽 주택가 거리 입구에 멈추었다. 이스트사이드 고등학교는 그 도시에서 그때까지 폴리오가 가장 많이 발병한 것으로 알려진 산업 지구 슬럼인 아이언바운드 구역에 있었다. 캔터 선생님은 차가 멈추는 것을 보자마자 미트를 필드에 던지고—즉흥적으로 시작된 시합에서 삼루를 맡고 있었다—빠른 걸음으로 차 두 대에서 내린 열 명의 낯선 아이들에게로 갔다. 발을 안으로 모으며 걷는 운동선수다운 그의 빠른 걸음을 놀이터 아이들이 이미 흉내내고 있었다. 발바닥 앞쪽의 도톰한 부분으로 땅을 디디며 몸을 가볍게 들어올리는 결의에 찬 몸짓, 걸으면서 묵직한 어깨를 가볍게 흔드는 모습 또한 흉내의 대상이었다. 몇몇 아이들은 놀이터 안에 있을 때나 밖에 있을 때나 그의 자세 전체를 따라 하고 있었다.

"무슨 일로 여기 왔나?" 캔터 선생님이 물었다.

"폴리오를 퍼뜨리고 있어." 이탈리아인 한 명이 대답했다. 으쓱거리며 차에서 제일 먼저 내린 아이였다. "안 그러냐?" 그는 우쭐거리며 뒤에서 자신을 받쳐주는 동료들을 돌아보았고, 캔터 선생님은 척 보는 순간 그들이 말다툼을 시작하고 싶어 안달이라는 것을 알아챘다.

"그것보다는 민폐를 퍼뜨리는 것처럼 보이는데." 캔터 선생님이 그에게 말했다. "여기서 나가는 게 어때?"

"아니, 아니지." 이탈리아 아이가 고집스럽게 말했다. "그전에 폴리오를 먼저 좀 퍼뜨려야지. 우리한텐 그게 있는데 여긴 없잖아. 그래서 여기 와서 좀 퍼뜨려주자고 생각했지." 그는 자신이 얼마나 센지 보여주려고, 말을 하면서 내내 무게중심을 뒤꿈치에 실은 채 몸을 건들거리고 있었다. 바지 앞쪽의 허리띠 고리 두 개에 뻔뻔스럽고 느긋하게 꽂은 엄지에도 그의 눈길만큼이나 경멸이 담겨 있었다.

"나는 여기 놀이터 감독이야." 캔터 선생님이 말하며, 어깨 뒤쪽의 우리를 가리켰다. "그래서 너희한테 놀이터 근처에 오지 말아달라고 요청하는 거야. 너희는 여기에 볼일이 없기 때문에 정중하게 가달라고 요청하는 거지. 어떻게 하겠나?"

"언제 폴리오를 퍼뜨리지 말라는 법이 생겼지, 놀이터 감독 아저씨?"

"이봐, 폴리오는 장난이 아니야. 그리고 공적 불법 방해를 하면 안 된다는 법이 있어. 하지만 경찰을 부르고 싶지는 않아. 알아서 떠나는 게 어때? 경찰을 불러 여기서 나가게 하기 전에."

그러자 캔터 선생님보다 족히 15센티미터는 커 보이는 두목이 한 걸음 앞으로 나서더니 포장도로에 침을 뱉었다. 점액질의 가래 덩어리가 아스팔트에 척 달라붙었다. 캔터 선생님의 스니커즈에서 불과 몇 인치 떨어지지 않은 곳이었다.

"이게 무슨 뜻이지?" 캔터 선생님이 그에게 물었다. 선생님의 목소리는 여전히 차분했으며, 가슴에 단단히 팔짱을 끼고 있는 모습은 부동不動의 화신처럼 보였다. 아이언바운드의 우악스러운 아이들도 그를 이기거나 그의 아이들 근처에 오지 못할 것 같았다.

"무슨 뜻인지 말했잖아. 우리는 폴리오를 퍼뜨리고 있다고. 너희 쪽 사람들만 빠뜨리고 싶지는 않거든."

"이봐, 그 '너희 쪽 사람들'이라는 말도 안 되는 소리 좀 그만 하지." 캔터 선생님은 그렇게 말하고 재빨리 앞으로 분노의 한 걸음을 옮겨, 이탈리아인의 얼굴에서 불과 몇 인치 떨어지지 않은 곳에 자리잡았다. "십 초를 줄 테니 모두 뒤로 돌아서 여기를 떠나라."

이탈리아인은 웃음을 지었다. 사실 차에서 내린 이후로 웃음을 멈춘 적이 없었다. "안 떠난다면?" 그가 물었다.

"말했잖아. 경찰을 불러서 이곳을 떠나게 한 뒤 다시는 못 오게 하겠다고."

이탈리아 아이가 다시 침을 뱉었고, 그 침이 이번에는 캔터 선생님의 운동화 바로 옆에 떨어졌다. 그러자 선생님은 시합에서 자기 타순을 기다리던 아이, 우리 모두와 마찬가지로 말없이 캔터 선생님이 이탈리아인 열 명을 제압하는 광경을 지켜보던 아이를 불렀다. "제리," 캔터 선생님이 말했다. "내 사무실로 뛰어가서 경찰에 전화해. 나 대신 전화하는 거라고 하고, 내가 와달란다고 해."

"경찰이 어쩌겠어? 나를 가두기라도 하겠어?" 이탈리아인 두목이 말했다. "당신네 귀중한 위퀘이크 보도에 침을 뱉었다고 나를 빵깐에 집어넣을까? 이 보도도 당신이 소유하고 있는 건가,

안경잡이?"

캔터 선생님은 아무 대답 없이, 뒤의 아스팔트 경기장에서 시합을 하던 아이들과 여전히 놀이터 가장자리의 거리에 서서 당장이라도 피우던 담배를 집어던지고 무기를 휘두를 것 같은 차 두 대분의 이탈리아 아이들 사이에 꼼짝 않고 서 있기만 했다. 그러나 제리가 캔터 선생님의 지하 사무실—제리는 그곳에서 선생님이 시킨 대로 경찰에 전화했다—에서 돌아왔을 때 차 두 대와 그 차를 타고 왔던 불길한 아이들은 사라지고 없었다. 불과 몇 분 뒤 순찰차가 나타났을 때 캔터 선생님은 경찰관들에게 그곳에서 버티고 서 있는 동안 외워둔 두 차량의 번호를 알려줄 수 있었다. 경찰관들이 차를 몰고 떠난 뒤에야 담장 뒤편에 있던 아이들이 이탈리아인들을 조롱하기 시작했다.

나중에 보니 이탈리아 아이들이 모여 있던 보도에는 타액이 넓게 퍼져 있었는데, 약 20제곱피트 넓이의 축축하고 끈적끈적하고 역겹고 지저분한 이곳은 확실히 질병의 이상적인 온상으로 보였다. 캔터 선생님은 아이들 중 둘을 학교 지하실로 보내 양동이 두 개를 찾아 청소부실에서 뜨거운 물과 암모니아를 채운 다음 보도가 완전히 깨끗해질 때까지 뿌리게 했다. 아이들이 끈적거리는 오물을 씻어내는 것을 보자 캔터 선생님은 열 살 때 할아버지의 식료품점 뒤편에서 쥐를 죽인 뒤 청소를 했던 일이 떠올랐다.

"걱정할 것 없어." 캔터 선생님이 아이들에게 말했다. "돌아오지 않을 테니까. 인생이 원래 그래." 그는 할아버지가 애용하던 구절을 인용하고 있었다. "늘 뭔가 재미있는 일이 벌어지지." 그는 다시 시합에 합류했고 경기는 속개되었다. 놀이터를 둘러싼 이층 높이의 철사 담장 건너편에서 지켜보던 아이들은 캔터 선생님이 이탈리아인들과 그런 식으로 대결한 것에 큰 감동을 받았다. 그의 자신 있고 단호한 태도, 역도선수다운 힘, 매일 열성적으로 우리와 함께 시합을 하는 것—이 모든 것 때문에 그는 감독으로 처음 온 날부터 놀이터 붙박이들에게 인기가 높았지만 이탈리아인 사건 뒤로는 완전히 영웅이 되었다. 특히 친형이 전쟁에 나가고 없는 아이들에게는 그들을 보호해주는 우상화된 영웅적인 형이 되었다.

이탈리아인들이 나타났던 날 놀이터에 있던 아이들 가운데 두 명이 며칠 시합을 빼먹은 것은 그 주 후반이었다. 첫날 아침, 두 아이는 잠에서 깼을 때 열이 높고 목이 뻣뻣했고, 둘째 날 저녁 무렵—팔다리에 점점 힘이 빠지기 시작했고 숨을 쉬기도 힘들었다—에 구급차에 실려 병원으로 급히 옮겨졌다. 한 아이 허비 스타인마크는 통통하고 동작이 서툴지만 호감을 주는 8학년 학생으로 운동을 잘 못했기 때문에 보통 우익수를 보고 맨 마지막 타순을 배정받는 아이였고, 또 한 아이 앨런 마이클스는 역시 8학년이었지만 놀이터에서 최고 두세 명에 꼽히는 선수이자 그동안 캔터 선생님과 가장 가까운 사이가 되었던 아이였다. 허비와 앨런이 우리 동네의 첫 폴리오 발병 사례였다. 마흔여덟 시간 안에 환자가 추가로 열한 명이 생겼고 그 가운데 그날 놀이터에 있던 아이는 한 명도 없었음에도 이탈리아인들이 위퀘이크 구역에 병을 옮겼다는 소문이 동네에 쫙 퍼졌다. 그때까지 도시 전체에서 이탈리아인 동네에 폴리오 환자가 가장 많았고 우리 동네에는 한 명도 없었기 때문에, 이탈리아인들이 그날 오후 유대인에게 폴리오를 감염시킬 목적으로 차를 타고 왔으며 그들 말대로 결국 성공을 거두었다고 믿게 된 것이다.

버키 캔터의 어머니는 그를 낳다 죽었고, 그는 에이번 애비뉴 아래쪽에서 조금 떨어진 바클레이 스트리트의 열두 가구가 사는 다세대 주택에서 외조부모 손에서 컸는데, 그곳은 도시에서 꽤 가난한 구역 중 하나였다. 그에게 나쁜 시력을 물려준 아버지는 시내의 커다란 백화점의 부기계원이었으며 경주마 내기를 무척 좋아했다. 부인이 죽고 아들이 태어난 직후 그는 도박 빚을 갚기 위해 고용주의 돈을 훔친 죄로 유죄판결을 받았다—실은 일을 맡은 첫날부터 딴 주머니를 찼다는 사실이 나중에 드러났다. 그는 이 년을 복역하고 출소한 뒤 뉴어크로 돌아오지 않았다. 유진이라는 이름을 얻게 된 소년은 아버지가 없는 대신, 크고 곰 같고 열심히 일하는 할아버지에게서 삶의 지침을 얻었으며, 에이번 애비뉴에 있는 할아버지의 식료품점에서 방과후와 토요일에 일을 했다. 그가 다섯 살 때 아버지는 재혼하고 아들을 자신이 일하던 조선소가 있는 퍼스앰보이로 데려가 새 부인과 함께 살려고 변호사를 샀다. 할아버지는 변호사를 사지 않고 곧장 퍼스앰보이로 차를 몰고 가 한때 사위였던 자와 맞서 감히 유진의 인생에 어떤 식으로든 개입하려 들면 목을 부러뜨리겠다고 위협했다는 이야기가 전해진다. 그뒤로 다시는 유진의 아버지 소식을 들을 수 없었다.

그는 할아버지와 함께 가게 주위에서 농산물이 든 상자를 나르면서 가슴과 팔 근육이 발달하기 시작했고, 하루에도 몇 번씩 삼층에 있는 집까지 달려 오르내리면서 다리 근육이 발달하기 시작했다. 할아버지의 용감무쌍한 태도를 보면서, 할아버지가 죽을 때까지 "뒤가 아주 구린 인물"이라고 부르던 사람의 아들로 태어났다는 사실을 포함한 모든 장애에 굳게 맞서는 법을 배웠다. 어린 시절 그는 할아버지처럼 몸이 튼튼해지고 싶었고 안경을 쓰지 않기를 바랐다. 그러나 눈이 너무 나빠 밤에 자려고 안경을 벗으면 방안의 가구 몇 개의 형체만 간신히 분간할 수 있을 정도였다. 자신의 불리한 면을 두 번 생각하는 법이 없던 할아버지는 그 불행한 아이에게도—그가 여덟 살의 나이에 처음 안경을 썼을 때—이제 아이의 눈이 다른 누구의 눈 못지않게 좋다고 일러주었다. 그뒤로 이 문제에 관해서 더는 말이 나온 적이 없었다.

할머니는 마음이 따뜻하고 다감한 작은 여인으로, 부모 역할에서 할아버지의 건전하고 훌륭한 균형추를 이루었다. 그녀는 곤경을 용감하게 견뎠지만, 스무 살에 아이를 낳다 죽은 딸 이야기만 나오면 눈물을 펑펑 쏟았다. 가게에서는 손님들에게 사랑을 많이 받았고 집에서는 잠시도 손을 쉬는 법이 없으면서도, 청취자들이 다음에 일어날 불행한 사태를 예상하며 늘 몸을 떨고 항상 불안해하는 〈인생은 아름다울 수 있다〉를 비롯하여 그녀가 좋아하는 라디오 연속극에 반쯤 귀를 기울였다. 식료품점 일을 돕지 않는 하루 몇 시간 동안은 전적으로 유진의 행복에 헌신하여, 아이가 홍역, 이하선염, 수두에 걸릴 때마다 간호하고, 늘 옷이 깨끗하고 수선할 데가 없는지, 숙제를 했는지 확인하고, 성적표에 서명을 하고, 정기적으로 치과에 가고(당시 가난한 아이들에게는 드문 일이었다), 아이를 위해 건강에 좋은 음식을 푸짐하게 준비하고, 바르미츠바* 준비를 위해 방과후 회당에서 공부하는 히브리어 수업료를 꼬박꼬박 냈다. 어린 시절에 흔히 감염

되는 삼대 질병을 빼면 소년은 변함없이 건강을 유지했고, 치아는 고르고 튼튼했으며, 전체적으로 늘 몸이 상쾌하다는 느낌을 받았는데, 이것은 그녀가 그 시절 어머니 노릇을 하면서 성장기 어린이에게 좋다고 여겨지던 모든 것을 실행에 옮기려고 노력한 것과 어떤 관련이 있음이 틀림없었다. 그녀와 그녀의 남편은 다투는 일이 거의 없었다—각자 해야 할 일과 그 일을 하는 최선의 방법을 알았고, 각자 그 일을 탐욕스럽게 해냈으며, 그것이 어린 유진에게 모범이 되었다.

할아버지는 소년의 남성적 발달을 책임졌으며, 늘 방심하지 않고 그를 낳은 아버지가—나쁜 시력과 함께—물려주었을지도 모르는 약한 면을 근절하고 소년에게 남자의 모든 노력에는 책임이 따른다는 것을 가르쳤다. 할아버지의 지배가 늘 감당하기 쉬운 것은 아니었지만, 할아버지는 유진이 기대를 충족시킬 때면 절대 칭찬에 인색한 법이 없었다. 소년은 불과 열 살 때 가게 뒤쪽의 침침한 저장고에서 커다란 회색 쥐와 마주친 적이 있었다. 밖은 이미 어두워졌을 때였는데 그가 할아버지를 도와 내용물을 꺼내고 빈 식료품 상자를 쌓아둔 곳에 쥐가 종종걸음으로 드나드는 것을 본 것이다. 그는 물론 달아나고 싶은 충동을 느꼈다. 그

* 남자아이가 열세 살이 되면 치르는 유대 성년 의식.

러나 할아버지가 가게 앞쪽에 손님과 함께 있다는 것을 알았기 때문에, 가게에 난방을 하는 난로의 사용법을 배울 때 쓰던 속이 깊고 묵직한 석탄 삽을 향해 소리 없이 구석으로 손을 뻗었다.

그는 숨을 죽인 채 뒤꿈치를 들고 앞으로 나아가 공황에 빠진 쥐를 구석으로 몰아넣었다. 소년이 삽을 공중에 들어올리자 쥐는 뒷다리로 일어서서 무시무시하게 이를 갈며 튀어오르려 했다. 그러나 쥐가 바닥에서 튀어오르기 전에 그가 삽 아랫면을 재빨리 내리쳐 쥐의 두개골을 정통으로 맞혔고, 쥐의 머리는 깨져서 열렸다. 그는 뼛조각과 뇌의 파편이 섞인 피가 저장고 마루판의 틈으로 흘러드는 것을 보며—갑작스러운 구토 충동을 완전히 억누르지는 못했다—삽날을 이용해 죽은 짐승을 퍼올렸다. 무거웠다. 상상했던 것보다 훨씬 무거웠고, 삽에 누워 있으니 뒷다리로 서 있을 때보다 크고 길어 보였다. 묘하게, 그 어떤 것도—심지어 생명 없이 늘어진 긴 꼬리와 움직이지 않는 네 개의 발조차도—바늘처럼 가는, 피 묻은 쌍쌍의 수염들만큼 죽음의 느낌을 전해주지는 않았다. 아까 무기를 머리 위로 들어올렸을 때는 수염을 보지 못했다. 할아버지가 그의 뇌 속에서 만들어내고 있는 듯한 "죽여!"라는 말 외에는 다른 어떤 것도 인식하지 못했다. 그는 손님이 식료품 봉투를 들고 떠나기를 기다렸다가 손에 든 삽을 앞으로 쭉 뻗은 채—또 자신이 전혀 당황하지 않왔다는 것을 보여주기 위해 포커페이스를 한 채—할아버지에게 과시하며 죽은 쥐를 가게 앞쪽으로 날라 문밖으로 나갔다. 모퉁이에서 삽을 흔들어 쥐의 주검을 삽에서 떼어내고 하수구의 쇠살대 사이로 쑤셔넣어 흐르는 하수 속에 빠뜨렸다. 그는 가게로 돌아가 솔, 갈색 비누, 걸레, 물 한 양동이를 챙겨 바닥에서 자신의 토사물과 쥐의 흔적을 닦아낸 뒤 삽을 씻었다.

이렇게 승리를 거두고 나자 할아버지는 안경을 낀 열 살짜리를 버키라고 부르기 시작했다—이 별명에 고집과 거세고 기운차고 의지가 강한 불굴의 정신이라는 뜻이 포함되어 있기 때문이었다.

할아버지 샘 캔터는 1880년대에 폴란드 갈리시아의 한 유대인 마을에서 어린이 이민자로 혼자 미국에 왔다. 그는 뉴어크 거리에서 반유대주의 갱들과 싸우다 여러 번 코가 깨지면서 두려움을 극복했다. 슬럼에서 보낸 소년 시절에 이 도시에서 흔하게 볼 수 있었던 유대인에 대한 폭력적 공격은 그의 인생관을, 또 뒤이어 그의 손자의 인생관을 형성하는 데 큰 역할을 했다. 그는 손자에게 한 인간으로서 자신을 옹호하고 한 유대인으로서 자신을 옹호하라고, 또 싸움은 결코 끝나지 않으며 삶이라는 불안한 전투에서 "대가를 치러야 할 때는 치르라"고 가르쳤다. 할아버지의 얼굴 한가운데 자리잡은 부러진 코는 세상이 할아버지에게 시련을 줄 수는 있었지만 결코 그를 짓밟을 수는 없었다는 것을 소년에게 증언했다. 1944년 7월, 이탈리아인 열 명이 놀이터에 차를 타고 오고 캔터 선생님이 혼자서 그들을 쫓아냈을 때 노인은 이미 이 세상 사람이 아니었지만, 그럼에도 그는 그 대립 내내 그곳에서 손자 곁에 자리를 지키고 있었다.

태어날 때 어머니를 잃고 감옥에 아버지를 잃은 소년, 최초의 기억에 부모가 전혀 등장하지 않는 소년은 그를 받아준 대리 부모들 운은 더없이 좋아 모든 면에서 강해질 수 있었다—비록 부모의 부재가 그의 개인사를 결정하기는 했지만, 부재하는 부모 생각 때문에 그가 괴로워하는 일은 거의 없었다.

1941년 12월 7일 일요일 진주만에서 미국 태평양 함대가 일본의 기습 폭격으로 거의 박살이 났을 때 캔터 선생님은 스무 살, 대학 2학년생이었다. 그는 8일 월요일에 참전하기 위해 시청 바깥의 징병 사무소로 갔다. 하지만 눈 때문에 아무도, 육군도, 해군도, 해안경비대도, 해병대도 그를 받아주려 하지 않았다. 그는 4-F 판정을 받고 팬저 대학으로 돌아가 계속 체육 교사가 될 준비를 하게 되었다. 그 얼마 전 할아버지가 세상을 떴는데, 터무니없는 생각이기는 했지만, 캔터 선생님은 자신이 굽힐 줄 모르는 스승을 실망시키고 그의 기대에 부응하지 못했다고 느꼈다. 군인으로서 활용하지 못한다면 근육질의 몸과 운동선수의 용맹이 무슨 소용이란 말인가? 그가 사춘기 초기부터 역기를 든 까닭은 단지 창을 던질 만큼 강해지려는 것이 아니었다—그는 해병이 될 만큼 강한 몸을 만들어왔던 것이다.

미국이 참전한 뒤에도 그는 여전히 거리를 걸어다니고 있었지만 그 나이 또래의 몸이 튼튼한 남자들은 모두 일본이나 독일과 싸우기 위해 훈련을 받으러 갔고, 그 가운데는 12월 8일 아침에 그와 함께 징병 사무소 밖에 줄을 섰던, 팬저에서 가장 가깝게 지내던 친구 두 명도 있었다. 팬저로 통학을 하는 동안 계속 함께 살고 있던 할머니는 그의 친구 데이브와 제이크가 그만 남겨두고 포트딕스로 기초 훈련을 받으러 떠난 날 밤 그가 자기 방에서 혼자 우는 소리를 들었다. 전에는 한 번도 유진이 우는 것을 본 적이 없었다. 그는 사복을 입고 사람들 앞에 나서는 것이 창피했고, 영화관에서 전쟁 뉴스를 보는 것이 창피했고, 수업이 끝난 후 이스트오렌지에서 뉴어크의 집까지 버스를 타고 오는 길에 석간신문에서 "바탄 함락" "코레히도르 함락" "웨이크 섬 함락" 같은 일면 톱기사를 읽는 사람 옆에 앉아 있는 것이 창피했다. 태평양에서 미군이 연거푸 엄청난 패배를 거듭하는 상황에서, 그는 마치 그곳에 가기만 하면 자기 혼자서도 판도를 뒤집을 수 있기라도 하다는 듯 이곳에 있는 것에 창피함을 느꼈다.

전쟁과 징병 때문에 학교에 남자 체육 교사 자리가 아주 많았고, 그는 1943년 6월에 팬저를 졸업하기 전에 십 년 된 챈슬러 애비뉴 학교의 자리를 점찍어두었다가 여름 놀이터 감독으로 계약했다. 그의 목표는 챈슬러 옆에 문을 연 위퀘이크 고등학교에서 체육을 가르치고 코치 역할을 하는 것이었다. 캔터 선생님이 두 학교에 끌린 것은 이 둘 모두 유대인 학생이 압도적으로 많고 학업 성적이 아주 우수했기 때문이다. 그는 이 학생들이 공부만이 아니라 운동에도 뛰어나고, 스포츠맨 정신과 놀이터에서의 경쟁을 통해 배울 수 있는 것을 소중히 여기도록 가르치고 싶었다. 그는 이 학생들에게 할아버지가 자신에게 가르친 것을 가르치고 싶었다. 강인함과 결단력, 신체적으로 용감하고 신체적으로 건강해지는 것, 남들에게 휘둘리는 일을 결코 허용하지 않는 것, 그들이 두뇌를 사용할 줄 안다는 이유로 허약한 유대인이나 계집애 같은 유대인이라는 비방을 당하지 않는 것.

허비 스타인마크와 앨런 마이클스가 구급차에 실려 베스 이스라엘 병원의 격리 병동으로 이송된 후, 놀이터에는 두 아이 모두 몸이 완전히 마비되었고 더는 혼자 힘으로 숨을 쉴 수 없어 철폐 안에 들어가 생명을 유지하고 있다는 소문이 돌았다. 그날 아침에는 모든 아이들이 놀이터에 나오지는 않았지만, 그래도 하루 종일 5이닝짜리 리그전을 벌일 네 팀을 짤 정도는 되었다. 캔터 선생님은 아흔 명 정도의 아이들 가운데 허비와 앨런 말고도 열다섯 내지 스무 명의 붙박이들이 보이지 않는다고 계산했다—폴리오 공포 때문에 부모가 집에서 나가지 못하게 하는 것이라고 짐작할 수 있었다. 그는 이 동네 유대인 부모들이 아이들을 보호하는 데 적극적이고 경계심 많은 어머니들은 어머니답게 걱정이 많다는 것을 알았기 때문에 오히려 훨씬 더 많은 학생들이 집에 묶여 있지 않은 것에 놀랐다. 어쩌면 그 전날과 마찬가지로 어제도 아이들에게 했던 이야기가 약간 도움이 되었는지 몰랐다.

"얘들아." 그는 아이들이 저녁을 먹으러 흩어지기 전에 놀이터에 모아놓고 말했다. "나는 너희들이 공황에 빠지는 걸 원치 않아. 폴리오는 우리가 매년 여름 함께 살아야 하는 병이야. 내 평생 사라진 적이 없는 심각한 병이지. 폴리오의 위협에 대처하는 최선의 방법은 늘 건강하고 튼튼한 상태를 유지하는 거야. 매일 철저히 몸을 씻고 제대로 먹고 여덟 시간을 자고 하루에 물을 여덟 잔 마시고 걱정이나 두려움에 지지 않으려고 노력해. 우리 모두 허비하고 앨런이 가능한 한 빨리 회복되기를 바라고 있어. 우리 모두 그애들한테 그런 일이 일어난 걸 안타까워해. 그 둘은 훌륭한 아이들이고, 너희 가운데 많은 아이들이 그애들의 친한 친구야. 그렇지만, 그 아이들이 병원에서 건강을 회복하는 동안, 우리 나머지는 계속 우리 삶을 살아가야 해. 그 말은 곧 매일 여기 놀이터에 나와서 늘 하던 대로 운동을 한다는 뜻이야. 혹시 아프면 당연히 부모님께 말씀드리고 집에 있으면서 몸을 돌보다가 의사를 만나보고 건강을 회복해야지. 하지만 몸이 괜찮으면 여름 내내 마음껏 뛰지 못할 이유가 전혀 없어."

그날 저녁 그는 스타인마크와 마이클스의 가족에게 자신과 놀이터 아이들의 관심을 전하고 아픈 두 아이의 상태가 어떤지 알아보려고 부엌 전화기로 몇 번 전화를 걸었다. 하지만 두 집 모두 전화를 받지 않았다. 좋은 조짐이 아니었다. 밤 아홉시 십오분이었음에도 가족들이 여전히 병원에 있는 것이 틀림없었다.

그때 전화벨이 울렸다. 포코노 산맥에서 마샤가 전화를 한 것이다. 그녀도 놀이터의 두 아이 이야기를 들었다. "우리 식구들하고 이야기를 했어. 식구들이 말해줬어. 너는 괜찮아?"

"괜찮아." 그는 말하며 전화선을 길게 늘여 약간이라도 더 시원한 곳, 열린 창문에 달린 방충망에 더 가까운 곳에 섰다. "다른 애들은 다 괜찮아. 병원에 있는 아이들이 어떤지 알아보려고 아이 가족들한테 전화를 하고 있었어."

"보고 싶어." 마샤가 말했다. "그리고 네가 걱정돼."

"나도 보고 싶어." 그가 말했다. "하지만 걱정할 거 전혀 없어."

"여기 와 있어서 마음이 안 좋아." 그녀는 두 해째 여름마다 도시에서 70마일 떨어진 펜실베이니아 주 포코노 산맥에서 열리는 인디언 힐 유대인 소년 소녀 캠프에서 카운슬러 책임자로 일하고 있었다. 학기중에는 챈슬러의 1학년 담당 교사였다—그들은 그 전해 가을 신임 교사들로서 만났다. "끔찍한 이야기야." 그녀가 말했다.

"두 아이와 가족에게는 끔찍하지." 그가 말했다. "하지만 상황은 통제를 벗어난 게 결코 아니야. 그렇다고 생각하면 안 돼."

"어머니 말이 이탈리아인들이 놀이터에 와서 퍼뜨렸다던데."

"이탈리아인들은 아무것도 퍼뜨리지 않았어. 내가 거기 있었어. 어떻게 된 일인지 내가 알아. 그애들은 그냥 건방진 패거리였어. 그뿐이야. 그애들이 길 사방에 침을 뱉었고, 우리는 그걸 씻어냈어. 폴리오는 그냥 폴리오야. 아무도 그게 어떻게 퍼지는지 몰라. 여름이 오면 생기고, 우리는 할 수 있는 일이 별로 없어."

"사랑해, 버키. 늘 네 생각을 해."

조심스럽게, 이웃 누구도 열린 창으로 그의 말을 들을 수 없도록, 그는 목소리를 낮추어 대답했다. "나도 사랑해." 그녀가 떠나 있는 동안은 너무 그리워하지 않도록 스스로를 훈련했기 때문에—분별력 있는 행동이라고 그는 생각했다—그녀에게 그런 말을 하는 것은 어려운 일이었다. 여자한테 그렇게 공개적으로 고백을 해본 적이 없어 그 말을 하는 것이 여전히 어색했기 때문에 어렵기도 했다.

"전화 끊어야 돼." 마샤가 말했다. "뒤에 누가 기다리고 있어. 조심해."

"조심하고 있어. 앞으로도 조심할게. 하지만 걱정 마. 겁먹지 말고. 겁먹을 거 전혀 없어."

이튿날, 위퀘이크 학구學區에 폴리오 환자가 열한 명 늘었다는 소식이 빠르게 퍼졌다—이것은 지난 삼 년간 환자수를 다 합친 것과 같은 수였는데, 이제 겨우 7월이라 폴리오 철이 끝나기까지 족히 두 달은 기다려야 했다. 새 환자가 열한 명 생기고, 그날 밤에 캔터 선생님이 가장 아끼던 앨런 마이클스가 죽었다. 폴리오가 일흔두 시간 만에 아이를 끝장낸 것이다.

그다음날은 토요일이라 놀이터는 단체 활동을 정오까지만 허용했는데, 정오에는 일주일에 한 번씩 테스트하는 공습 사이렌의 흐느끼는 소리가 도시 전역의 전신주에서 오르락내리락했다. 그는 놀이터를 닫은 후 바클레이 스트리트로 돌아가 할머니가 한 주에 한 번 하는 장보기—그들이 하던 식료품점의 재고는 할아버지가 세상을 뜬 후 적은 돈을 받고 팔았다—를 돕는 대신 남자아이들의 라커룸으로 들어가 샤워를 하고 종이봉투에 넣어

들고 온 깨끗한 셔츠와 바지를 입고 광이 나게 닦은 구두를 신었다. 그런 다음 챈슬러 애비뉴를 걸어 언덕을 다 내려가 앨런 마이클스의 가족이 사는 페이비언 플레이스까지 갔다. 동네에 폴리오가 발병했음에도 상점들이 늘어선 중심가에는 사람들이 잔뜩 나와 토요일 장보기를 하고 세탁물을 찾고 처방전을 가져가 약을 짓고 전기용품점과 여자옷 가게와 안경점과 철물점에서 필요한 것을 샀다. 프렌치의 이발소는 이발을 하거나 면도를 하려고 기다리는 동네 남자들로 빈자리가 없었다. 옆의 구두 수선점에서는 이탈리아인 주인—이 거리의 유일한 비유대인 상점주였으니, 프렌치*도 유대인이었기 때문이다—이 어수선한 카운터에 쌓인 구두들 가운데 수선이 끝난 구두를 찾아주느라 바빴고 이탈리아 라디오 방송국에서는 열린 문간으로 시끄럽게 소리를 토해내고 있었다. 가게들은 거리를 내다보는 판유리창으로 해가 뜨겁게 들이비치는 것을 막으려고 이미 앞쪽 차일을 내리고 있었다.

밝고 구름 없는 날이었으며 기온은 시간이 다르게 올라가고 있었다. 그에게 체육을 배우는 아이들과 놀이터 붙박이들은 그를 학교 밖 챈슬러 애비뉴에서 보자 흥분했다—그가 이 동네가

* Frenchy라는 이름이 비유대인의 느낌을 준다.

아니라 아래쪽 사우스사이드 학구에 살았던지라 아이들은 그를 체육 교사이자 놀이터 감독이라는 공식 직책을 맡고 있을 때만 보았던 것이다. 아이들이 "캔터 선생님!" 하고 부르자 그는 손을 흔들고 부모들에게도 웃음을 지으며 고개를 끄덕였는데 일부는 사친회 때 만나 안면이 있었다. 한 아버지가 발을 멈추더니 그에게 말을 걸었다. "악수를 하고 싶었네, 젊은이." 그가 캔터 선생님에게 말했다. "자네가 그 이탈리아 놈들한테 어디로 가버리라고 했다면서. 그 더러운 개들한테. 일 대 십으로. 용감한 젊은이야." "감사합니다, 아버님." "나는 머리 로젠필드요. 조이의 애비 되는 사람이지." "감사합니다, 로젠필드 씨." 그다음에는 장을 보러 나온 여자가 발을 멈추고 그에게 말을 걸었다. 그녀는 예의바르게 미소를 짓고 말했다. "나는 루이 부인이에요. 버니의 어머니요. 우리 아들이 선생님을 숭배하더라고요, 캔터 선생님. 하지만 한 가지 여쭤볼 게 있어요. 이 도시에 벌어지고 있는 일을 생각할 때, 애들이 이 더위에 계속 뛰어다녀야 한다고 생각하세요? 버니는 온몸이 땀에 흠뻑 젖어서 집에 와요. 그게 좋은 생각일까요? 앨런한테 일어난 일을 보세요. 가족이 어떻게 그런 일을 극복할 수 있겠어요? 그 아이 형 둘이 전쟁에 나가고 없는데, 이제는 이런 일까지." "저는 아이들이 지나치게 운동을 하게 내버려두지 않습니다, 루이 부인. 제가 지켜보고 있습니다."

"버니는 언제 그만둬야 할지를 몰라요. 누가 막지 않으면 하루 종일 그러고 또 밤새 뛰어다닐 거예요." "버니 몸이 너무 뜨거워지면 제가 반드시 그만두게 하겠습니다. 제가 계속 지켜볼게요." "아, 고마워요, 고마워. 애들을 돌보는 게 캔터 선생님이라서 모두들 아주 좋아해요." "제가 도움이 되면 좋겠습니다." 캔터 선생님은 그렇게 대답했다. 그가 버니의 어머니와 이야기를 하는 동안 사람들이 조금 모여들었고, 이제 두번째 여자가 나서서 눈길을 끌려고 그의 소매로 손을 뻗었다. "상황이 이런데 보건국은 어디서 뭘 하는 거예요?" "저한테 물어보시는 건가요?" 캔터 선생님이 대답했다. "네, 선생님한테요. 간밤에 위퀘이크에서 환자가 열한 명이나 새로 생겼잖아요! 한 아이는 죽고! 보건국이 우리 애들을 보호하기 위해 지금 어떤 일을 하고 있는지 알고 싶어요." "저는 보건국에서 일을 하지 않는데요." 그가 대답했다. "저는 챈슬러의 놀이터 감독입니다." "선생님이 보건국에서 일한다고 누가 그러던데요." 그녀가 비난조로 말했다. "아니, 아닙니다. 저도 도와드릴 수 있으면 좋겠지만 저는 학교 소속이라서요." "보건국에 전화를 하면 통화중 신호만 나와요. 일부러 수화기를 내려놓은 것 같아요." "보건국에서 여기 왔다 갔어요." 다른 여자가 끼어들었다. "내가 봤어. 우리 거리의 어떤 집에 격리 표지판을 세워놓더라고." 그녀가 괴로움이 가득한 목소리로 말했다. “우리 거리에 폴리오 환자가 생긴 거야!” “그런데도 보건국에서는 아무 일도 안 해요!” 다른 사람이 화가 나서 말했다. “시에서는 이걸 막기 위해 무슨 일을 하고 있는 거야? 아무 일도 안 하잖아요!” “틀림없이 할 수 있는 일이 있을 거야. 그런데도 아무 일도 안 해요!” “아이들이 마시는 우유를 검사해야 돼요. 폴리오는 더러운 소와 감염된 우유 때문에 생기는 거니까.” “아니야.” 다른 사람이 말했다. “소가 아니에요. 병이 문제예요. 우유병을 제대로 소독하지 않는다고요.” “왜 훈증 소독을 안 하는 거죠?” 다른 목소리가 말했다. “왜 살균제를 안 쓰는 거야? 모든 걸 살균해.” “왜 내가 어릴 때처럼 하지 않는 거지? 그때는 우리 목에 장뇌樟腦 공이 달린 목걸이를 걸어줬잖아요. 아위라고 부르던 냄새 고약한 게 있었어요. 어쩌면 그게 지금도 효과가 있을지 몰라요.” “왜 거리에 화학약품 같은 걸 뿌려서 그걸 없애지 못하는 걸까요?” “화학약품 같은 건 필요 없어요.” 다른 사람이 말했다. “가장 중요한 건 애들이 손을 씻는 거예요. 늘 손을 씻는 거죠. 청결! 청결이 유일한 치료법이에요!” “또 한 가지 중요한 일은,” 캔터 선생님이 끼어들었다. “여러분 모두 진정하고 자제력을 잃지 말고 공황에 빠지지 않는 겁니다. 아이들한테 공황을 퍼뜨리지 않는 겁니다. 중요한 건 아이들 생활의 모든 걸 가능한 한 정상적으로 유지하고 여러분 모두가 아이들에게 이야기할 때

합리적이고 차분한 태도를 유지하려고 노력하는 겁니다." "이게 지나갈 때까지 애들이 집에 있는 게 낫지 않을까요?" 다른 여자가 그에게 말했다. "이런 위기에는 집이 가장 안전한 장소가 아닐까요? 리치 툴린이 내 아들이에요. 리치는 선생님을 미치도록 좋아해요, 캔터 선생님. 애들이 다 마찬가지예요. 하지만 놀이터를 폐쇄해서 집에 있게 하는 게 리치한테 더 좋지 않을까요? 모든 애들한테 더 좋지 않을까요?" "놀이터 폐쇄는 제가 결정할 일이 아닙니다, 툴린 부인. 교육장이 결정할 문제죠." "지금 벌어지고 있는 일 때문에 선생님을 탓한다고 생각하지는 마세요." 그녀가 말했다. "아니, 아닙니다, 저를 탓하는 게 아니란 걸 알아요. 툴린 부인은 자식을 둔 어머니시잖아요. 당연히 걱정이 되시겠죠. 모든 분의 걱정 이해합니다." "우리 유대인 아이들은 우리 재산이에요." 누군가가 말했다. "왜 그게 우리 아름다운 유대인 아이들을 공격하는 거죠?" "저는 의사가 아닙니다. 과학자가 아니에요. 그게 왜 공격하고 어떤 사람을 공격하는지 저는 모릅니다. 아마 아무도 모를 겁니다. 그래서 다들 누가 또는 무엇이 이런 죄를 짓고 있는지 찾아내려고 하는 거죠. 무엇에 책임이 있는지 찾아내 그걸 없애려고 하는 겁니다." "하지만 이탈리아인들은요? 이탈리아인들 때문인 게 분명해요!" "아니, 아닙니다, 저는 그렇게 생각하지 않아요. 이탈리아 아이들이 왔을 때 제가 거기 있었습니다. 그애들은 우리 아이들하고 아무런 접촉이 없었어요. 이탈리아 아이들 때문이 아닙니다. 보세요, 걱정에 사로잡혀서도 안 되고 두려움에 사로잡혀서도 안 됩니다. 아이들에게 두려움이라는 병원균을 감염시키지 않는 게 중요합니다. 우리는 이걸 극복할 겁니다, 제 말을 믿으세요. 우리 모두 자기 할 일을 하고, 마음을 가라앉히고 아이들을 보호하기 위해 우리가 할 수 있는 모든 일을 하면, 함께 이걸 극복할 수 있을 겁니다." 그가 말했다. "아, 고마워요, 젊은이. 아주 훌륭한 젊은이야." "가볼 데가 있어서요. 실례해야겠습니다." 그는 그들 모두를 향해 말하고, 마지막으로 다시 한번 그들의 불안한 눈, 그가 스물세 살의 놀이터 감독이 아니라 그보다 훨씬 강한 어떤 존재라도 되는 것처럼 그에게 애원하고 있는 눈들을 들여다보았다.

페이비언 플레이스는 뉴어크의 마지막 거리, 철로와 목재 집하장으로 넘어가기 전에 나오는, 어빙턴과 만나는 경계가 되는 거리였다. 챈슬러에서 뻗어나온 다른 주택가들과 마찬가지로 이 거리에도 이층 반짜리 목조가옥이 줄지어 늘어서 있었다. 이 집들의 현관 앞에는 빨간 벽돌 층계와 산울타리로 둘러싸인 아주 작은 마당이 있었고 좁은 시멘트 진입로와 작은 차고를 경계로 집들이 서로 나뉘어 있었다. 각 층계 앞 갓돌 옆에는 시에서 지난 십 년간 그늘을 만들려고 심은 어린나무들이 있었지만, 몇 주 동안 심한 더위와 가뭄이 이어지는 바람에 지금은 바싹 말라버린 것처럼 보였다. 깨끗하고 고요한 거리에서는 병이나 감염의 증거를 전혀 찾아볼 수 없었다. 집마다 층마다 맹렬한 더위를 막으려고 블라인드를 내리거나 커튼을 쳐놓았다. 어디에도 사람이 보이지 않았는데 캔터 선생님은 이것이 더위 때문인지 아니면 이웃들이 마이클스 가족에 대한 예의 때문에 아이들을 밖에 나가지 못하게 했기 때문인지 알 수가 없었다—어쩌면 마이클스 가족에 대한 공포 때문인지도 몰랐다.

이윽고 라이언스 애비뉴 모퉁이에서 한 형체가 나타나, 페이비언 플레이스에 작열하여 아스팔트 도로를 말랑말랑하게 녹여버린 밝은 빛을 뚫고 혼자 나아가고 있었다. 그 독특한 걸음걸이 때문에 캔터 선생님은 멀리서도 그가 누구인지 알아보았다. 호러스였다. 위퀘이크 구역의 모든 남자, 여자, 아이는 호러스를 한눈에 알아보았는데, 그것은 무엇보다도 그가 다가오는 것을 보면 늘 마음이 심하게 불안해졌기 때문이다. 어린아이들은 그를 보면 길 건너편으로 달려갔고 어른들은 눈을 내리깔았다. 호러스는 동네의 '얼간이'로 삼십대나 사십대 정도 되는—아무도 그의 나이를 확실하게 알지 못했다—빼빼 마른 사람이었는데,

정신 발달은 여섯 살 정도에 멈춰 있어 심리학자들이 그를 보았다면 오래전 동네 어린아이들이 비임상적으로 붙여준 얼간이라는 명칭 대신 백치 또는 치우라는 범주에 집어넣었을 것이다. 그는 발을 질질 끌었고 한 걸음 내디딜 때마다 거북이처럼 목에서 앞으로 툭 튀어나온 머리를 앞뒤로 천천히 까닥였기 때문에, 전체적으로 걷는다기보다는 비틀대며 간신히 앞으로 나아가는 것처럼 보였다. 드문 일이지만 말을 할 때는 입꼬리에 침이 고였고, 말을 하지 않을 때도 가끔 침이 질질 흐르곤 했다. 얼굴은 길쭉하니 야위고 균형이 맞지 않는 것이 꼭 좁은 산도産道에 짓눌리고 뒤틀린 것처럼 보였다. 다만 코 하나만은 크기도 큰데다 얼굴이 좁은 것에 비하면 이상하고 괴이할 정도로 구근처럼 불거져, 어떤 아이들은 현관 앞 층계나 진입로에 모여 있다가도 그가 발을 끌며 지나가면 "어이, 나팔코!" 하고 소리를 지르며 놀리기도 했다. 그의 옷에서는 계절에 관계없이 시큼한 냄새가 풍겼고, 얼굴에는 핏자국이 점점이 박혀 있었는데, 피부의 이 작은 흠들은 호러스가 정신은 아기와 같을지 모르지만 턱수염은 어른과 같아서 매일 밖으로 나오기 전에 설령 위험할지라도 면도를 한다는 것, 또는 부모 중 한 사람이 면도를 해준다는 것을 확인해주었다. 그는 몇 분 전에 부모와 함께 사는 모퉁이 근처의 양복점 뒤편 작은 아파트에서 나온 것이 틀림없었는데, 그의 부모는 그들끼리는 이디시어*를 하고 가게를 찾은 손님에게는 외국어 억양이 강한 영어를 하는 나이든 부부로, 장성하여 따로 사는 정상적인 자식들도 있다는 소문이 있었다—놀랍게도 호러스의 두 형 중 한 명은 의사이고 다른 한 명은 성공한 사업가라고 했다. 호러스는 그 가족의 막내였으며, 아무리 더운 여름이나 아무리 추운 겨울에도 날씨에 아랑곳하지 않고 일 년 내내 매일 동네를 걸어다녔는데, 겨울이면 커다란 매키노 코트의 모자를 귀마개 위로 덮어쓰고 단추를 채우지 않은 커다란 덧신 장화를 신었다. 그의 큰 손에 잘 맞을 듯한 벙어리장갑은 소매에 안전핀으로 고정해놓았지만 아무리 추워도 끼는 법 없이 대롱거리기만 했다. 그런 차림으로 터벅터벅 걸어가면 보통 때 혼자 동네를 일주할 때보다 훨씬 기이해 보였다.

캔터 선생님은 이 거리 맨 끝에 있는 마이클스의 집을 찾아내, 현관 앞 층계를 올라가, 우편함들이 달린 작은 현관에서 그들의 집인 이층의 초인종을 누르고 위층에서 벨이 울리는 소리를 들었다. 누군가 천천히 안쪽 계단을 내려와 계단통 하단에 있는 젖빛 유리문을 열었다. 눈앞에 선 남자는 몸집이 크고 건장했으며,

* 독일어와 히브리어, 슬라브어가 섞인 언어로, 유럽과 미국의 유대인 사이에서 많이 쓰인다.

반소매 셔츠의 단추들이 배 위에서 팽팽하게 당겨지고 있었다. 눈 밑에는 시커멓고 꺼끌꺼끌한 얼룩이 번져 있는 듯했고, 캔터 선생님을 보고도 마치 슬픔 때문에 넋이 나가 말을 못하는 사람처럼 입을 다물고 있었다.

"버키 캔터입니다. 챈슬러의 놀이터 감독이고 그곳 체육 교사입니다. 앨런은 저한테 체육을 배웠습니다. 놀이터에서 시합을 하기도 했고요. 아이한테 일어난 일을 듣고 조의를 표하러 왔습니다."

남자는 대답하는 데 시간이 오래 걸렸다. "앨런이 선생 이야기를 했었소." 그가 마침내 입을 열었다.

"앨런은 타고난 운동선수였습니다. 아주 생각이 깊은 아이였고요. 이건 끔찍하고 충격적인 일입니다. 도무지 이해가 안 됩니다. 여기 계신 분 모두에게 제가 얼마나 충격을 받았는지 말씀드리러 왔습니다."

현관은 무척 더웠기 때문에 두 남자 모두 땀을 뻘뻘 흘리고 있었다.

"위층으로 올라갑시다." 마이클스 씨가 말했다. "차가운 것 좀 드시게."

"폐를 끼치고 싶지 않습니다." 캔터 선생님이 말했다. "조의를 표하고 아드님이 얼마나 훌륭한 아이였는지 말씀드리고 싶었습니다. 앨런은 모든 면에서 어른스러웠습니다."

"아이스티가 있소. 처제가 좀 만들어놨소. 집사람 때문에 의사를 불러야 했거든. 그 일 뒤로 몸져누워 있어서. 페노바르비탈*을 먹여야 했지. 가서 아이스티 좀 드시오."

"방해하고 싶지 않습니다."

"올라오시오. 앨런은 늘 캔터 선생님이 어떠니 그 선생님 근육이 어떠니 이야기를 했소. 놀이터를 사랑했지." 이어 그의 목소리가 갈라졌다. "그애는 삶을 사랑했소."

캔터 선생님은 슬픔에 사로잡힌 커다란 남자를 따라 층계를 올라가 아파트로 들어갔다. 블라인드를 다 내렸지만 불은 켜지 않았다. 소파 옆에 콘솔형 라디오가 있고 그 맞은편에 크고 푹신한 안락의자 두 개가 있었다. 캔터 선생님은 소파에 앉았고 마이클스 씨는 부엌으로 가 손님이 마실 아이스티 한 잔을 들고 돌아왔다. 그는 캔터 선생님에게 자신과 가까운 자리인 안락의자에 앉으라고 손짓하고, 옆에서 들릴 정도로 고통스럽게 한숨을 내쉬며 발치에 발판이 달린 다른 안락의자에 앉았다. 발판과 의자에 몸을 쭉 뻗자 그도 부인과 마찬가지로 침대에 누운 채 약 때문에 움직이지 못하는 것처럼 보였다. 충격으로 얼굴에는 표정

* 진정제.

이 없었다. 가까운 곳도 어두컴컴해서 눈 밑의 얼룩진 피부가 마치 잉크로 애도의 상징 두 개를 찍어놓은 것처럼 시커메 보였다. 고대 유대인의 죽음 의식에서는 사랑하는 사람의 죽음을 알게 되면 옷을 찢었다—마이클스 씨는 대신 창백한 얼굴에 검은 점 두 개를 찍어놓았다.

"우리한테는 군대 간 아들들이 있소." 그가 다른 방에 있는 사람들이 듣지 못하도록 작은 소리로, 또 극심한 피로 때문인 듯 느린 속도로 말했다. "그 아이들이 해외로 나간 뒤로 매일 최악의 소식이 들려올 것을 각오하며 지냈소. 그래도 지금까지는 최악의 전투에서도 살아남았는데, 며칠 전 막내 녀석이 아침에 일어났을 때 목이 뻣뻣해지고 열이 오르더니 사흘 만에 가버린 거요. 이걸 어떻게 아이 형들한테 얘길 하겠소? 어떻게 전투하고 있는 애들한테 이걸 편지로 쓰겠소? 열두 살짜리 어린애, 우리가 바랄 수 있는 가장 훌륭한 아이, 그 아이가 가버렸는데. 첫날밤에 아이가 너무 힘들어했기 때문에 아침이 왔을 때 나는 이제 최악은 끝났나보다, 위기는 지나갔나보다 생각했소. 하지만 최악은 그때부터 시작이었소. 그 아이가 어떤 하루를 보냈는지! 아이 몸이 불덩이였소. 체온계를 믿을 수가 없었지—41도라니! 의사는 오자마자 곧바로 구급차를 불렀고 병원에서는 우리한테서 애를 채갔소—그걸로 끝이었소. 우리는 두 번 다시 살아 있는 우리

아들을 볼 수 없었소. 애 혼자 죽은 거요. 잘 가라는 말조차 할 기회가 없었소. 우리한테 남은 거라곤 아이 옷이 든 옷장과 교과서와 운동용품, 그리고, 저기, 저쪽에 물고기뿐이오."

그때야 캔터 선생님은 맞은편 벽에 커다란 어항이 있다는 것을 알았다. 진입로와 옆집을 바라보고 있을 것이 틀림없는 그쪽 창에 블라인드뿐 아니라 거무스름한 커튼까지 쳐놓았기 때문이다. 네온 빛 한줄기가 어항을 비추고 있었고, 그 안에 다양한 빛깔의 아주 작은 물고기 여남은 마리가 보였는데, 작은 모형 관목과 마찬가지로 녹색인 작은 모형 동굴 속으로 사라지거나, 먹이를 찾아 모랫바닥을 쓸고 다니거나, 수면에서 공기를 빨려고 위로 방향을 틀거나, 어항 한쪽 구석에서 방울방울 공기를 뿜어내는 은빛 원통 근처에 꼼짝도 않고 그냥 멈춰 있었다. 앨런이 만든 거로구나. 캔터 선생님은 생각했다. 꼼꼼하게 관리하고 돌본, 장비를 제대로 갖춘 서식지였다.

"오늘 아침," 마이클스 씨가 어깨 너머로 뒤쪽 어항을 가리키며 말했다. "먹이를 줘야 한다는 게 기억났소. 침대에서 벌떡 일어나다 기억이 났지."

"앨런은 가장 훌륭한 아이였습니다." 캔터 선생님이 말하며, 목소리를 높이지 않고도 잘 들릴 수 있도록 의자 앞으로 몸을 기울였다.

"늘 숙제를 했지." 마이클스 씨가 말했다. "늘 자기 엄마를 도왔고. 몸안에 이기적인 빼라고는 하나도 없었어. 9월에는 바르미츠바 준비를 시작할 참이었소. 예의발랐지. 깔끔하고. 매주 V우편*으로 두 형한테 편지를 쓰고, 소식이 가득한 편지를 저녁 식탁에서 우리한테 읽어주었소. 자기 엄마가 두 형 때문에 침울해지면 늘 기운을 북돋워주려 했지. 늘 자기 엄마가 웃음을 터뜨리게 했어. 어렸을 때도 앨런과 함께 있으면 웃으며 재미있게 지낼 수 있었다오. 우리집은 그 아이 친구들이 모두 몰려와 노는 곳이었지. 이곳은 늘 애들로 가득했는데. 왜 앨런이 폴리오에 걸린 거요? 왜 그애가 병에 걸려 죽어야 했던 거요?"

캔터 선생님은 차가운 아이스티 잔을 꽉 움켜쥐고 있을 뿐, 마시기는커녕 심지어 그것을 쥐고 있다는 것조차 깨닫지 못하고 있었다.

"그애 친구들이 죄다 겁을 먹고 있소." 마이클스 씨가 말했다. "앨런한테 옮아서 이제 자기들도 폴리오에 걸릴 거라고 겁을 먹고 있는 거요. 부모들은 히스테리에 걸렸소. 아무도 어째야 할지를 몰라. 어떻게 하면 좋겠소? 우리가 뭘 했어야 하는 거요? 나

* 2차세계대전중 해외의 미군 장병에게 보내는 우편물을 마이크로필름에 담아 발송한 것.

는 머리를 쥐어짜고 있소. 우리보다 깨끗한 가족이 있을 수 있소? 내 아내보다 집을 흠 없이 깨끗하게 유지하는 여자가 있을 수 있소? 아이들의 행복에 그녀보다 관심을 쏟는 어머니가 있을 수 있었겠소? 앨런보다 자기 방과 옷과 몸을 잘 돌보는 아이가 있을 수 있었겠소? 그애는 뭘 하든 처음부터 제대로 했소. 그리고 늘 행복했고. 늘 농담을 했고. 그런데 왜 그애가 죽은 거요? 이게 어디가 공정한 거요?"

"전혀 공정하지 않습니다." 캔터 선생님이 말했다.

"오직 옳은 일, 옳은 일, 옳은 일, 옳은 일만 해. 언제부터였는지도 모르게. 사려 깊은 사람, 합리적인 사람, 남을 편하게 해주는 사람이 되려고 하지. 그런데 이런 일이 일어나. 인생 어디에서 양식良識을 찾아야 하는 거요?"

"찾을 수 없을 것 같습니다." 캔터 선생님이 대답했다.

"정의의 저울은 어디 있는 거요?" 가련한 남자가 물었다.

"모르겠습니다, 마이클스 씨."

"왜 비극은 늘 그것을 당할 이유가 전혀 없는 사람에게 덮치는 거요?"

"저도 답을 모르겠습니다." 캔터 선생님이 대답했다.

"왜 내가 아니라 그애인 거요?"

캔터 선생님은 그런 질문에는 전혀 답을 할 수가 없었다. 그저 어깨만 으쓱할 뿐이었다.

"아이…… 아이에게 비극이 덮치다니. 이렇게 잔인할 수가!" 마이클스 씨가 말하며 손바닥으로 팔걸이를 쳤다. "이렇게 무의미할 수가! 하늘에서 무시무시한 병이 떨어져 하룻밤 새에 사람이 죽다니. 그것도 아이가!"

캔터 선생님은 이 아버지의 극심한 괴로움을 단 한순간이라도 달래줄 만한 말을 한마디도 알지 못하는 것이 안타까웠다. 그가 할 수 있는 일이라고는 고개를 끄덕이는 것뿐이었다.

"며칠 전 저녁에 우리는 밖에 나가 앉아 있었소." 마이클스 씨가 말했다. "앨런이 우리와 함께 있었소. 빅토리 가든*을 돌보고 오는 길이었지. 그애는 마치 종교의식에 참여하듯이 그 일을 했소. 작년에는 앨런이 여름 내내 기른 채소를 정말로 먹었다니까. 산들바람이 불어왔소. 갑자기 바람이 분 거요. 기억나시오, 며칠 전 밤? 여덟시쯤이었는데, 얼마나 시원했는지?"

"네." 캔터 선생님은 그렇게 대답했지만 듣고 있지 않았다. 그는 방 건너편 어항에서 헤엄치는 열대어들을 보며, 돌봐줄 앨런이 없으니 굶어죽거나 남에게 버려지거나 언젠가 눈물을 흘리는 누군가에 의해 변기에 들어가 물과 함께 흘러가게 될 것이라는

---

* 2차세계대전중 정원 등을 일구어 만든 채소밭.

생각을 했다.

"타는 듯 더운 하루를 보낸 뒤라 축복처럼 느껴졌소. 사람들은 바람을 기다리고 또 기다리잖소. 바람이 더위를 좀 덜어줄 거라고 생각하지. 하지만 바람이 그렇게 해주는 대신 어떻게 했다고 내가 생각하는지 아시오?" 마이클스 씨가 물었다. "나는 그 바람이 폴리오 균을 공중에 흩뿌렸다고 생각하오. 여기저기 여기저기, 잎들이 돌풍에 흩날리는 것처럼. 나는 앨런이 거기 앉아 있다가 바람에서 균을 들이마셨다고 생각해……" 그는 말을 잇지 못했다. 그는 울기 시작했다. 어색하게, 서투르게, 평소에 자신이 뭐든 감당할 수 있다고 생각하기 좋아하는 남자들이 우는 것처럼.

뒤쪽 침실에서 한 여자가 나왔다. 마이클스 부인을 돌보던 처제였다. 그녀는 불안에 떠는 아이가 마침내 방에서 잠들기라도 한 것처럼 살며시 바닥을 디뎠다.

조용히 그녀가 말했다. "형부가 누구하고 얘기하고 있는지 알고 싶어하네요."

"여기는 캔터 선생님이야." 마이클스 씨가 말하며 눈을 닦아냈다. "앨런의 학교 선생님이야. 언니는 어때?" 그가 처제에게 물었다.

"좋지 않아요." 그녀가 낮은 목소리로 알렸다. "똑같은 얘기예요. '우리 아긴 안 돼, 우리 아긴 안 돼.'"

"내가 곧 들어가볼게." 그가 말했다.

"저는 가야겠습니다." 캔터 선생님이 말하며 의자에서 일어나 손을 대지 않은 아이스티를 옆 탁자에 내려놓았다. "그냥 조의를 표하고 싶었을 뿐입니다. 장례식이 언제인지 여쭤봐도 될까요?"

"내일 열시요. 슐리 스트리트 회당. 앨런은 랍비가 히브리 학교에서 가장 아끼는 아이였소. 모든 사람이 가장 아끼는 아이였지. 슬라빈 랍비가 무슨 일이 있었는지 얘기를 듣자마자 직접 여기 와서 슐*에서 하자고 제안했소. 앨런에 대한 특별한 명예로. 세상 모든 사람들이 그 아이를 사랑했지. 그 아이는 백만 명에 하나 나올까 말까 한 아이였소."

"뭘 가르치셨나요?" 처제가 캔터 선생님에게 물었다.

"체육입니다."

"스포츠라는 말이 들어간 거라면 뭐든, 앨런은 사랑했죠." 그녀가 말했다. "게다가 공부는 얼마나 잘했는지. 모든 사람의 눈동자 같은 아이였어요."

"저도 압니다." 캔터 선생님이 말했다. "저도 봤죠. 얼마나 안타까운지 이루 말할 수가 없습니다."

---

* 유대 교회.

아래층에서 현관 밖 층계로 나오자 아파트 일층에서 한 여자가 튀어나오더니 흥분해서 그의 팔을 잡고 물었다. "격리 표지판은 어디 있어요? 사람들이 위층을 오르내리고, 들락날락, 들락날락하는데 왜 격리 표지판이 없는 거예요? 우리집엔 어린애들이 있다고요. 왜 우리 아이들을 보호할 격리 표지판이 없는 거예요? 위생반에서 순찰하러 나왔나요?"

"위생반 같은 건 전혀 모릅니다. 저는 놀이터에서 나왔습니다. 학교 선생입니다."

"그럼 누가 책임자죠?" 두려움에 사로잡힌 작고 거무스름한 여자는 감정으로 얼굴이 일그러져 있었다. 아이들이 폴리오가 닿는 곳에서 위태롭게 살아가야 하는 상황 때문이 아니라 폴리오 자체에 의해 이미 삶이 망가진 것처럼 보였다. 마이클스 씨보다 나을 것이 없어 보였다.

"보건국이 책임자인 것 같은데요." 캔터 선생님이 말했다.

"그 사람들이 어디 있는데요?" 여자가 간청하는 표정으로 물었다. "책임자가 어디 있냐고요! 사람들은 우리집 앞으로 걸어 다니지도 않으려고 해요. 일부러 건너편으로 가요. 애가 이미 죽었어요." 그녀는 그렇게 덧붙였는데, 이제 절망 때문에 횡설수설하고 있었다. "그런데도 나는 아직 격리 표지판을 기다리고 있다고요!" 이 대목에서 그녀는 비명을 내질렀다. 캔터 선생님은 공포영화에서 말고는 비명을 들어본 적이 없었다. 그것은 절규하고는 또 달랐다. 마치 전류로 만들어낸 소리 같았다. 아주 높고 오래 이어지는 소리로 그가 아는 인간의 어떤 소리와도 달랐다. 그 섬뜩한 충격에 그는 살갗이 근질거렸다.

점심을 먹지 않았기 때문에 그는 핫도그를 먹으려고 시드의 가게로 갔다. 조심스럽게 거리의 그늘진 쪽을 골라 걸었는데, 건너편은 강렬한 햇빛을 가려줄 것이 아무것도 없어 보도 위로 열파가 아른거리는 것이 눈에 보이는 느낌이었다. 장보러 온 사람들은 대부분 사라졌다. 온도계가 38도라는 경악할 만한 온도를 기록한, 만일 놀이터가 개방되었다면 그가 먼저 나서서 소프트볼 게임을 줄이고 아이들에게 체스판이나 학교 그늘에 설치된 탁구대를 이용하라고 권했을 법한 강렬한 여름날이었다. 많은 아이들은 어머니가 더위에 대비해 준 소금알을 먹었고, 기온이 아무리 높이 올라가도, 놀이터의 아스팔트 표면이 스펀지처럼 물렁해지면서 스니커즈 밑에서 열기를 발산하기 시작하고 해가 너무 뜨거워 맨살을 그을리기보다는 오히려 모든 색깔을 표백한 뒤 그 자리에서 화장시켜버릴 것 같은 생각이 들 때조차도, 계속 시합을 하고 싶어했다. 앨런 아버지의 탄식을 막 듣고 나온 캔터 선생님은 남은 여름 동안 기온이 32도를 넘으면 모든 스포츠를 중단시켜야 하는 게 아닌가 생각했다. 그렇게 하면, 적어도 뭔가를 하는 셈은 될 테니까. 그 뭔가가 폴리오의 확산을 막는 데 어떤 도움이 될지는 전혀 알지 못한다 해도.

시드의 가게는 거의 텅 비어 있었다. 누군가 가게 뒤쪽 어둠 속에 자리잡은 핀볼 머신을 향해 욕을 내뱉고 있었고, 처음 보는 고등학생 두 명이 여름의 애창곡 가운데 하나인 〈I'll Be Seeing You〉가 나오는 주크박스 옆에서 빈둥거리고 있었다. 그것은 마샤가 라디오에서 듣고 싶어하는 노래이기도 했는데, 남편이나 남자친구가 전쟁터로 떠나 홀로 남겨진 수많은 아내들과 여자친구들 때문에 그렇게 인기가 좋은 것이었다. 그는 마샤가 인디언 힐로 떠나기 전 주에 그녀의 집 뒤쪽 포치에서 그 노래에 맞춰 함께 춤을 추던 기억이 났다. 끌어안은 채 〈I'll Be Seeing You〉를 들으면서 발을 끌며 천천히 춤을 추고 있자니 마샤가 떠나기 전이었는데도 벌써 서로를 그리워하게 되었다.

부스에 앉은 사람도 없고 카운터의 스툴에 앉은 사람도 없는 가게에서 버키는 챈슬러 애비뉴를 향해 열려 있는 방충망이 달린 문과 음식이 나오는 긴 창 근처의 자리에 앉아 거리로부터 불어들어올지도 모르는 바람이 지나가는 길목을 차지했다. 카운터 양쪽 끝에서 커다란 선풍기가 돌아가고 있었지만 별 도움이 되는 것 같지 않았다. 식당은 더웠고 기름을 잔뜩 넣고 튀긴 프렌치프라이 냄새가 진동했다.

그는 핫도그와 차가운 루트 비어를 주문해 카운터에서 혼자 먹기 시작했다. 창밖, 길 건너에서, 모든 것을 소멸시킬 듯한 뉴어크의 폭염을 뚫고 터덜터덜 언덕을 천천히 올라가는 사람은 다름 아닌 호러스였는데, 오늘이 토요일이라는 것, 여름에는 토요일 정오에 놀이터를 닫는다는 것을 이해하지 못하고 그곳으로 향하고 있는 것이 틀림없었다. (그가 '여름' '놀이터' '닫는다' '정오'가 무슨 뜻인지 이해하는지조차 분명치 않았는데, 그가 길 반대편으로 건너오지 않는 것은 아마도 '그늘'이라는 개념을 만들어내는 초보적인 사고도 할 수 없다는 뜻이거나 이런 날 여느 개들도 그러듯 본능적으로 그늘을 찾는 것조차 하지 못한다는 뜻이었다.) 학교 뒤편에 아이들이 한 명도 없다는 것을 알게 되면 호러스는 어떻게 할까? 아이들이 나타나기를 기다리며 관중석에 몇 시간씩 앉아 있을까, 아니면 몽유병에 걸려 한낮에 돌아다니는 사람처럼 동네 방랑을 계속할까? 그렇다, 앨런이 죽고 폴리오가 도시의 모든 아이들의 생명을 위협하는 상황이었지만, 그럼에도 캔터 선생님은 호러스가 불에 타는 듯한 세계에서 고립된 채 아무 생각 없이 사나운 태양 밑의 거리를 홀로 걷는 것을 지켜보고 있자니 기운이 쑥 빠지는 것은 어쩔 수가 없었다.

아이들이 시합을 할 때 호러스는 공격 팀 선수들이 앉아 있는 벤치 끝에 말없이 앉아 있거나 일어서서 놀이터를 배회하다 경기장의 선수 한 명에게서 1, 2피트 떨어진 곳에 발을 멈추고 그 곳에 그대로 가만히 서 있었다. 이런 일은 늘 벌어졌기 때문에 야수가 호러스를 경기장에서 내보내는—그래서 경기에 다시 집중하는—유일한 방법은 이 얼간이의 생명 없는 손을 잡고 악수를 하며 "안녕하세요, 호러스?" 하고 말하는 것뿐임을 모두가 알고 있었다. 그러면 호러스는 만족한 표정으로 자리를 떠 다른 선수 옆에 가서 섰다. 그가 인생에서 바라는 것은 오직 그것—누가 악수를 해주는 것뿐이었다. 놀이터 아이들은 누구도 그를 비웃거나 놀리지 않았는데—적어도 캔터 선생님이 있을 때는 그러지 않았다—통제가 안 될 정도로 에너지가 넘치는 코퍼먼 형제, 마이런과 대니는 예외였다. 그들은 강하고 억센 아이들로 운동도 잘했는데, 마이런은 쉽게 흥분하는 호전적인 아이였고 대니는 짓궂고 비밀이 많은 아이였다. 특히 형인 열한 살의 마이런이 골목대장의 자질을 모두 갖추고 있어 놀이터에서 아이들과 의견이 맞지 않거나 여자애들 줄넘기를 방해할 때에는 고삐를 죄어 주어야 했다. 캔터 선생님은 길들여지지 않는 마이런에게 페어플레이 정신을 심어주고 호러스를 괴롭히지 말라고 주의를 주느라 적잖은 시간을 들여야 했다.

"봐." 마이런은 말하곤 했다. "봐, 호러스. 내가 하는 걸 보란 말이야." 호러스는 마이런의 스니커즈 끝이 관중석 계단에서 위아래로 박자를 맞추는 것을 보면, 손가락을 꿈틀거리기 시작하고 얼굴은 선홍색으로 붉히다가 곧 벌떼를 쫓듯 허공에 두 팔을 흔들어댔다. 그해 여름 캔터 선생님은 여러 번 마이런 코퍼먼에게 그만하라고, 다시는 그러지 말라고 말해야 했다. "뭘 그만해요? 뭘?" 마이런은 환하게 웃으며 전혀 무례를 감추려 하지 않았다. "그냥 발을 까닥거리고 있는 건데요, 캔터 선생님. 발을 까닥거릴 권리도 없나요?" "그만해, 마이런." 캔터 선생님이 대꾸했다. 열 살인 대니 코퍼먼은 진짜 리볼버처럼 생긴 금속 장난감 권총을 호주머니에 넣고 다녔는데, 이루수를 볼 때도 권총은 호주머니에 그대로 있었다. 방아쇠를 누르면 장난감 권총에서는 작은 폭발음과 함께 연기가 났다. 대니는 다른 애들 뒤로 다가가 권총으로 아이들을 놀라게 하는 것을 좋아했다. 대니가 신이 나서 그러고 다녀도 캔터 선생님이 눈감아준 것은 사실 다른 아이들이 전혀 놀라지 않았기 때문이었다. 그러다 어느 날 대니가 장난감 무기를 꺼내 호러스에게 흔들며 두 손을 위로 들라고 말했고, 호러스가 말을 듣지 않자 신이 나서 다섯 발을 쏘아댔다. 호러스는 그 소리와 연기에 울부짖으며 꼴사나운 발장다리 걸음으로 그를 괴롭히는 아이를 피해 놀이터를 빠져나갔다. 캔터 선생님은 총을 압수하여, 대니가 초여름에 놀이터의 어린아이들에게 겁을 줄 때 사용하던 장난감 '보안관' 수갑과 함께 사무실 서랍에 보관했다. 그런 뒤에 벌써 몇 번째인지 모르지만 대니 코퍼먼을 집으로 돌려보내면서 아이 어머니에게 둘째 아들의 장난이 어느 지경에 이르렀는지 알리는 메모를 전하게 했다. 그러나 아이 어머니가 그것을 한 번이라도 보았을 것이라고는 생각하지 않았다.

시드 가게의 카운터 뒤에서 오랫동안 일을 해온 유시라는 남자가 겨자 묻은 앞치마를 두른 모습으로 캔터 선생님에게 말했다. "이 근처는 완전히 죽었어."

"덥잖아요." 캔터 선생님이 대꾸했다. "여름이에요. 주말이고요. 다들 해변에 내려갔거나 집안에서 나오지 않는 거예요."

"아니, 그 아이 때문에 아무도 안 오는 거야."

"앨런 마이클스."

"그래." 유시가 말했다. "여기서 핫도그를 먹고 집에 가서 폴리오에 걸려 죽었다고 이제 모두 무서워서 오지를 않아. 말도 안 돼. 핫도그 때문에 폴리오에 걸리는 게 아니야. 핫도그를 수천 개는 팔았는데 아무도 폴리오에 걸리지 않았어. 그러다가 아이 하나가 폴리오에 걸리니까 모두들 이러는 거야. '시드네 가게에서 파는 핫도그 때문이야, 시드네 가게에서 파는 핫도그 때문이야!' 이건 삶은 핫도그야. 삶은 핫도그로 어떻게 폴리오가 걸려?"

"사람들이 겁을 먹었어요." 캔터 선생님이 말했다. "무서워 죽을 지경이라 무턱대고 걱정하는 거예요."

"그걸 퍼뜨린 건 이탈리아 새끼들이야." 유시가 말했다.

"그럴 가능성은 적어요." 캔터 선생님이 말했다.

"그랬다니까. 사방에 침을 뱉잖아."

"내가 거기 있었어요. 우리가 암모니아로 침을 닦아냈는걸요."

"침은 닦아냈지만 폴리오는 닦아내지 못한 거야. 폴리오는 닦아낼 수 없거든. 눈에 보이지가 않잖아. 공중에 떠 있다가 입을 벌려 숨을 쉬면 사람 몸에 들어와서 폴리오에 걸리게 되는 거야. 핫도그하고는 아무런 관계가 없어."

캔터 선생님은 아무 대답도 하지 않고 주크박스에서 나오는 귀에 익은 노래의 마지막 대목에 귀를 기울이며—갑자기 마샤가 보고 싶어졌다—남은 것을 마저 먹었다.

나는 그대를 만날 거예요
아름다운 여름날마다
밝고 멋진 것을 볼 때마다
나는 늘 그대를 그렇게 생각할 거예요……

"그 아이가 할렘의 가게에서 아이스크림선디를 먹었다고 해보자고." 유시가 말했다. "그럼 할렘의 가게에서 아무도 아이스크림선디를 안 먹을 건가? 아이가 중국집에서 초면炒麵을 먹었다고 해보자고. 그럼 아무도 초면을 먹으러 중국집에 가지 않을 건가?"

"그러겠죠." 캔터 선생님이 말했다.

"그럼 죽은 다른 아이는 어떻고?" 유시가 물었다.

"어떤 다른 애요?"

"오늘 아침에 죽은 애."

"어떤 애가 죽었는데요? 허비 스타인마크가 죽었어요?"

"그래. 그애는 여기에서 핫도그를 먹지 않았어."

"그애가 죽은 게 확실해요? 허비 스타인마크가 죽었다고 누가 그래요?"

"어떤 사람이. 어떤 사람이 조금 전에 와서 말해줬어. 두 사람이 말해줬어."

캔터 선생님은 유시에게 음식값을 지불하고 엄청난 더위에도 불구하고—더위를 두려워하지 않고—시드네 가게에서 챈슬러를 건너 놀이터로 뛰어가, 층계를 달려내려가 지하실 문을 열고 그의 사무실로 향했다. 그곳에서 그는 전화기를 들고 베스 이스라엘 병원의 번호를 돌렸다. 전화기 위 게시판에 압핀으로 붙여놓은 긴급 전화번호 목록 카드에 들어 있는 번호였다. 그 위의 다른 카드에는 그가 팬저 시절에 놀이터 운동*의 아버지인 조지프 리의 책을 읽다가 적어놓은 한 구절이 담겨 있었다. 그가 이 일을 맡고 처음 출근한 날부터 붙어 있던 것이었다. "어른에게 놀이는 오락이고 삶을 갱신하는 것이며, 아이에게 놀이는 성장이고 삶을 얻는 것이다." 그 옆에는 바로 전날 도착한, 레크리에이션부 부장이 우편으로 모든 놀이터 감독에게 보낸 통지문이 붙어 있었다.

최근 폴리오 발병으로 뉴어크 어린이들이 위험에 처한 상황을 고려하여 다음 사항에 각별히 주의를 기울여주시기 바랍니다. 세면장 비품이 충분치 않으면 즉시 주문해주십시오. 세면대, 변기, 바닥, 벽을 매일 살균제로 씻고 모든 것이 흠잡을 데 없이 청결한지 확인하십시오. 화장실 시설은 귀하의 감독하에 전체를 철저하게 청소해야 합니다. 현재의 폴리오 발병이 이 공동체를 위협하는 동안은 위의 사항에 직접 나서서 관심을 기울여주시기 바랍니다.

---

* 놀이터 건설의 필요성을 강조하고 촉진시키는 운동으로 독일에서 처음 일어났다.

병원에 전화 연결이 되자 그는 교환원에게 환자 정보를 요청한 다음 허버트 스타인마크의 상태를 물었다. 그는 환자가 이제는 병원에 없다는 이야기를 들었다. "철폐 안에 들어가 있을 텐데요." 캔터 선생님이 따졌다. "환자는 사망했습니다." 교환원이 말했다.

사망? 그 단어가 통통하고, 동글동글하고, 생글생글 웃는 허비하고 무슨 관계가 있단 말인가? 허비는 놀이터의 아이들 가운데 몸놀림이 가장 시원치 않았지만 가장 환심을 사려 했다. 캔터 선생님이 아침에 제일 먼저 하는 일이 장비를 꺼내는 것이었는데, 그때 그를 돕는 아이들 틈에 꼭 허비가 끼어 있었다. 챈슬러의 체육 수업 때, 안마와 평행봉과 링과 줄타기를 할 때는 가망 없어 보였지만, 열심히 하고 늘 착했기 때문에 캔터 선생님은 절대 B 이하를 준 적이 없었다. 타고난 운동선수 앨런과 신체의 민첩성이라고는 전혀 찾아볼 수 없는 가망 없는 운동선수 허비—둘 다 이탈리아 아이들이 놀이터를 침공하려던 날 경기장에서 뛰고 있었지만, 이제 둘 다 죽어, 열두 살의 나이에 폴리오 사망자가 되었다.

슬픔에 휩싸인 캔터 선생님은 괴로움을 어쩌지 못해 지하실 복도를 달려 놀이터 아이들이 사용하던 세면장으로 내려가, 청소용 마대, 물 양동이, 1갤런들이 살균제 캔을 들고 타일 바닥 전체를 닦으며 땀을 뻘뻘 흘렸다. 그런 다음 여자 세면실로 가, 미칠 듯한 분노에 사로잡혀, 그곳 바닥도 힘차게 닦아냈다. 그러고 나서 옷과 손에서 살균제 냄새를 풀풀 풍기며 버스를 타고 집으로 갔다.

다음날 아침, 그는 면도를 하고 샤워를 하고 아침을 먹은 다음, 그중 나은 구두를 다시 닦고, 하얀 셔츠에 양복을 입고, 두 타이 가운데 짙은 쪽을 매고, 버스를 타고 슐리 스트리트로 갔다. 회당은 낮고 황량한 노란 벽돌 상자 같은 건물로, 원래 풀이 무성하던 공터를 동네 빅토리 가든으로 바꾸어놓은 곳, 아마도 앨런이 자신의 가족에게 할당된 구획을 부지런히 돌보았을 곳과 길을 사이에 두고 마주보고 있었다. 캔터 선생님은 아침해를 가리려고 챙이 넓은 밀짚모자를 쓴 여자 몇 명이 허리를 구부리고 광고판 옆의 조그만 땅뙈기들에서 김을 매는 것을 보았다. 회당 앞에는 차들이 한 줄로 주차돼 있었는데, 그 가운데 자리잡은 검은 영구차의 기사는 갓돌에 서서 앞쪽 펜더를 천으로 닦고 있었다. 캔터 선생님은 영구차 안에 있는 관을 볼 수 있었다. 단지 여름철 유행병에 걸렸다는 이유로 앨런이 그 희끄무레하고 장식이 없는 소나무 상자 안에 누워 있다는 사실을 믿을 수가 없었다.

다시는 나올 수 없는 상자 안에. 열두 살짜리가 영원히 열두 살짜리로 머물게 되는 상자 안에. 나머지 사람들은 매일 나이를 먹으며 살아가지만, 그는 늘 열두 살이다. 수백만 년이 흘러도 그는 여전히 열두 살이다.

캔터 선생님은 바지 호주머니에 접어서 넣어두었던 야물커*를 꺼내 머리에 쓰고 안으로 들어가 뒤쪽에서 빈자리를 하나 찾아냈다. 그는 기도서의 기도문을 눈으로 따라가다 회중과 함께 음송했다. 중간쯤 갔을까, 어떤 여자가 외치는 소리가 들렸다. "기절했어요! 도와줘요!" 슬라빈 랍비가 잠깐 예배를 중단했고 누군가, 아마도 의사이겠지만, 여성 구역에서 기절한 사람을 살피러 통로를 따라 달리고 계단을 올라 발코니로 갔다. 그때 회당의 온도는 최소 32도는 되었을 것이고 그 가운데도 발코니 온도가 가장 높았을 것이다. 누가 기절했다 해도 놀랄 일은 아니었다. 예배가 빨리 끝나지 않으면 사람들이 도처에서 기절하기 시작할 터였다. 단벌 양복, 겨울에 입는 모직 양복을 입고 앉아 있는 캔터 선생님도 머리가 약간 멍했다.

그의 옆자리는 비어 있었다. 앨런이 걸어들어와 그 자리에 앉기를 바라는 마음이 사라지지 않았다. 앨런이 야구 미트를 들고

* 유대인 남자들이 정수리에 쓰는 작고 동글납작한 모자.

걸어들어와 옆에 앉았으면, 정오에 놀이터 관중석에서 늘 그랬듯이 점심 봉투에서 샌드위치를 꺼내 옆에서 먹었으면.

추도 연설은 앨런의 삼촌 아이사도어 마이클스가 맡았는데, 그는 웨인라이트와 챈슬러 두 거리가 만나는 모퉁이에서 오랫동안 약국을 해서 손님들은 모두 그를 닥*이라고 불렀다. 이 명랑해 보이는 남자는 앨런의 아버지처럼 몸이 실팍하고 얼굴이 거무스름했고, 눈 밑도 똑같이 꺼끌꺼끌하게 얼룩져 있었다. 다른 가족은 감정을 추스를 수 없었기 때문에 아이사도어만 이야기를 했다. 흐느끼는 사람들이 많았는데, 여성 구역에서만 나는 소리는 아니었다.

"하느님은 십이 년 동안 앨런 에이브럼 마이클스로 우리를 축복하셨습니다." 앨런의 삼촌 아이사도어가 용감하게 웃음을 지으며 말했다. "그리고 하느님은 태어나던 날부터 내가 친자식처럼 사랑하던 조카로 나를 축복하셨습니다. 매일 학교가 파하고 집에 가는 길이면 앨런은 늘 우리 가게에 들러 카운터에 앉아 초콜릿 몰티드를 주문했지요. 처음 학교에 다니기 시작했을 때 앨런은 세상에서 가장 마른 아이였기 때문에 살 좀 찌우자는 생각을 했습니다. 한가할 때면 내가 소다파운틴으로 가서 직접 몰티

* 의사를 가리키는 닥터를 줄인 말.

드를 만들면서 살을 좀 찌우려고 몰트를 추가로 넣었지요. 일단 그런 의식이 시작되자 해마다 계속되었습니다. 내 특별한 조카가 방과후에 들르는 걸 내가 얼마나 좋아했던지!"

이 대목에서 그는 잠시 마음을 진정시켜야 했다.

"앨런은," 그가 말을 이어갔다. "열대어 전문가였습니다. 온갖 종류의 열대어를 돌볼 때 해야 하는 모든 다양한 일들을 전문가처럼 이야기할 수 있었습니다. 집에 찾아가 앨런과 함께 어항 옆에 앉아서 그 아이가 각각의 물고기에 관해 모든 것을, 어떻게 새끼를 낳는지 등등을 이야기해주는 걸 들으면 이보다 재미있는 건 없다 싶었지요. 그렇게 한 시간 아이 이야기를 들어도 아이는 아직도 할 이야기가 많이 남아 있었습니다. 앨런과 함께 있다보면 얼굴에 미소가 떠오르고 기운이 솟아오르는데다 뭔가 배우기도 하지요. 그애가 어떻게 그렇게 할 수 있었을까요? 어떻게 이 아이는 우리 어른 모두를 위해 그 모든 일을 할 수 있었을까요? 앨런의 특별한 비밀은 무엇이었을까요? 그것은 삶의 하루하루를 사는 것, 모든 것에서 경이를 보고 모든 것에서 기쁨을 느끼는 것이었습니다. 그게 방과후의 몰티드이든 열대어이든 그애가 아주 잘하는 운동이든 빅토리 가든에서 전쟁을 위한 노력에 기여하는 것이든 학교에서 그날 공부한 것이든 말입니다. 앨런은 대부분의 사람들이 평생에 걸쳐 얻는 것보다 많은 건강한 재미를 자신의 십이 년 안에 빼곡히 넣었던 것입니다. 그리고 앨런은 대부분의 사람들이 평생 주는 것보다 큰 기쁨을 다른 사람들에게 주었습니다. 앨런의 삶은 끝났지만……"

여기서 그는 다시 멈추어야 했고, 다시 말을 이어갔을 때는 곧 울음을 터뜨릴 듯 쉰 목소리가 나왔다.

"앨런의 삶은 끝났지만," 그는 그 말을 되풀이했다. "그렇지만 우리는 슬픔 속에서도 아이가 살아 있는 동안은 그 삶이 무한했다는 것을 기억해야 합니다. 호기심 때문에 앨런에게는 하루하루가 무한했습니다. 다정함 때문에 앨런에게는 하루하루가 무한했습니다. 앨런은 사는 동안 늘 행복한 아이였고, 무슨 일을 하든 늘 그 일에 자신의 최선을 다했습니다. 이 세상에는 그보다 훨씬 나쁜 운명도 있습니다."

나중에 캔터 선생님은 회당 바깥 층계에 서서 앨런의 가족에게 인사를 하고 앨런의 삼촌에게 해주신 말씀에 감사한다고 말했다. 하얀 가운을 입고 약국에서 처방전에 따라 알약을 세는 모습을 지켜보던 사람이라면 닥 마이클스가 그렇게 훌륭한 연설을 할 수 있다는 것을 어떻게 상상이나 했겠는가? 위층과 아래층 여기저기에서 사람들이 그의 말에 감동을 받아 대놓고 흐느꼈다. 캔터 선생님은 놀이터 아이들 네 명이 예배를 마치고 함께 나오는 것을 보았다. 스펙터네 아이, 소벨슨네 아이, 태백네 아이, 핑클스타인네 아이였다. 모두 맞지도 않는 양복에 하얀 셔츠와 타이, 구두 차림이었고, 얼굴에서는 땀이 비 오듯 흐르고 있었다. 어쩌면 그날 그들이 겪은 가장 힘든 일은 처음으로 죽음과 마주한 것보다는 그 더위 속에 풀을 먹인 칼라와 타이에 목이 졸린 것이었는지도 몰랐다. 그럼에도 그들은 이런 날씨를 무릅쓰고 가장 좋은 옷을 입고 회당에 왔기에, 캔터 선생님은 그들에게 다가가 한 명씩 어깨를 쥐고 안심시키듯 등을 두드려주었다. "너희들이 여기 와서 앨런도 좋아할 거야." 그는 조용히 말했다. "이렇게 와주다니 참 생각이 깊구나."

그때 누군가 그의 등에 손을 댔다. "누구하고 함께 가시나요?"

"네?"

"저기……" 그 사람은 영구차에서 조금 떨어진 곳에 있는 차 한 대를 가리켰다. "저기, 베커먼 가족과 함께 가시죠." 그는 갓돌에 주차한 플리머스 세단으로 떠밀려갔다.

묘지까지 가는 것은 계획에 없던 일이었다. 회당에서 예배를 드린 뒤에는 할머니가 주말 집안일을 마무리하는 것을 도우러 돌아갈 생각이었다. 그러나 그는 자신을 위해 열려 있는 문으로 차에 올라타 뒷좌석에 앉았다. 옆에서는 검은 베일 모자를 쓴 여자가 땀으로 분이 줄줄 흘러내리는 얼굴 앞에 손수건을 흔들어 부채질을 하고 있었다. 검은색 양복을 입고 운전석에 앉은 땅딸

막한 작은 남자는 캔터 선생님의 할아버지처럼 코가 부러졌는데 어쩌면 이유도 같은지 몰랐다. 반유대주의. 뒷자리에는 또 머리가 거무스름하고 못생긴 열다섯이나 열여섯 살쯤 되어 보이는 여자아이가 앉아 있었는데, 앨런의 사촌 메릴이라고 했다. 베커먼 부부는 앨런의 이모와 이모부였다. 캔터 선생님은 앨런의 선생이라고 자신을 소개했다.

그들은 영구차 뒤에 장례 행렬이 자리잡기를 기다리며 십 분 정도 더운 차 안에 앉아 있어야 했다. 캔터 선생님은 아이사도어 마이클스가 추도 연설에서 앨런이 살아 있는 동안 아이에게는 삶이 무한해 보였을 것이라고 말한 대목을 기억하려 했지만 생각은 계속 앨런의 몸이 관 안에서 고깃조각처럼 익고 있다는 상상으로 이어지고 말았다.

그들은 숄리 스트리트를 따라 챈슬러 애비뉴로 가, 그곳에서 좌회전하여 챈슬러를 따라 느릿느릿 앨런의 삼촌의 약국을 지나 언덕 꼭대기에 있는 초등학교와 고등학교를 향해 올라갔다. 다른 차는 거의 없었다—상점은 대부분 문을 닫았고 일요일 아침에 훈제 생선 가게에 물건을 대줘야 하는 타바츄니크네 가게, 일요일 신문을 파는 모퉁이의 과자 가게들, 일요일 아침식사로 먹는 커피 케이크와 베이글을 파는 빵집만 문을 열었다. 앨런은 십이 년 동안 학교와 놀이터를 왔다갔다하고, 어머니 심부름을 하고, 할렘네 가게에서 친구들을 만나고, 언덕 끝까지 올라갔다 다시 끝까지 내려가면 나오는 위퀘이크 파크에서 낚시를 하거나 스케이트를 타거나 보트를 타기 위해 이 거리를 수도 없이 걸었을 것이었다. 그러던 아이가 이제 관 안에 들어가 장례 행렬 선두에서 마지막으로 챈슬러 애비뉴를 따라 올라가고 있었다. 이 차가 오븐이라면 저 관 안은 어떨지 상상이 가. 캔터 선생님은 생각했다.

차가 거의 언덕 꼭대기에 이르러 시드의 핫도그 가게를 지날 때까지 차 안의 모두가 입을 다물고 있었다.

"왜 저 더러운 구덩이에서 먹어야 했던 거야?" 베커먼 부인이 말했다. "왜 기다렸다가 집에 가서 프리지데어 냉장고에 있는 걸 먹지 않은 거야? 왜 저런 곳이 학교 건너편에서 계속 문을 열게 놔두는 거야? 그것도 여름에."

"이디스." 베커먼 씨가 말했다. "진정해."

"엄마." 앨런의 사촌 메릴이 말했다. "애들은 다 저기서 먹어요. 애들이 모이는 데란 말이에요."

"저건 시궁창이야." 베커먼 부인이 말했다. "폴리오 철에, 앨런 같은 머리를 가진 애가 저런 곳에 가다니, 이 더위에……"

"됐어, 이디스. 더워. 덥다는 건 우리 모두 안다고."

"저기 아이 학교가 있네." 베커먼 부인이 말했다. 차는 언덕

꼭대기에 이르러 캔터 선생님이 가르치는 초등학교의 희끄무레한 석조 정면을 지나가고 있었다. "앨런처럼 학교를 좋아하는 애가 얼마나 되겠어요? 그애는 처음 학교에 가는 날부터 학교를 아주 좋아했어요."

학교의 대표자 격인 그에게 하는 말인 것 같았다. 캔터 선생님이 말했다. "아주 뛰어난 학생이었죠."

"저기 위퀘이크가 있네. 그애는 위퀘이크에서도 우등생이었을 텐데. 그애는 이미 라틴어를 배울 계획을 세우고 있었어. 라틴어라니! 나한테는 그애를 부르는 별명이 있었어요. 나는 그애를 똘똘이라고 불렀죠."

"정말 똘똘했죠." 캔터 선생님은 그렇게 대꾸하며 집에 있던 앨런의 아버지와 회당에 있던 앨런의 삼촌과 이제 차에 있는 앨런의 이모를 생각했다—모두가 똑같이 타당한 이유로 아이 이야기를 쏟아내고 있었다. 앨런은 그런 대접을 받을 자격이 있다는 이유. 이들은 이 놀라운 아이를 잃은 것을 무덤에 갈 때까지 슬퍼할 것이었다.

"대학에서," 베커먼 부인이 말했다. "그 아이는 과학을 공부할 계획이었어요. 과학자가 되어서 병을 고치고 싶어했죠. 루이 파스퇴르에 관한 책을 읽어서 루이 파스퇴르가 균이 눈에 보이지 않는다는 사실을 어떻게 알아냈는지 다 알고 있었어요. 그애도

루이 파스퇴르 같은 사람이 되고 싶어했죠." 그녀는 결코 실현될 수 없는 미래를 한껏 펼쳐놓았다. "하지만 그러기는커녕," 그녀는 결론을 내렸다. "균들이 기어다니는 곳에 먹으러 가고 말았어요."

"이디스, 그만해." 베커먼 씨가 말했다. "우리는 그애가 어떻게 또 어디서 병에 걸렸는지 몰라. 폴리오는 도시 전체에 깔렸어. 유행병이야. 눈에 보이는 어디에나 있어. 그애는 병에 심하게 걸려서 죽은 거야. 우리가 아는 건 그것뿐이야. 다른 건 모두 아무 쓸데 없는 말일 뿐이야. 우리는 그애 미래가 어떻게 되었을지 몰라."

"왜 몰라요!" 그녀가 성난 목소리로 말했다. "그 아이는 뭐라도 될 수 있었어요!"

"알았어, 당신 말이 맞아. 나는 싸우자는 게 아냐. 그냥 묘지에 가서 제대로 묻어주자는 거야. 지금 우리가 그애를 위해 할 수 있는 건 그것뿐이야."

"그리고 다른 두 아들." 베커먼 부인이 말했다. "그애들한테는 아무 일도 일어나지 않게 지켜주시기를."

"그애들은 지금까지 버텼어." 베커먼 씨가 말했다. "앞으로 남은 시간도 버텨낼 거야. 전쟁은 곧 끝날 거고 래리하고 레니는 무사히 집으로 돌아올 거야."

"그리고 다시는 막냇동생을 볼 수 없겠죠. 앨런은 여전히 여기 없을 거라고요." 그녀가 말했다. "그애를 다시 돌아오게 할 수는 없어요."

"이디스." 그가 말했다. "우리 모두 그걸 알고 있어. 이디스, 당신은 이야기를 잔뜩 늘어놓지만 죄다 모두가 알고 있는 것뿐이야."

"그냥 이야기하게 놔두세요, 아버지." 메릴이 말했다.

"하지만 그게 무슨 도움이 되냐?" 베커먼 씨가 물었다. "저렇게 계속 주절거리는 게?"

"도움이 돼요." 아이가 말했다. "어머니한테 도움이 돼요."

"고맙구나, 얘야." 베커먼 부인이 말했다.

차창을 다 열어놓았지만 캔터 선생님은 양복이 아니라 담요로 몸을 싸고 있는 것 같은 느낌이었다. 행렬은 공원에 이르자 우회전하여 엘리자베스 애비뉴에 올라서더니 힐사이드를 통과해 철로 위의 육교를 건너 엘리자베스에 들어섰다. 그는 묘지까지 얼마 남지 않았기를 바랐다. 그는 만일 앨런이 상자 안에 누운 채 계속 더 익으면 상자에 불이 붙어 폭발하고, 안에서 수류탄이 터진 것처럼 아이의 유해가 영구차와 거리 전체로 터져나올 거라고 상상했다.

왜 폴리오는 여름에만 공격할까? 야물커 말고는 머리에 아무것도 쓰지 않은 채 묘지에 있으면서 그는 폴리오가 혹시 여름 태양 때문에 생기는 것은 아닐까 생각하지 않을 수 없었다. 한낮에 바로 머리 위에서 맹공을 퍼부을 때면 태양은 사람을 불구로 만들거나 죽이고도 남을 힘을 가진 것처럼, 현미경으로나 보일 핫도그 속의 균보다 그런 짓을 할 가능성이 훨씬 많은 것처럼 보였다.

앨런의 관이 들어갈 묘혈은 이미 파여 있었다. 캔터 선생님이 묘혈을 본 것은 이번이 두번째로, 첫번째는 전쟁 직전인 삼 년 전 할아버지가 세상을 떠났을 때였다. 그때 그는 할머니를 보살피고 또 묘지에서 예배를 드리는 동안 할머니가 쓰러지지 않도록 내내 곁에서 붙들고 있느라 큰 부담을 느꼈다. 그뒤에도 매일 밤 일찍 들어가 할머니와 함께 집에 있었다. 그러다 시간이 좀 지나면서는 일주일에 한 번씩 할머니를 모시고 영화도 보고 아이스크림선디도 먹으러 외출하는 등 할머니를 돌보며 사느라 바빠 한참이 지난 뒤에야 자신이 잃어버린 것을 생각해볼 여유가 생겼다. 그러나 앨런의 관이 땅속으로 내려갈 때는—마이클스 부인이 "안 돼! 우리 아기는 안 돼!" 하고 소리치며 묘혈을 향해 달려들 때는—죽음이 야물커를 쓴 그의 머리를 줄기차게 때려대는 태양만큼이나 강력하게 그의 앞에 모습을 드러냈다.

그들 모두 랍비와 함께 하느님의 전능함을 찬양하는 애도자의 기도를 낭송했다. 아이들을 포함한 모든 것이 죽음에 파괴당하도록 놓아두는 바로 그 하느님을 화려하게, 아낌없이 찬양했다. 앨런 마이클스의 죽음과 하느님에게 영광을 돌리는 카디시* 공동 낭송 사이에, 하느님이 그들에게 가한 일 때문에 앨런 가족이 하느님을 미워하고 혐오할 수 있는 스물네 시간 정도의 빈 시간이 있었다—물론 앨런의 죽음에 그런 식으로 대응하겠다는 생각이 그들 머릿속에 떠올랐을 것이라는 이야기는 아니다. 그랬다가는 하느님의 진노를 사 하느님이 다음에는 래리와 레니 마이클스를 그들에게서 빼앗아갈까 두려웠을 것이기 때문에 그런 생각은 당연히 할 수가 없었다.

그러나 마이클스 가족의 머릿속에는 떠오르지 않았을 수도 있는 생각이 캔터 선생님까지 피해 가지는 않았다. 물론 그 자신도, 할아버지가 죽을 만한 나이가 되었을 때 데려간 것에 대해서는 하느님에게 감히 등을 돌리지 못했다. 하지만 열두 살짜리 앨런을 폴리오로 죽인 것에 대해서는? 폴리오의 존재 자체에 대해서는? 그런 제정신이 아닌 잔혹성을 마주하고 어떻게 용서—할

* 사망한 근친을 위해 드리는 기도.

렐루야는커녕—가 있을 수 있을까? 지금 애도를 하러 모인 사람들이 스스로를 태양 폐하를 섬기러 온 사람들, 늘 변함없는 태양신의 자녀들이라고 선포하고 우리 반구의 고대 이교도 문명에서처럼 열광에 빠져서는 죽은 소년의 묘혈을 둘러싸고 태양 춤의 제의에 미친듯이 빠져든다 해도, 그것이 캔터 선생님에게 주는 상처가 훨씬 작았을 것이다—그것이, '위대한 아버지 태양'의 굴절되지 않는 빛들을 신성하게 여기고 그 빛들을 달래는 것이 기분 내키는 대로 잔혹한 범죄를 저지르는 지고의 존재에게 굴복하는 것보다 나았을 것이다. 그래, 처음부터 우리 삶을 유지시켜준 대체 불가능한 발전기를 찬양하는 것—파란 하늘의 몸에 홀로 틀어박혀 있는, 어디에나 존재하는 저 황금의 눈과 매일 현실로서 만나는 것을 기도하고 찬양하는 것—이 하느님은 선하다는 공식적 거짓말을 억지로 받아들이고 아이들을 죽이는 냉혈한 살인자 앞에 굽실거리는 것보다 훨씬 나았을 것이다. 사람들의 존엄을 위해서도, 인간성을 위해서도, 가치를 위해서도, 하물며 여기서 도대체 무슨 지옥 같은 상황이 벌어지고 있는지 매일매일 생각하며 살아가기 위해서는 말할 것도 없이, 그것이 나았을 것이다.

……Y'hei sh'mei raboh m'vorakh l'olam ul'olmei

ol'mayoh.

그 위대한 이름이 영원토록 복을 받으시기를 비나이다.

Yis'borakh v'yish'tabach v'yis'po'ar v'yis'romam v'yis'nasei

복을 받으시고, 찬양을 받으시고, 영광을 받으시고, 찬미를 받으시고, 칭송을 받으시고,

v'yis'hadar v'yis'aleh v'yis'halal sh'mei d'kud'shoh

거룩한 분의 이름이 강해지고, 올라가고, 기려질지어다.

B'rikh hu……

그분은 복을 받으시도다.

기도 동안 네 번이나, 이 아이의 무덤에서, 조객들은 "아멘"을 되풀이했다.

장례 행렬이 제멋대로 뻗은 묘석들을 떠나 정문을 통과하여 맥클렐런 스트리트로 나간 뒤에야 그는 갑자기 어릴 적에 그로브 스트리트의 유대인 묘지를 찾아가곤 했던 일이 기억났다. 그의 어머니가 묻혀 있던, 그리고 지금은 그의 할아버지도 묻혀 있고 장차 그의 할머니와 그도 묻히게 될 묘지였다. 어린 시절, 매년 5월이면 그는 조부모의 손에 이끌려 어머니 생일을 기념하기 위해 묘지를 찾곤 했지만, 처음 갔을 때부터 어머니가 거기에 묻

혀 있다는 것을 믿을 수가 없었다. 눈물을 흘리는 조부모 사이에 서서 그는 늘 어머니가 거기에 묻혀 있다고 믿는 척하며 분위기를 맞출 뿐이라고 생각했다—그는 자신에게 어머니가 있었다는 것이 애초에 지어낸 이야기라는 느낌을 묘지에 있을 때만큼 강하게 받은 적이 없었다. 그러나 매년 묘지에 가는 것이 그에게 요구되는 가장 이상한 일임을 알고 있었음에도 한 번도 그것을 거부한 적이 없었다. 이것이 기억 어디에도 들어와 있지 않은 어머니에게 좋은 아들이 되는 일의 일부라면, 공허한 연극처럼 느껴질 때라도 그냥 그 일을 하기로 했다.

그는 무덤가에서 이런 행사에 어울리는 생각을 떠올리려고 애쓸 때마다, 할머니에게 들은 어머니와 생선 이야기를 기억하곤 했다. 하고많은 이야기들—도리스가 학교 다닐 때 얼마나 영리했는지, 집안일을 얼마나 잘 도왔는지, 마치 캔터 선생님이 어렸을 때 그랬던 것처럼, 어린 시절에 가게 금전등록기에 앉아 판매된 물건 가격을 입력하는 것을 얼마나 좋아했는지 보여주는 일반적인 격려성 이야기들—가운데 그의 마음에 콱 박혀버린 이야기였다. 그 잊을 수 없는 사건은 그의 어머니가 그를 낳다가 죽기 오래전 어느 봄날 오후에 일어났다. 그날 할머니는 유월절 준비 때문에 에이번 애비뉴까지 걸어가 생선 가게의 수조에서 살아 있는 잉어 두 마리를 골라 들통에 담아 집에 가져와 가족이 목욕할 때 사용하는 양철 욕조에 물을 채우고 넣어두었다. 생선의 머리와 꼬리를 자르고 비늘을 벗겨 게필테 피시*를 만들기 전까지 산 채로 거기에 두기로 한 것이다. 어느 날 다섯 살이던 그의 어머니가 유치원에서 돌아와 층계를 뛰어올라왔다가 물고기가 양철 욕조에서 헤엄치는 것을 보더니 얼른 옷을 벗고 욕조에 뛰어들어 물고기들과 함께 놀았다. 할머니는 딸의 방과후 간식을 준비하러 가게에서 위로 올라왔다가 딸이 욕조에 들어가 있는 것을 보았다. 그들은 야단을 맞을까 두려워 할아버지에게 그 일을 이야기하지 않았다. 할머니는 어린 캔터 선생님에게 그 물고기 이야기를 해줄 때도—그때는 그가 유치원에 다니고 있었다—할아버지가 들으면 속상할 테니 비밀로 하라고 주의를 주었다. 소중한 딸이 죽고 나서 처음 몇 년 동안 할아버지가 딸을 잃은 괴로움을 피해 가는 유일한 방법은 절대 딸 이야기를 하지 않는 것이었다.

캔터 선생님이 어머니의 무덤가에서 이런 이야기를 생각했다는 것이 이상해 보일지도 모른다. 하지만 달리 기억에 남을 만한 일이 있어야 떠올리든가 말든가 할 것이 아니겠는가?

---

* 송어, 잉어 따위에 달걀, 양파 등을 섞어 수프로 끓인 유대 요리.

그다음 주말 위퀘이크는 도시 학구 가운데 그 여름 폴리오 발병률 최고치를 기록했다. 놀이터 자체가 지리적으로 새로운 환자들에게 빵 둘러싸여 있었다. 놀이터 건너 홉슨 스트리트에서는 열 살 소녀 릴리언 서스먼이 폴리오에 걸렸고, 학교 건너 베이뷰 애비뉴에서는 여섯 살 소녀 바버라 프리드먼이 걸렸다—둘 다 놀이터에 자주 나와 줄넘기를 하는 아이들이 아니었고, 사실 폴리오 공포가 시작된 이후로 줄넘기를 하는 아이들은 전의 반도 안 되게 줄었다. 놀이터 아래쪽에 있는 바사 애비뉴에서는 코퍼먼 형제 대니와 마이런이 병에 걸렸다. 코퍼먼 형제의 소식을 들은 날 저녁 그는 그들의 집으로 전화를 했다. 코퍼먼 부인이 전화를 받았다. 그는 자기가 누구이고 왜 전화를 했는지 설명했다.

"당신!" 코퍼먼 부인이 소리쳤다. "당신이 감히 전화를 해?"

"죄송합니다만," 캔터 선생님이 말했다. "무슨 말씀이신지."

"뭐가 무슨 말씀이신지야? 여름 더위에 애들이 뛰어다니면 당신이 머리를 좀 써야 한다는 걸 모르는 거야? 애들이 공용 음수대에서 물을 마시지 못하게 해야 한다는 걸? 애들이 땀을 뻘뻘 흘릴 때는 지켜봐야 한다는 걸? 폴리오 철에는 하느님이 당신한테 준 눈을 이용해 애들을 감시해야 한다는 걸 알아? 모르지! 절대 알 리가 없지!"

"코퍼먼 부인, 정말이지, 저는 모든 애들한테 주의를 기울이고 있습니다."

"그런데 왜 우리 애 둘이 마비가 된 거야? 두 아이 모두가! 나한테는 그애들 둘뿐인데! 그걸 나한테 설명해봐! 그애들이 저 위에서 짐승처럼 뛰어다니는 걸 당신이 허락했잖아. 그러고도 애들이 왜 폴리오에 걸렸는지 궁금해? 당신 때문이야! 당신 같은 무모하고 무책임한 멍청이 때문이라고!" 그녀는 그러고는 전화를 끊었다.

그는 할머니를 아래층에 내려보내 이웃들과 함께 밖에 나가 앉아 있게 하고 저녁 설거지를 마친 다음 부엌에서 코퍼먼 부인에게 전화를 했다가 그런 이야기를 들었다. 하루의 열기가 가시지 않아 실내는 숨이 막힐 정도로 더웠다. 저녁을 먹기 전에 샤워를 하고 새 옷으로 갈아입었음에도 전화를 끊고 났을 때는 몸이 땀으로 흠뻑 젖어 있었다. 할아버지가 옆에 있어 이야기를 좀 나눌 수 있기를 얼마나 바랐던지. 그는 코퍼먼 부인이 히스테리 상태라는 것을 알고 있었다. 슬픔에 압도되어 그에게 미친듯이 욕을 퍼붓는 것임을 알고 있었다. 그럼에도 할아버지가 옆에서 그는 그 여자가 말하는 그런 죄를 짓지 않았다고 다독여주었으면 하는 마음이었다. 그가 야비한 비난이나 절제되지 않은 증오와 이렇게 직접적으로 대면한 것은 처음이었는데, 놀이터에서 위협적인 이탈리아 아이들 열 명을 상대하는 것보다 훨씬 기운 빠지는 일이었다.

일곱시였지만 산책을 나가기 전에 바깥 목조 층계의 닳아빠진 계단을 따라 세 층을 내려가 이웃들과 잠시 한담을 나눌 때에도 날은 여전히 환했다. 할머니는 건물 앞에 모기를 쫓으려고 시트로넬라 초를 피워놓고 이웃들과 함께 앉아 있었다. 그들은 해변용 접의자에 앉아 폴리오 이야기를 하고 있었다. 그의 할머니처럼 나이든 축은 1916년에 이 도시에 퍼진 유행병을 겪었기 때문에 그사이 과학이 그 병의 치료법을 발견하지도 못하고 예방하는 방법을 내놓지도 못한 것을 안타까워하고 있었다. 위퀘이크를 봐. 그들은 말했다. 이 도시 어디 못지않게 깨끗하고 위생적인데도 병이 가장 기승을 부리잖아. 슬럼에서 폴리오 병균을 묻혀 올까봐 유색인 여자 청소부들이 이 동네에 오지 못하게 한다는 이야기가 있더라고. 누군가가 그렇게 말했다. 그러자 어떤 남자가, 자기 생각에는 병이 돈으로, 손에서 손으로 넘어가는 지폐로 옮는 것 같다고 이야기했다. 그는 말했다. 중요한 것은 지폐나 동전을 만진 다음에는 늘 손을 씻는 거야. 편지는 어때? 다른 사람이 물었다. 편지로 옮을 수도 있다고 생각하지 않아? 그러자 누군가가 반박했다. 뭘 하려는 거야? 우편배달을 중지시키려는 거야? 이러다간 도시 전체가 멈춰버리겠구먼.

육 주 또는 칠 주 전이었다면 그들은 전쟁 소식을 이야기하고 있었을 것이다.

그는 전화벨이 울리는 소리를 듣다가 그것이 그의 아파트에서 나는 것임을 깨닫고 마샤가 캠프에서 전화한 것이 틀림없다고 생각했다. 일 년 동안 수업이 있는 날이면 낮에 복도에서 적어도 한두 번은 보고 주말은 함께 보냈으니, 이번이 그들이 만나고 나서 처음으로 오래 떨어져 있는 시기였다. 그는 그녀가 보고 싶었고, 처음부터 친절하게 그를 환영했던 스타인버그 가족이 보고 싶었다. 그녀의 아버지는 의사이고 어머니는 전직 고등학교 영어 교사로, 닥터 스타인버그의 엘리자베스 애비뉴 진료실에서 한 블록 올라간 골드스미스 애비뉴의 크고 안락한 집에서 마샤의 두 여동생—메이플 애비뉴 학교에 다니는 6학년짜리 쌍둥이였다—과 함께 살았다. 코퍼먼 부인한테서 태만에 의한 과실 혐의로 비난을 받은 뒤 캔터 선생님은 닥터 스타인버그를 찾아가 유행병 이야기를 하고 그 병에 관해 더 알아볼까 하는 생각을 했다. 닥터 스타인버그는 교육받은 사람이었고(이런 면에서는 책을 전혀 읽지 않았던 할아버지와 달랐다) 이야기를 할 때면 캔터 선생님은 그가 늘 주제를 소상히 파악하고 있다는 믿음을 갖게 되었다. 할아버지를 대신할 수는 없었지만—그리고 물론 그 자신의 아버지를 대신할 수도 없었지만—지금은 닥터 스타인버그가 캔터 선생님이 가장 존경하고 의지하는 남자였다. 마샤와 처음 데이트를 하던 날 그가 가족에 관해 묻자 그녀는 아버지가 환자들 앞에서 훌륭할 뿐 아니라 집안의 모든 사람에게 만족을 주고 여동생들의 말다툼을 올바르게 해결하는 재능이 있는 사람이라고 말했다. 또 사람의 인격을 판단하는 데는 그녀가 아는 사람들 가운데 최고였다. 그녀는 말하곤 했다. "어머니는 아버지를 '가족의 감정의 온도를 재는 완벽한 온도계'라고 불러. 내가 아는 의사 가운데 우리 아버지보다 더 인간적인 사람은 없어."

"너구나!" 캔터 선생님은 층계를 달려올라가 전화를 받으며 말했다. "여기는 펄펄 끓듯이 더워. 일곱시가 지났는데도 정오처럼 더워. 온도계가 한자리에 멈춰서 움직이지 않는 것 같아. 너는 어때?"

"말할 게 있어. 굉장한 소식이야." 마샤가 말했다. "어브 슐랭어가 징집영장을 받았어. 캠프를 떠난대. 그래서 대신할 사람이 필요해. 여름 나머지 기간에 물놀이 감독을 할 사람을 열심히 찾고 있어. 내가 블롬백 씨한테 네 이야기를 하고, 네 경력을 다 이야기했더니, 너를 채용하겠대, 보지도 않고."

블롬백 씨는 인디언 힐의 소유자이자 책임자였으며 스타인버그 집안의 오랜 친구이기도 했다. 그는 캠프 사업에 뛰어들기 전

뉴어크의 한 고등학교에서 젊은 교감으로 일했으며 스타인버그 부인이 신임 교사로 출발할 때 그녀의 상사이기도 했다.

"마샤." 캔터 선생님이 그녀에게 말했다. "나는 하는 일이 있잖아."

"하지만 여기 오면 유행병을 피할 수 있잖아. 네가 너무 걱정돼, 버키. 그 모든 아이들하고 그 더운 도시에 있잖아. 그 모든 아이들하고 그렇게 가까이서 접촉하고 있잖아. 그것도 유행병 한가운데서. 그리고 그 더위, 매일같이 그 더위."

"내가 관리하는 놀이터에는 애들이 아흔 명 정도인데 지금까지 그애들 가운데 폴리오 환자는 네 명뿐이야."

"그래, 그리고 둘이 죽었지."

"그래도 아직 놀이터에 유행병이 돈다고 할 수는 없어, 마샤."

"나는 위퀘이크 전체를 말한 거야. 거기가 도시에서 가장 병이 심한 곳이야. 아직 최악의 달인 8월도 아닌데 말이야. 8월이 되면 위퀘이크에 환자가 열 배로 늘 수도 있어. 버키, 제발 그 일을 그만둬. 인디언 힐에서 남자애들의 물놀이 감독이 될 수 있단 말이야. 애들도 훌륭하고, 실무진도 훌륭하고, 블롬백 씨도 훌륭해. 여기를 아주 좋아하게 될 거야. 앞으로도 계속 물놀이 감독으로 일할 수 있을 거야. 우리는 매년 여름 여기에서 일할 수 있을 거야. 우리 둘이 함께 있을 수 있고 너는 안전할 거야."

"나는 여기서도 안전해, 마샤."

"그렇지 않아."

"나는 이 일을 그만둘 수 없어. 올해가 이 일을 맡은 첫해야. 어떻게 이애들을 다 두고 떠날 수 있겠어? 나는 못 떠나. 애들한테는 그 어느 때보다 내가 필요해. 이게 내가 하고 있어야 하는 일이야."

"달링, 너는 훌륭하고 헌신적인 교사지만 그렇다고 네가 놀이터 여름 프로그램에 불가결한 건 아니야. 나도 그 어느 때보다 네가 필요해. 너를 정말 사랑해. 네가 정말 보고 싶어. 너한테 무슨 일이 생긴다는 생각만으로도 두려워. 네가 해를 입을 수도 있는 곳에 있는 게 우리 미래에 도대체 무슨 도움이 된다는 거야?"

"네 아버지는 늘 아픈 사람들을 상대해. 늘 해를 입을 수도 있는 곳에 있어. 너는 네 아버지도 그렇게 걱정하는 거야?"

"올해 여름에? 그래. 내 동생들이 여기 캠프에 있는 게 다행이야. 그래, 나는 아버지하고 어머니하고 내가 사랑하는 모든 사람을 걱정해."

"네 아버지도 폴리오 때문에 짐을 싸서 환자들을 두고 떠나기를 바라?"

"우리 아버지는 의사야. 의사가 되겠다고 선택했어. 아픈 사람들을 상대하는 게 아버지 일이야. 하지만 그건 네 일은 아니야.

네 일은 건강한 사람들, 뛰어다니고 시합을 하고 재미있게 노는 튼튼한 아이들을 상대하는 거야. 너는 멋진 물놀이 감독이 될 거야. 여기 있는 모두가 너를 사랑할 거야. 너는 수영도 아주 잘하고, 다이빙도 아주 잘하고, 가르치는 것도 아주 잘하잖아. 오, 버키, 이건 평생 한 번 있을까 말까 한 기회라고. 그리고," 그녀는 목소리를 낮추었다. "여기 오면 우리 둘이만 있을 수 있어. 호수에 섬이 있어. 밤에 불이 꺼진 뒤에 카누를 타고 거기 갈 수 있어. 네 할머니나 우리 부모님이나 내 여동생들이 집안을 돌아다니는 걸 걱정할 필요가 없어. 우리는 마침내, 마침내 둘이만 있을 수 있어."

그녀의 옷을 다 벗길 수 있고, 완전히 벌거벗은 그녀를 볼 수 있었다. 그는 생각했다. 그들은 옷을 다 벗고 어두운 섬에 단둘이 있을 수 있었다. 근처에 걱정할 사람이 전혀 없는 상태에서 원하는 대로 서둘지 않고 또 갈망을 온전히 드러내며 그녀를 애무할 수 있었다. 또 코퍼먼 가족에게서도 벗어날 수 있었다. 코퍼먼 부인이 히스테리에 사로잡혀 그 때문에 그 집 아이들이 폴리오에 걸렸다고 비난하는 소리를 더 듣지 않아도 되었다. 하느님을 미워하는 것도 끝이었다—그것 때문에 감정에 혼란이 오고 기분이 아주 이상했는데. 그 섬에 있으면, 점점 더 참기 힘들어지는 모든 것으로부터 멀리 벗어날 수 있었다.

"할머니를 떠날 수 없어." 캔터 선생님이 말했다. "장본 걸 어떻게 삼층 위로 올리시겠어? 물건을 들고 층계를 오르면 가슴에 통증을 느끼신단 말이야. 나는 여기 있어야 해. 빨래를 해야 해. 장을 봐야 해. 할머니를 돌봐야 해."

"아이네먼 부부가 남은 여름 동안 할머니를 돌볼 수 있어. 대신 식료품점에도 가줄 거야. 빨래도 조금은 해줄 거야. 정말 기쁜 마음으로 도와줄 거야. 할머니가 이미 그 집 애들을 봐주고 있잖아. 그 집 사람들은 할머니를 미치도록 좋아한다고."

"아이네먼 부부가 아주 좋은 이웃이지만 그게 그 사람들 일은 아니야. 내 일이야. 나는 뉴어크를 떠날 수 없어."

"블롬백 씨한테는 뭐라고 할까?"

"고맙지만 내가 뉴어크를 떠날 수 없다고, 이런 때 떠날 수는 없다고 해."

"아무 말도 하지 않을 거야." 마샤가 대답했다. "기다릴 거야. 너한테 하루 생각할 여유를 주겠어. 내일밤에 다시 전화할게. 버키, 분명히 말하는데 네가 여기 온다고 해서 네 일에 따르는 의무를 회피하는 건 절대 아냐. 이런 때 뉴어크를 떠나는 건 절대 비겁한 일이 아냐. 난 널 알아. 네가 무슨 생각을 하고 있는지 알아. 하지만 너는 지금 그대로도 아주 용감해, 스위트하트. 네가 얼마나 용감한지 생각하면 무릎이 후들거릴 정도야. 인디언 힐에 온다 해도 정말이지 전혀 양심에 거리낄 것 없이 그냥 또다른 일을 하는 것일 뿐이야. 너 자신에 대한 또하나의 의무를 이행하는 것이고. 행복해지는 의무 말이야. 버키, 그저 신중하게 위험에 맞서자는 얘기야. 이건 상식이라고!"

"나는 마음을 바꾸지 않을 거야. 나도 너와 함께 있고 싶고, 매일 네가 보고 싶어. 하지만 지금은 도저히 여기를 떠날 수 없어."

"하지만 너 자신의 행복도 생각해야 해. 하룻밤 자면서 생각해봐, 스위트하트, 제발, 제발 그래줘."

할머니가 밖에서 함께 앉아 있는 사람들은 아이네먼 부부와 피셔 부부였다. 사십대 후반의 피셔 부부는 남편이 전기공으로 일하고 있었으며 열여덟 살 난 아들은 해병대에 들어가 캘리포니아에서 태평양으로 출항하기를 기다리고 있었고 딸은 시내 백화점에서 판매원으로 일하고 있었는데, 캔터 선생님이 아침에 출근하다 우연히 그 집 식구를 만나면 그 백화점이 아버지가 횡령을 했던 곳이라는 피할 수 없는 사실이 그의 머리를 스쳐가곤 했다. 아이네먼 부부는 얼마 전에 아들을 낳은 젊은 부부로 캔터 가족 바로 아래층에 살았다. 아기도 밖에 나와 유모차에서 자고 있었다. 캔터 선생님의 할머니는 그 아기가 태어난 이후 아기 돌보는 일을 거들어왔다.

그들은 여전히 폴리오 이야기를 하고 있었는데, 이제는 그전에 나타났던 무시무시한 병들을 기억에서 불러내고 있었다. 그의 할머니는 백일해 환자가 완장을 차야만 했던 시절을 기억하며 백신이 개발되기 전에 도시에서 가장 두려워하던 병은 디프테리아였다고 말했다. 그녀는 초기 천연두 예방접종을 하던 때도 기억했다. 주사를 맞은 자리가 심하게 감염되어 지금도 오른팔 위쪽에 크고 울퉁불퉁한 원형 흉터가 남아 있었다. 그녀는 실내복의 반소매를 밀어올리고 팔을 뻗어 사람들에게 그것을 보여주었다.

잠시 후 캔터 선생님은 그들에게 산책을 갔다 오겠다고 말하고, 먼저 에이번 애비뉴의 드러그스토어에 들러 소다파운틴에서 아이스크림콘을 하나 샀다. 그는 회전하는 선풍기 아래 스툴을 골라 앉아 아이스크림을 먹었다—그리고 생각했다. 자신에게 요구되는 일은 반드시 완수해야 하는데, 지금 그에게 요구되는 일은 놀이터의 위험에 처한 아이들을 돌보는 것이었다. 그가 그 요구를 이행해야 하는 것은 아이들을 위해서이기도 했지만 모든 한계에도 불구하고 무뚝뚝하면서도 집중력 있게, 다가오는 모든 요구를 이행한 완강한 식료품점 주인에 대한 기억을 존중하기 때문이기도 했다. 마샤는 완전히 잘못 알고 있었다—그의 일에 따르는 책임을 회피하는 데 그녀와 함께하기 위해 포코노 산맥으로 도망가는 것보다 더 형편없는 방법을 찾기도 어려웠다.

멀리서 사이렌 소리가 들렸다. 이제는 때때로, 밤이나 낮에 사이렌 소리가 들렸다. 공습 사이렌이 아니었다—공습 사이렌은 일주일에 한 번, 토요일 정오에만 울렸으며, 이 도시가 무엇에든 준비가 되어 있다고 선포하는 것이어서 그것은 두려움을 불러 일으키기보다는 위안을 주었다. 지금 들리는 것은 폴리오 환자를 찾아가 병원으로 옮기는 구급차의 사이렌, "비켜—생명이 위급해!" 하며 귀에 거슬리는 비명을 지르는 사이렌이었다. 그 무렵 시의 병원 몇 곳에 철폐가 바닥나, 뉴어크에 새로운 인공호흡장치 탱크가 도착할 때까지 철폐가 필요한 환자들은 벨빌, 커니, 엘리자베스로 데려가야 했다. 그는 구급차가 그의 다른 아이들을 데리러 위퀘이크 구역으로 가는 것이 아니기를 바랄 수밖에 없었다.

유행병이 더 심각해지면 아이들이 서로 접촉하는 것을 막기 위해 시의 모든 놀이터를 폐쇄할 수도 있을 것이라는 소문이 그의 귀에도 들려오기 시작했다. 보통의 경우라면 그런 결정은 보건국이 내리지만, 시장이 뉴어크 소년 소녀들의 여름 생활에 불필요한 혼란을 일으키는 어떤 조치에도 반대를 하기 때문에 직접 최종 결정을 내릴 것 같았다. 시장은 시의 부모들을 진정시키기 위해 할 수 있는 모든 일을 하고 있었고, 신문에 따르면, 각 병동으로 걱정하는 시민들을 찾아가 시가 공공장소 및 사적 장소에서 정기적으로 오물과 흙과 쓰레기를 치우기 위해 온갖 방법을 동원하여 노력하고 있다고 밝혔다. 그는 쓰레기통 뚜껑을 단단히 닫아두고, 방충망을 잘 수리해 '파리 잡기' 캠페인에 동참하고, 더러운 곳에서 번식하여 열린 문이나 방충망이 달리지 않은 창을 통해 들어오는, 병을 옮기는 파리를 파리채로 쳐 죽이라고 강조했다. 쓰레기를 실어가는 작업은 이틀에 한 번으로 늘리고, 모든 거리에서 쓰레기가 제대로 청소되고 있는지 확인하러 주택 지구를 찾아가는 '위생 검사관'들이 파리채를 무료로 나누어주어 파리 잡기 캠페인을 장려할 예정이었다. 시장은 부모들에게 모든 것이 통제 상태에 있고 전체적으로 안전하다고 장담하고 싶은 마음에 특별히 힘을 주어 이렇게 말했다. "놀이터는 계속 열어둘 것입니다. 우리 도시 아이들은 여름에 놀이터가 필요합니다. 뉴어크의 프루덴셜 생명보험회사와 뉴욕의 메트로폴리턴 생명 두 곳 모두 신선한 공기와 햇빛이 이 질병을 박멸하는 주요한 무기라고 말하고 있습니다. 아이들이 놀이터에서 햇빛을 받고 신선한 공기를 마시면 어떤 병균도 그 둘의 힘을 견뎌내지 못할 것입니다. 무엇보다도," 그는 청중에게 말했다. "마당과 지하실을 깨끗하게 유지하고, 이성을 잃지 마십시오. 그러면 곧 우리는 이 재앙의 확산이 주춤하는 걸 보게 될 것입니다. 그리고 파리를 무자비하게 때려잡으세요. 파리가 얼마나 나쁜 짓을 하는지 말로 다 표현할 수가 없습니다."

캔터 선생님은 숨막히는 더위를 몸에 감고 숨막히는 냄새에 싸여 에이번에서 벨몬트를 향해 걷기 시작했다. 바람이 남쪽에서, 로웨이와 린든 정련소에서 불어오는 날이면 공기에서 알싸한 탄내가 났지만, 오늘밤에는 북쪽에서 불어왔기 때문에 해컨색 강을 따라 몇 마일 올라가면 나오는 시코커스 돼지 농장에서 나는 악취를 분명하게 맡을 수 있었다. 캔터 선생님은 이보다 역겨운 거리 냄새를 알지 못했다. 열파가 밀어닥쳐 뉴어크에 순수한 공기가 모조리 말라버리는 듯한 시기에는 가끔 배설물 냄새가 너무 역겨워 바람이 강하게 불면 구역질을 하며 집안으로 달려가게 되었다. 이미 사람들은 폴리오가 이렇게 폭발적으로 퍼지는 것이 이 도시가 시코커스—'허드슨 카운티의 돼지 수도'라는 경멸적인 이름으로 알려져 있었다—와 가깝기 때문이라고, 모든 곳을 덮어버리는 그 공기에 내재한 감염적 속성 때문이라고 수군거리고 있었다. 그곳으로부터 불어오는 바람을 맞는 곳에 사는 사람들에게는 그 공기를 마시는 것이 뭔지 모르는 혐오스럽고 유해하고 부패한 요소들을 섞어놓은 독성 혼합물을 마시는 것과 다름없다는 것이다. 그들 말이 옳다면 뉴어크에서는 살려고 숨을 들이마시는 것이 위험한 활동이었다—숨을 깊게 쉬면 죽을 수도 있었다.

그러나 그 밤의 모든 꺼림칙한 요소에도 불구하고 덜거덕거리는 낡은 자전거를 탄 남자아이들은 한 줄로 서서 페달에서 발을 떼고 에이번 애비뉴 전찻길 선로 사이의 울퉁불퉁한 자갈길을 전속력으로 내려가며 목청껏 "제로니모!" 하고 소리를 지르고 있었다. 과자 가게 앞의 남자아이들은 신나게 뛰어 돌아다니며 서로 붙잡았다. 다세대 주택 현관 앞 층계에 앉은 아이들은 담배를 피우며 자기들끼리 이야기를 나누었다. 거리 중앙에 있는 아이들은 가로등 밑에서 느긋하게 플라이 볼을 던져주고 받아냈다. 모퉁이 공터에서는 아이들 몇 명이 부랑자들이 들락거리는 길 건너 주류 판매점의 불빛에 의지하여 버려진 건물 옆벽에 달아놓은 링을 향해 언더핸드 자유투 연습을 하고 있었다. 다른 모퉁이를 지날 때는 우체통 위에 올라앉은 아이 한 명이 자신을 둘러싼 친구 몇 명을 즐겁게 해주려고 요들을 부르는 것이 보였다. 비상계단에는 여러 가족이 나와 진을 치고 집안 벽 콘센트에 플러그를 꽂은 전선을 길게 늘여 라디오를 듣고 있었고, 건물들 사이의 침침한 골목에도 많은 가족이 모여 있었다. 다세대 주택 거주자들을 지날 때는 동네 세탁소에서 손님들에게 무료로 나누어준 종이부채로 부채질을 하는 여자들이 보였고, 공장에서 집에 돌아와 소매 없는 속옷 차림으로 앉아 이야기를 나누는 노동자들도 보였다. 조각조각 귀에 들리는 대화 가운데 되풀이해 나오는 단어는 물론 '폴리오'였다. 오직 아이들만 다른 것을 생각할 능력이 있는 것 같았다. 오직 아이들(아이들!)만 적어도 위퀘이크 구역 밖에서는 여름이 여전히 근심 없는 모험의 계절인 양 행동했다.

동네 거리에서도 아까 드러그스토어 아이스크림 카운터에서도 그는 함께 자라고 함께 공놀이를 하고 함께 학교에 다닌 아이들과 한 번도 마주치지 않았다. 지금은 그처럼 4-F에 속하는 소수—심잡음心雜音이 있거나 편평족이거나 그처럼 눈이 나빠 전쟁 공장에서 일하고 있는 사내들—가 아니면 모두 징병되어 나가고 없었다.

벨몬트에 이르러 캔터 선생님은 호손 애비뉴의 차량들 사이를 뚫고 지나갔는데, 호손 애비뉴에는 아직도 과자 가게 두 곳이 불을 켜두고 있었고 거리에서 노는 남자아이들이 서로 부르는 목소리가 들렸다. 그는 그곳에서 버건 스트리트로 향하여 위퀘이크 파크까지 내려가는 산비탈에 자리잡은 주택 지구 이면도로로 들어갔는데, 이곳은 위퀘이크 구역의 부자 동네라고 할 수 있었다. 마침내 그는 골드스미스 애비뉴에 이르렀다. 거기까지 거의 다 가서야 그는 자신이 더운 여름날 밤 도시의 반을 가로지르며 정처 없이 어슬렁거린 것이 아니라 분명하게 마샤의 집을 향해 걸어왔다는 것을 깨달았다. 어쩌면 그의 의도는 그냥 다른 커다란 벽돌 건물들 사이에 서 있는 그 큰 벽돌집을 보고 그녀 생각을 하다 다시 왔던 곳을 향해 돌아가는 것이었을지도 몰랐다. 그러나 그 블록을 한 번 돈 뒤 자기도 모르게 스타인버그의 집 대문에서 불과 몇 걸음 떨어진 곳에 서 있게 되었고, 그렇게 되자 결심을 굳히고 판석이 깔린 길을 따라 올라가 초인종을 눌렀다. 방충망에 둘러싸인 채 앞 잔디밭을 바라보고 있는, 흔들의자가 놓인 포치는 마샤와 영화를 보고 돌아와서 마샤의 어머니가 위층에서 상냥한 목소리로 버키가 집에 갈 때가 되지 않았느냐고 말할 때까지 함께 앉아 부둥켜안고 있던 곳이었다.

문을 열어준 사람은 닥터 스타인버그였다. 그를 보는 순간 캔터 선생님은 왜 자신이 이 역겨운 공기를 들이마시며 바클레이 스트리트의 다세대주택들에서 멀리 떨어진 곳을 배회했는지 알았다.

"버키, 마이 보이." 닥터 스타인버그가 두 팔을 벌리며 웃음을 지었다. "이렇게 반가울 수가. 들어오게, 들어와."

"아이스크림을 먹으러 나왔다가 여기까지 걸어오게 되었습니다." 캔터 선생님이 설명했다.

"자네 여자가 그리운 게로군." 닥터 스타인버그가 웃음을 터뜨렸다. "나도 그래. 내 여자 셋이 모두 그립네."

그들은 집을 통과하여 스타인버그 부인이 가꾸는 정원이 내다보이는 뒤쪽 방충망 포치로 갔다. 스타인버그 부인은 해안의 여름 집에 머물고 있었는데, 의사는 자기도 주말에 합류할 것이라고 했다. 시원한 것 한 잔 마시겠나. 닥터 스타인버그가 물었다. 냉장고에 새로 만든 레모네이드가 있네. 한 잔 가져오지.

스타인버그의 집은 캔터 선생님이 삼층의 방 세 개짜리 아파트에서 조부모와 함께 살던 어린 시절 한번 살아보고 싶다고 꿈꾸던 그런 집이었다. 이 커다란 단독주택에는 널찍한 복도와 중앙의 층계와 많은 방과 하나 이상의 욕실과 방충망을 두른 포치 두 개가 있었고, 방마다 두꺼운 카펫이 바닥을 꽉 채우고 있었다. 창문에는 울워스에서 산 등화관제용 블라인드 대신 나무 베니션 블라인드가 걸려 있었다. 집 뒤쪽에는 꽃밭이 있었다. 그가 그때까지 본 만발한 꽃밭이라곤 어린 시절 할머니 손에 이끌려 찾아가본 위퀘이크 파크의 유명한 장미 정원뿐이었다. 그것은 공원 관리부에서 관리하는 공공 정원이었으며, 그가 아는 한 모든 정원은 공공이었다. 그래서 그는 뉴어크의 한 뒷마당에 화려하게 자리잡은 개인 꽃밭에 놀랐다. 그 자신의 시멘트로 덮인 뒷마당은 갈라져 있었고, 몇 군데는 수십 년에 걸쳐 동네 아이들이 도둑고양이를 향해 죽일 듯이 또는 지나가는 차를 향해 장난으로 또는 화가 나서 서로를 향해 잘 바스러지는 시멘트 조각들을 뜯어내 던지는 바람에 벗겨져나가 흙을 드러내고 있었다. 건물의 여자아이들은 남자아이들이 에이시즈 업*을 하겠다며 쫓아낼 때까지 그곳에서 홉스코치를 했다. 또 건물의 오래된 금속 쓰레기통들이 뒤죽박죽으로 모여 있었다. 머리 위로는 빨랫줄들이 교차하여 축 늘어진 거미줄처럼 보였다. 아파트 집집마다 뒤창에서 도르래를 이용해 황폐한 마당 건너편의 낡은 전신주까지 로프를 걸어놓은 것이었다. 그는 아주 어렸을 때부터 할머니가 일주일에 한 번 빨래를 걸려고 창밖으로 몸을 기울일 때마다 옆에 서서 옷핀을 건네주었다. 가끔 할머니가 침대 시트를 걸려고 창턱 너머로 몸을 너무 기울이는 바람에 삼층 창밖으로 떨어지는 악몽을 꾸다 비명을 지르며 잠을 깨기도 했다. 그의 어머니가 아이를 낳다 죽었다는 사실을 조부모에게서 듣기 전까지는 어머니가 바로 그렇게 추락사했다고 상상했다. 그가 진실을 이해하고 그에 대처할 만큼 나이가 들 때까지 뒷마당은 그에게 그런 의미였다—죽음의 장소, 그를 사랑했던 여자들의 조그만 직사각형 묘지.

그러나 이제는 스타인버그 부인의 정원을 생각하는 것만으로도 그의 가슴은 기쁨으로 벅차올랐고, 스타인버그 집안과 그들의 생활 방식에서는 그가 가장 귀중하게 여기는 것, 그가 늘 은밀하게 갈망했지만 그의 인정 많은 조부모도 그에게 줄 수 없었

* 카드 놀이의 일종.

던 모든 것이 떠올랐다. 그는 사치에는 전혀 학습이 되어 있지 않아 욕실이 하나 이상인 집에 사는 것을 호사스러운 삶의 정점으로 여겼다. 그 자신은 전통적인 가족에 속하지 않았으면서도 사고방식은 가족 중심적이어서 그 집에 마샤와 단둘이 있을 때면—그녀의 여동생들이 늘 활기차게 돌아다녀 그런 때가 드물기는 했지만—그들 둘이 결혼한 사이이고 집과 정원과 가정의 질서와 넘쳐나는 욕실이 모두 그들의 것이라고 상상하곤 했다. 그들의 집에 있으면 얼마나 편안하던지—자신이 거기까지 가게 되었다는 것 자체가 그에게는 기적처럼 보였다.

닥터 스타인버그가 레모네이드를 들고 포치로 돌아왔다. 닥터 스타인버그가 앉아서 파이프를 물고 석간신문을 읽고 있던 의자 옆에 켜놓은 램프를 제외하면 포치는 어두웠다. 그는 파이프를 들고 성냥을 켜더니 연거푸 빨고 내뿜으며 불이 다시 붙을 때까지 법석을 떨었다. 닥터 스타인버그가 피우는 담배의 진하고 달콤한 냄새 때문에 도시 전체에 퍼진 시코커스의 악취가 조금은 가시는 느낌이었다.

닥터 스타인버그는 홀쭉하고 민첩했으며 키는 약간 작은 편이었다. 콧수염을 짙게 기르고, 두껍지만 캔터 선생님 것만큼은 두껍지 않은 안경을 썼다. 가장 두드러진 특징은 코였다. 미간에서부터 시작하여 언월도偃月刀처럼 휘었지만 코끝에서는 방향을 틀면서 납작해졌고, 콧마루의 뼈는 다이아몬드처럼 깎여 있었다—간단히 말해서 민담에 나오는 코, 크고 제멋대로 휘고 복잡하게 방향을 트는 코, 오랜 세월 동안 상상할 수 있는 모든 곤경과 마주쳤음에도 유대인들이 결코 생산을 중단해본 적이 없는 코였다. 그는 자주 웃음을 터뜨렸는데, 그럴 때마다 제멋대로인 코가 두드러졌다. 그는 한없이 친절한 사람으로, 이 매력적인 가족 주치의가 누군가의 진료철을 들고 대기실로 들어서기만 해도 모든 환자의 얼굴이 밝아지고, 청진기를 들고 다가가기만 해도 그의 보살핌을 받는다는 사실에 모두 짜릿한 행복감을 느꼈다. 마샤는 꾸미지 않아도 타고난 권위가 드러나는 남자인 아버지가 진심 어린 농담으로 환자들이 자기 "주인들"이라고 하는 것이 마음에 든다고 했다.

"마샤 말이 자네 학생들 몇 명이 피해를 봤다던데. 안타까운 이야기일세, 버키. 폴리오 환자들이 사망하는 경우는 흔치 않은데."

"지금까지 네 명이 폴리오에 걸렸고 두 명이 죽었습니다. 남자애들 둘이요. 초등학교 학생들이었습니다. 둘 다 열두 살이었죠."

"특히 이런 때 그 모든 애들을 돌본다는 게 자네한테는 무척 어깨가 무거운 일이겠지. 나는 의사 일을 이십오 년 넘게 해왔지만 나도 환자가 죽으면, 설사 나이든 환자라 해도 여전히 충격을 받는다네. 이 유행병이 자네한테는 큰 부담이 되겠군그래."

"문제는 계속 애들이 공놀이를 하게 하는 게 옳은 일인지 아닌지 모르겠다는 겁니다."

"자네가 잘못하고 있다고 말하는 사람이 있었나?"

"네. 폴리오에 걸린 두 아이, 두 형제의 어머니가 그랬지요. 저도 그 어머니가 히스테리 상태였다는 건 압니다. 절망감 때문에 저를 비난했다는 건 알지만, 그걸 아는 게 도움이 되는 것 같지는 않네요."

"의사도 그런 일을 만나게 되지. 자네 말이 맞아. 큰 고통을 당한 사람들은 히스테리에 사로잡히고, 질병이라는 불의와 마주치면 누군가를 몰아세우려고 하지. 하지만 애들이 공놀이를 한 것 때문에 폴리오에 걸리는 건 아니야. 바이러스 때문에 걸리는 거지. 우리가 폴리오에 관해 별로 아는 게 없기는 하지만 그래도 그 정도는 알아. 어디 가나 애들은 여름 내내 밖에서 열심히 놀지만 유행병이 돌 때도 병에 걸리는 애들 비율은 아주 낮아. 또 그것 때문에 심하게 아픈 애들 비율도 아주 낮고. 또 죽는 애들 비율도 아주 낮지. 사망 원인은 호흡기 마비인데, 이건 상대적으로 아주 드문 거야. 두통을 앓는 아이들이 모두 폴리오에 걸리는 건 아니야. 그래서 위험을 과장하지 말고 정상적으로 하던 일을 하는 게 중요한 거지. 자네는 죄책감을 느낄 게 전혀 없어. 가끔은 그게 자연스러운 반응이지만 자네의 경우에는 그럴 이유가 없어." 그는 파이프 설대로 의미심장하게 젊은 남자를 가리키며 주의를 주었다. "우리는 아무런 근거 없이 우리 자신을 가혹하게 심판하기도 해. 하지만 잘못된 책임감은 사람을 쇠약하게 만들 수 있다네."

"스타인버그 선생님, 이게 악화될 거라고 보시나요?"

"유행병은 자연스럽게 기운이 소진하는 경향이 있네. 지금 당장은 창궐하고 있지. 지금 당장은 벌어지는 일을 주시하면서 이게 곧 지나갈지 아닐지 기다려볼 수밖에 없어. 보통 환자 대다수는 다섯 살 이하 아이들이야. 1916년에는 그랬지. 그런데 이번 발병에서 나타나는 패턴은, 적어도 여기 뉴어크에서는 약간 다르네. 그렇다고 해서 이 병이 이 도시에서 거칠 것 없이 영원히 계속될 거란 뜻은 아니야. 내가 아는 바로는 아직 불안해할 만한 이유는 없네."

캔터 선생님은 몇 주 동안 지금 닥터 스타인버그와 상담을 할 때만큼 마음이 편안한 적이 없었다. 뉴어크 전체에서, 그의 가족의 아파트를 포함하여—심지어 그가 체육을 가르치는 챈슬러 애비뉴 학교의 체육관도 포함하여—닥터 스타인버그가 쿠션을 넣은 등나무 팔걸이의자에 앉아 반들반들 닳은 파이프를 빨고 있는 이 집의 뒤쪽 방충망 포치만큼 만족감을 느낄 수 있는 곳은 없었다.

"왜 이 유행병이 위퀘이크 구역에서 가장 심한 걸까요?" 캔터 선생님이 물었다. "도대체 왜 그런 거죠?"

"모르겠네." 닥터 스타인버그가 말했다. "아무도 모르지. 폴리오는 여전히 수수께끼에 싸인 병이라네. 이번에는 천천히 움직이고 있어. 처음에는 주로 아이언바운드에만 있다가, 도시 전체로 튀어나갔다가, 갑자기 위퀘이크에 자리를 잡더니 쉬고 있어."

캔터 선생님은 닥터 스타인버그에게 이스트사이드 고등학교의 이탈리아 아이들이 아이언바운드에서 차를 타고 와 놀이터 입구의 보도에 침을 잔뜩 뱉어놓고 간 일을 이야기해주었다.

"자네는 옳은 일을 한 거야." 닥터 스타인버그가 말했다. "물과 암모니아로 그걸 씻어냈잖아. 그게 할 수 있는 최선이야."

"하지만 제가 폴리오 균을 죽였을까요? 거기 균이 있었다고 한다면?"

"우리는 무엇이 폴리오 균을 죽이는지 몰라." 닥터 스타인버그가 말했다. "우리는 누가 또는 뭐가 폴리오를 옮기는지 모르고, 그게 어떻게 몸에 들어가느냐를 놓고도 아직 약간 논란이 있어. 하지만 중요한 건 자네가 비위생적인 지저분한 걸 청소했고 책임을 지는 모습으로 아이들을 안심시켰다는 거야. 자네는 자네의 능력을 보여주었고, 자네의 침착성을 보여주었어. 그게 애들이 봐야 하는 거야. 버키, 자네는 지금 벌어지고 있는 일 때문에 흔들리고 있지만 강한 사람도 흔들리기 마련이야. 자네보다 나이도 많고 질병에 관한 경험도 훨씬 많은 우리 같은 사람들 중 많은 이들도 흔들리고 있다는 걸 자네는 알아야 하네. 의사로서 이 무시무시한 병의 확산을 막지 못한 채 가만히 있는 것은 우리 모두에게 고통스러운 일일세. 주로 애들만 공격해서 그 가운데 일부는 죽이기까지 하는 이 위력적인 병, 이건 어떤 어른도 받아들이기 힘든 거야. 자네는 양심이 있는 사람이고 양심은 귀한 것이지만, 그것이 자네가 자네의 책임 영역을 넘어선 것에까지 책임을 져야 한다고 생각하게 만들기 시작한다면 그건 귀한 게 아니게 되네."

그는 물어보고 싶었다. 하느님에게는 양심이 없나요? 하느님의 책임은 어디 있지요? 또는, 하느님은 한계를 모르시나요? 그러나 그는 이렇게 물었다. "놀이터를 닫아야 할까요?"

"감독은 자네야. 닫아야 하나?" 닥터 스타인버그가 물었다.

"어떻게 생각해야 할지 모르겠습니다."

"아이들이 놀이터에 갈 수 없으면 뭘 할 거 같나? 집에 가만히 있을까? 아니야, 다른 데서 공놀이를 할 거야. 거리에서, 공터에서. 아마 공놀이를 하러 공원까지 내려갈걸. 그냥 놀이터에서 쫓아낸다고 해서 애들이 모이는 걸 막을 수는 없어. 집에 있지 않을 테니까. 아이들은 모퉁이 과자 가게에서 어울려 핀볼 머신을 때려대고 재미 삼아 서로 밀고 밀칠 거야. 아무리 그러지 말라고 해도 다른 아이 소다 병을 입에 대고 마실 거야. 몇 명은 지루해서 가만히 있지를 못하고 심한 행동으로 문제를 일으키겠지. 애들은 천사가 아닐세. 그냥 애들이야. 버키, 자네가 하고 있는 일 가운데 사태를 악화시키는 건 전혀 없어. 반대로, 상황을 호전시키고 있지. 자네는 유용한 일을 하고 있어. 공동체의 복지에 기여하고 있다고. 이 동네 사람들 생활이 평소대로 유지되는 게 중요해. 그렇지 않으면 병에 걸린 아이와 그 가족만 피해자가 되는 게 아니라 위퀘이크 자체가 피해자가 돼. 자네는 놀이터에서 아이들이 자기들이 좋아하는 시합을 하는 걸 감독함으로써 공황이 닥치는 걸 막는 데 기여하고 있는 걸세. 그애들을 자네가 감독할 수 없는 다른 곳으로 보내는 건 대안이 아니야. 그애들을 집에 가두어두고 잔뜩 겁에 질리게 만드는 건 대안이 아니야. 나는 유대인 아이들에게 겁을 주는 일에는 반대일세. 유대인들에게 겁을 주는 일에는 반대야, 이상. 유럽에서는 그랬고, 그래서 유대인들이 도망친 거잖아. 여기는 미국이야. 두려움이 덜할수록 좋아. 두려움은 우리를 나약하게 만들어. 두려움은 우리를 타락시켜. 두려움을 줄이는 것, 그게 자네의 일이고 내 일이야."

멀리, 종합병원이 있는 서쪽에서 사이렌 소리가 들렸다. 정원에는 오직 날카롭게 우는 귀뚜라미와 고동치는 반딧불이와 향기로운 여러 꽃들뿐이었다. 그 꽃잎들은 포치 방충망 건너편에서 한 무리를 이루고 있었다. 스타인버그 부인이 해안에 가 있기 때문에 닥터 스타인버그가 저녁을 먹은 뒤 물을 주는 것 같았다. 캔터 선생님이 앉아 있는 등나무 소파 앞의 유리가 덮인 등나무 탁자에는 과일 그릇이 놓여 있었다. 닥터 스타인버그가 과일을 향해 손을 뻗으며 캔터 선생님에게도 먹으라고 말했다.

그는 이 철저하게 합리적인 남자와 함께 앉아 그가 뿜어내는 마음을 다독여주는 안정감을 누리며 맛있는 복숭아, 닥터 스타인버그가 그릇에서 집어든 것과 같은 크고 아름다운 복숭아를 깨물고 시간을 들여 천천히 씹으며 입안에 들어오는 달콤한 과육을 음미하는 일을 이에 씨가 닿을 때까지 반복했다. 그러다가, 전혀 준비한 것은 아니지만 자신을 억제할 수 없어, 재떨이에 씨를 놓고 몸을 앞으로 기울이며, 끈끈한 두 손을 꼭 맞쥐어 무릎 사이에 넣고 말했다. "선생님, 마샤에게 청혼을 하도록 허락해주시면 좋겠습니다."

닥터 스타인버그는 웃음을 터뜨리더니 트로피라도 되는 양 파이프를 공중에 들어올리며 일어서서 잠깐 지그 춤을 추었다. "허락하지!" 그가 말했다. "이렇게 기분좋을 수가 없네. 스타인버그 부인도 기분이 좋을 걸세. 당장 전화를 하겠네. 자네한테 넘길 테니 직접 소식을 전하게. 오, 버키, 이거 정말 멋져! 물론 우리는 허락하지. 마샤는 자네보다 나은 남자를 낚을 수 없을 거야. 우리가 얼마나 운이 좋은 가족인지!"

캔터 선생님은 닥터 스타인버그가 자신의 가족이 운이 좋다고 말하는 것에 깜짝 놀라, 흥분으로 얼굴이 달아오르는 것을 느끼며 벌떡 따라 일어나 닥터 스타인버그와 기운차게 악수를 했다. 조금 전까지만 해도 그는 경제적으로 조금 더 안정되는 새해가 오기 전에는 누구에게도 약혼 이야기를 할 생각이 없었다. 그는 할머니가 부엌에서 사용하는 석탄 스토브를 대신할 가스스토브를 사려고 계속 돈을 모으고 있었고, 그전에 약혼반지를 사는 일이 없다면 12월까지는 충분한 돈이 모일 거라고 생각하고 있었다. 그러나 뒤쪽 포치에서 마샤의 상냥한 아버지로부터 그 모든 편안함을 얻고 마지막으로 그 완벽한 복숭아를 함께 먹기까지 하자 그만 흥분하여 그 자리에서 허락을 구하고 만 것이다. 그가 그렇게 한 것은 닥터 스타인버그가 그냥 그 자리에 있는 것만으로도 다른 누구도 답을 할 수 없는 문제에 답을 할 수 있을 것처럼 보인다는 것을 알기 때문이었다. 도대체 무슨 일이 벌어지고 있는 것이며, 우리는 여기에서 어떻게 벗어날 수 있을까 하는 문제. 그리고 그것 말고 또 한 가지 그를 감전시키듯 자극을 준 것이 있었다. 그것은 밤중에 뉴어크를 이리저리 가로지르는 구급차 사이렌 소리였다.

다음날 아침 사태는 최악으로 치달았다. 남자아이 세 명이 또 폴리오에 걸린 것이다—리오 파인스워그, 폴 리프먼, 그리고 아니 메스니코프, 바로 나였다. 놀이터의 환자는 하룻밤 새에 넷에서 일곱으로 껑충 뛰었다. 그와 닥터 스타인버그가 전날 저녁 들었던 사이렌 소리는 그 아이들을 병원으로 급히 데려가는 구급차에서 나던 소리였을지도 몰랐다. 그는 그날 아침 공놀이로 하루를 보낼 생각으로 미트를 끼고 온 아이들에게서 환자가 세 명 더 생겼다는 이야기를 들었다. 보통 주중에는 놀이터 양쪽 끝의 다이아몬드에서 각각 한 시합씩 두 시합을 돌리지만, 이날 아침엔 아이들 수가 네 팀을 짤 인원에 턱없이 못 미쳤다. 병에 걸린 아이들을 빼고도 약 예순 명이 걱정하는 부모 때문에 집에서 나오지 못한 것 같았다. 그는 나머지 아이들을 학교 뒷담과 등을 마주대고 있는 목조 관중석에 앉혀놓고 이야기를 했다.

"얘들아, 오늘 나와줘서 기쁘구나. 오늘도 몹시 더운 날이 될 것 같아—너희도 이미 알고 있겠지. 하지만 그렇다고 해서 우리가 운동장에 나가 뛰지 못한다는 뜻은 아니야. 단지 너희가 무리하지 않도록 약간 주의를 해야 한다는 뜻이야. 그래서 두 이닝 반마다 그늘에서, 바로 여기 관중석에서, 십오 분 동안 휴식을 할 거야. 그 시간에는 아무도 뛰어다니지 못해. 어느 누구도. 정오에서 두시 사이, 가장 더울 때는 소프트볼을 아예 하지 않을 거야. 경기장을 텅 비워놓을 거야. 체커나 체스나 탁구를 하고 싶다, 관중석에 앉아서 이야기를 나누고 싶다, 책이나 잡지를 가져와 휴식 시간에 읽고 싶다…… 모두 좋아. 이게 우리의 새로운 일일 시간표가 될 거야. 여름을 최대한 즐겁게 보내겠지만 이런 날에는 모든 걸 절제할 거야. 그래서 여기 누구도 저 잔인한 더위에 밖에 나가 있다가 일사병에 걸리는 일은 생기지 않을 거야." 그는 마지막 순간에 '폴리오'라는 말 대신 '일사병'이라는 말을 집어넣었다.

아무런 불평이 없었다. 토를 다는 아이도 전혀 없었다. 아이들은 엄숙하게 귀를 기울이고 동의의 뜻으로 고개를 끄덕였다. 그는 유행병이 시작된 이후 처음으로 아이들이 두려워하는 것을 느낄 수 있었다. 아이들은 모두 전날 병에 걸린 아이들과 보통 친한 사이가 아니었으며, 전과는 달리 위험의 본질을 파악하면서 마침내 자신들이 폴리오에 걸릴 수도 있다는 것을 이해하게 되었다.

캔터 선생님은 열 명씩 두 팀을 만들어 첫 시합을 시작했다. 그러고 열 명이 남았기 때문에, 각 팀에 다섯 명씩 가서 첫 십오분 휴식 뒤에 교대해주라고 말했다. 그런 식으로 하루종일 시합을 할 예정이었다.

"됐어?" 캔터 선생님이 의욕적으로 손뼉을 치며 말했다. "오늘도 다른 날과 똑같은 여름날이야. 나는 너희들이 나가서 시합을 하기를 바라."

그는 직접 시합을 하는 대신, 다른 날과는 달리 가라앉은 표정으로 시합에 나갈 순서를 기다리는 아이들 열 명과 함께 앉아 아침을 보내기로 했다. 센터필드 뒤쪽 학교 거리는 보통 여자아이들이 모이는 곳이었는데 캔터 선생님은 여름 초반 평일 아침이면 매일 그곳에 모이던 여남은 명 가운데 오늘은 세 명—집 근처에 사는 놀이터 붙박이들과 접촉할 것을 걱정하여 부모가 아예 멀리 가서 노는 것을 허락한 것으로 보이는 세 명이었다—밖에 나오지 않았다는 것을 알았다. 여기 없는 여자아이들은 도시와 안전한 거리를 두고 사는 친척집에 피난 갔다는 소문이 도는 아이들 속에 끼어 있을 수도 있고, 저지 해안의 위생적인 바다 공기에 푹 잠겨 면역 효과를 얻으려고 서둘러 위험 지대를 벗어난 아이들 속에 끼어 있을 수도 있었다.

지금은 여자아이 둘이 줄을 돌리고 한 아이가 넘고 있었다—그 아이를 뒤따라 달려들려고 바싹 마른 다리를 떨며 기다리는 아이는 없었다. 줄을 넘는 아이의 짹짹 우는 듯한 높은 목소리가 그날 아침에는 멀리 관중석까지 들렸는데, 그곳에서는 보통 때라면 우스개와 꾀바른 소리로 하루종일 수다를 떨어도 부족했을 남자아이들이 아무 할말이 없어 입을 다물고 있었다.

K, 내 이름은 케이Kay
내 남편 이름은 칼Karl
우리는 캔자스Kansas 출신
우리는 캥거루kangaroo를 가져온다네!

캔터 선생님이 마침내 긴 침묵을 깼다. "혹시 아픈 친구가 있는 사람?" 그가 아이들에게 물었다.

아이들은 고개를 끄덕이거나 작은 목소리로 있다고 대답했다.

"너희한테는 힘든 일이지, 알아. 아주 힘든 일이야. 우리는 그 아이들이 몸을 회복해서 곧 다시 놀이터에 나오기를 바랄 수밖에 없어."

"영원히 철폐 안에 들어가 살 수도 있어요." 가장 말이 없는 편에 속하는 수줍음 많은 아이 보비 핑클스타인이 그렇게 말했다. 앨런 마이클스의 장례 예배 뒤에 회당 층계에 양복을 입은 모습으로 나타났던 아이들 가운데 한 명이었다.

"그럴 수도 있지." 캔터 선생님이 말했다. "하지만 그건 호흡기 마비 때문인데, 그런 경우는 아주 드물어. 회복될 가능성이 훨씬 높아. 이건 심각한 병이고, 큰 피해를 줄 수도 있지만, 회복되기도 해. 가끔 부분적으로만 회복되기도 하지만, 많은 경우 완전히 회복돼. 대부분은 상대적으로 가벼운 증세만 보여." 그는 권위 있게 이야기했는데, 그의 지식의 출처는 닥터 스타인버그였다.

"죽을 수도 있어요." 보비가 말했다. 과거에 다른 문제는 이렇게 집요하게 묻고 늘어진 적이 거의 없었다. 대부분의 경우에는 외향적인 아이들이 말을 하게 놓아두는 것으로 만족하는 아이였지만, 친구들에게 일어난 일에 관해서는 도저히 말을 하지 않고는 못 배겼던 것이다. "앨런과 허비는 죽었어요."

"죽을 수도 있지." 캔터 선생님은 인정했다. "하지만 가능성은 낮아."

"앨런과 허비한테는 낮지 않았어요." 보비가 대답했다.

"내 말은 공동체 전체에서, 도시 전체에서 가능성이 낮다는 거야."

"그런 말은 앨런하고 허비한테는 도움이 되지 않아요." 보비는 고집을 부렸고, 목소리가 떨리고 있었다.

"네 말이 맞아, 보비. 네 말이 맞아. 도움이 되지 않지. 그애들한테 일어난 일은 무시무시해. 그 모든 아이들한테 일어난 일이 다 무시무시해."

그러자 관중석의 다른 아이, 케니 블루먼펠드가 입을 열었다. 하지만 심하게 흥분한 상태였기 때문에 무슨 말을 하는지 알아들을 수가 없었다. 케니는 키가 크고 튼튼한 아이로 똑똑하고 표현이 분명했으며, 나이도 벌써 열네 살로 위퀘이크 고등학교 2학년생이라 다른 대부분의 아이들과는 달리 이기고 지는 문제에 감정을 싣지 않는 능력도 갖추고 있었다. 그는 앨런과 함께 놀이터의 리더 같은 존재로, 늘 팀의 주장으로 뽑히는 아이, 팔다리가 가장 길고 공을 가장 멀리 치는 아이였다—그러나 이 케니, 아이들 가운데 가장 나이가 많고 몸집이 크고 가장 어른스러운 아이, 신체적으로나 감정적으로 튼튼한 아이 케니가 눈물을 줄줄 흘리며 꽉 쥔 두 주먹으로 허벅지를 치고 있었다.

캔터 선생님은 케니가 앉은 곳으로 다가가 옆에 앉았다.

눈물을 흘리며, 쉰 목소리로, 케니가 말했다. "제 친구들이 모두 폴리오에 걸리고 있어요! 제 친구들은 모두 절름발이가 되거나 죽을 거예요!"

그 응답으로 캔터 선생님은 케니의 어깨에 손을 얹었지만 아무 말도 하지 않았다. 그는 두 팀이 관중석에서 무슨 일이 벌어지는지 까맣게 모르고 경기에만 깊이 몰두해 있는 경기장을 내다보았다. 위험을 과장하지 말라는 닥터 스타인버그의 주의를 잊지 않았지만 그래도 생각이 떠오르는 것은 어쩔 수 없었다. 케니가 맞아. 아이들 모두가 당할 거야. 경기장에 있는 아이들과 관중석에 있는 아이들. 줄넘기를 하는 여자애들. 그들 모두 아이들이고, 폴리오는 아이들을 쫓아다니니, 폴리오가 이곳을 휩쓸고 아이들을 모두 망가뜨릴 거야. 매일 아침 내가 이곳에 나타날 때마다 또 몇 명이 사라지고 없을 거야. 놀이터를 닫지 않는 한 그것을 멈출 방법은 없어. 놀이터를 닫는 것조차 도움이 되지 않을 거야—결국은 모든 아이를 잡고 말 거야. 이 동네는 그렇게 될 운명이야. 설령 살아남는다 해도 어느 아이도 말짱하게 살아남지는 못할 거야.

느닷없이 전날 밤 스타인버그네 뒤쪽 포치에서 먹은 그 복숭아 생각이 났다. 복숭아즙이 손으로 뚝뚝 떨어지는 것이 다시 느껴지다시피 했고, 그러면서 처음으로 자신이 어떻게 될까봐 겁이 났다. 사실 놀라운 것은 그가 그런 두려움을 그렇게 오랫동안 억제할 수 있었다는 것이었다.

그는 케니 블루먼펠드가 폴리오에 시달리는 친구들 때문에 우는 것을 지켜보다가 갑자기 이 아이들 속에서 일하는 데서 도망치고 싶었다—끝없는 위험을 쉬지 않고 의식해야 하는 상태로부터 도망치고 싶었다. 마샤가 바라는 대로 도망치고 싶었다.

그러나 도망치는 대신 케니 옆에 가만히 앉아 울음이 잦아들기를 기다렸다. 이윽고 그가 입을 열었다. "곧 돌아올게. 잠깐 뛰고 올 거야." 그는 관중석에서 내려가 경기장으로 가서, 삼루수 배리 미들먼에게 말했다. "이제 땡볕에서 나와. 그늘로 들어가서 물 좀 마시렴." 그는 배리의 미트를 받아 삼루에 자리를 잡고 주먹으로 힘차게 미트의 공 받는 부분을 두드렸다.

그날 하루가 끝날 때까지 캔터 선생님은 경기장의 모든 자리에서 뛰면서, 양쪽 팀 선수들이 과열되지 않도록 한 이닝씩 그늘에 앉아 쉴 기회를 주었다. 그렇게 하는 것 외에는 폴리오가 퍼지는 것을 막을 다른 방법을 알지 못했다. 외야에서 뛸 때는 해, 열두 시의 쇠망치 같은 해만큼이나 가혹한 네시의 해 때문에 눈이 부셔 야구 모자 챙에 글러브를 올려놓고 있어야 했다. 그런데 놀랍게도 그의 바로 뒤 학교 거리에서 햇볕에 익은 여자아이 세 명이 노는 소리가 들렸다. 아이들은 여전히 열심히 줄넘기를 하고 있었고, 쿵쾅거리는 심장의 리듬에 여전히 열광하고 있었다.

S, 내 이름은 샐리Sally
내 남편 이름은 샘Sam……

다섯시쯤, 남자아이들이 그날의 마지막 시합 마지막 이닝에 들어갔을 때—야수들은 흠뻑 젖은 폴로셔츠를 근처 아스팔트에 던져놓았고 타자석의 소년들 역시 셔츠를 벗고 있었다—캔터 선생님은 센터필드 깊은 곳에서 나는 외침을 들었다. 케니 블루먼펠드가 하필이면 호러스한테 분통을 터뜨리고 있었다. 캔터 선생님은 아까 오후에 벤치 끝에서 호러스를 보았지만, 곧 그를 시야에서 놓쳤고 그뒤로는 다시 본 기억이 없었다. 밖으로 나가 동네를 배회하다 막 놀이터로 돌아온 것 같았는데, 평소에 하던 대로 경기장으로 나가 선수 옆에 움직임 없이 조용히 서 있고 싶었는지 양 팀에서 가장 큰 아이 케니를 골라 그 옆에 가 있었던 것이다. 케니는 아까도 그답지 않게 친구들이 병에 당하는 것 때문에 흐느끼며 몹시 괴로워하더니, 이번에도 그답지 않게 소리를 지르며 위협적으로 미트를 흔들어 호러스를 내쫓고 있었다. 케니는 가장 큰 아이였을 뿐 아니라, 지금처럼 셔츠를 벗고 있으니 가장 힘이 센 아이라는 것도 분명하게 드러났다. 그와는 대조적으로 아주 큰 반소매 셔츠에 고무 밴드가 달린 풍선 모양의 면바지와 오래전에 유행이 지난 구두—갈색과 흰색이 섞이고 구멍이 숭숭 뚫려 있었다—등 평소와 다름없는 여름 복장인 호러스는 쇠약하다 할 만큼 영양 부족으로 보였다. 가슴은 푹 꺼지고, 다리는 막대기 같았고, 꼭두각시 같은 앙상한 두 팔은 힘없이 양옆에서 덜렁거려 작대기를 무릎에 대고 꺾듯 쉽게 둘로 부러뜨릴 수 있을 것처럼 보였다. 케니 같은 몸집의 아이라면 한 방 먹이지 않고 겁만 줘도 그를 죽일 수 있을 것 같았다.

캔터 선생님은 곧바로 앉아 있던 벤치에서 일어나 전속력으로 외야로 달려갔고 시합에 참가하던 아이와 관중석에 있던 아이 모두가 그 뒤를 따랐으며 거리의 여자아이 세 명마저 줄넘기를 중단했는데, 이것은 여름 내내 처음 있는 일인 것 같았다.

"저 인간 좀 나한테서 떼어내!" 케니—다른 아이들에게 성숙의 모범이었던 아이, 캔터 선생님이 자제력을 발휘하지 못한다고 야단칠 이유가 전혀 없던 아이—바로 그 케니가 지금 소리를 지르고 있었다. "저 인간 좀 나한테서 떼어내. 아니면 내가 저 인간 죽여버릴 거야!"

"무슨 일이야? 왜 그래?" 캔터 선생님이 물었다. 호러스는 머리를 푹 숙이고 눈물을 뚝뚝 흘리며 통곡했다. 목구멍 뒤쪽 높은 곳에서 무선 신호 같은 소리가 나왔다—가늘게 진동하는 고통의 소리였다.

"냄새 좀 맡아봐요!" 케니가 소리를 질렀다. "온몸에 똥이야! 젠장 이 인간 좀 나한테서 떼어내요! 이 인간이야! 폴리오를 옮기는 게 이 인간이라고!"

"진정해, 켄." 캔터 선생님이 붙들려 했으나 아이는 거칠게 밀쳐 몸을 떼어냈다. 이제 양쪽 팀 선수들이 두 사람을 둘러싸고 있었다. 아이들 몇 명이 앞으로 달려와 케니의 팔을 잡고 그가 호러스를 욕하던 곳으로부터 뒤로 끌어내려 했으나, 그가 몸을 돌려 주먹으로 그들을 치려고 하는 바람에 모두 뒤로 펄쩍 물러났다.

"나는 진정하지 않을 거야!" 케니가 소리쳤다. "저 인간은 속옷에 온통 똥이야! 두 손에 온통 똥을 묻히고 있어! 저 인간은 씻지 않아 깨끗하지도 않은데 우리가 자기 손을 잡고 악수를 해주길 바라. 그렇게 폴리오를 퍼뜨리는 거야! 저 인간이 사람들을 절름발이로 만들고 있어! 저 인간이 사람들을 죽이고 있어! 여기서 나가, 너! 어서! 나가란 말이야!" 그는 광견병에 걸린 개의 공격을 막듯이 허공에 미트를 마구 휘둘러댔다.

캔터 선생님은 케니의 도리깨질하는 두 팔을 용케 피해 히스테리에 사로잡힌 아이와 그 아이가 퍼붓는 분노 때문에 겁에 질린 사람 사이에 자리를 잡을 수 있었다.

"집에 가야겠어요, 호러스." 캔터 선생님이 조용히 말했다. "부모님한테 가요. 저녁 먹을 시간이에요. 뭐 좀 먹어야죠."

실제로 호러스에게서는 냄새가 났다—역겨운 냄새가 났다. 캔터 선생님이 같은 말을 두 번 했음에도, 호러스는 울면서 계속 통곡을 할 뿐 아무 말도 하지 않았다.

"자, 호러스." 캔터 선생님이 말하며 그에게 손을 내밀었다. 호러스는 고개를 들지 않고 힘없이 그의 손을 잡았고, 캔터 선생님은 전날 밤 마샤와 약혼해도 좋다는 허락을 받고 닥터 스타인버그와 악수했을 때만큼이나 기운차게 호러스와 악수를 했다.

"어떻게 지내요, 호러스?" 캔터 선생님이 작은 소리로 말하며 호러스의 손을 아래위로 흔들었다. "어떻게 지내냐고, 보이?" 평소보다 조금 오래 걸리기는 했지만, 과거 호러스가 발을 질질 끌며 경기장의 선수 옆에 나와 섰을 때 늘 그랬던 것처럼 악수 의식이 결국 효력을 발휘했고, 마음이 누그러진 호러스는 놀이터 출구 쪽으로 몸을 틀어 떠났다. 집으로 가는지 다른 곳으로 가는지는 아무도 알 수 없었고, 아마 호러스 자신도 몰랐을 것이다. 케니가 미친듯이 내지르는 소리를 들은 남자아이들은 모두 호러스로부터 멀리 떨어져 그가 비틀거리며 혼자 열기의 벽 안으로 들어가는 것을 지켜보았고, 여자아이들은 "우릴 쫓아와! 얼간이가 우리를 쫓아오고 있어!" 하고 날카롭게 소리를 지르며 줄넘기를 들고 인간의 어둠이 얼마나 짙어질 수 있는지 보여주는 광경으로부터 있는 힘껏 달아나 늦은 오후 챈슬러 애비뉴를 달리는 차량들 쪽으로 달려갔다.

캔터 선생님은 케니를 진정시키려고, 다른 아이들이 떠나도 그대로 남아 자신이 놀이터 장비를 지하실 창고에 갖다두는 것을 도와달라고 말했다. 잠시 후 캔터 선생님은 케니와 조용히 이야기를 하면서 케니의 집까지, 언덕을 내려가 한스버리 애비뉴까지 함께 걸어갔다.

“그게 모든 사람을 짓누르고 있어, 켄. 이 동네에서 너만 폴리오의 압박을 느끼는 게 아니야. 폴리오에다 날씨까지 이러니 모두가 어쩔 줄을 모르고 있어.”

“하지만 저 인간이 그걸 퍼뜨리고 있단 말이에요, 캔터 선생님. 확실해요. 제가 미치광이처럼 굴지 말았어야 하고, 저도 그 사람이 얼간이라는 건 알지만, 그 사람은 깨끗하지 않고 그걸 퍼뜨리고 있어요. 사방을 돌아다니며 모든 것에 침을 흘리고 모든 사람하고 악수를 하잖아요. 그런 식으로 온 사방에 병균을 퍼뜨리는 거예요.”

“무엇보다 먼저, 켄, 우리는 뭐가 그걸 퍼뜨리는지 몰라.”

“왜 몰라요? 오물, 쓰레기, 똥이에요.” 케니가 말했다. 그의 분노가 다시 빠르게 소용돌이치고 있었다. “그런데 그 사람은 오물투성이인데다 더럽고 똥을 묻히고 다니니까, 그 사람이 그걸 퍼뜨리는 거예요. 저는 분명히 알아요.”

케니의 집 앞 보도에서 캔터 선생님이 그의 두 어깨를 단단히 잡자 케니는 역겨움에 몸을 떨며 곧바로 그의 두 손을 뿌리치고 소리쳤다. “손대지 마세요! 방금 그 인간을 만졌잖아요!”

“안으로 들어가.” 캔터 선생님은 여전히 차분했으나 한 걸음 뒤로 물러섰다. “찬물로 샤워를 해. 찬 걸 마시고. 열 좀 식혀, 켄, 그리고 내일 놀이터에서 보자.”

"선생님은 그 인간이 아주 무력하다는 이유로, 그가 그걸 퍼뜨린다는 걸 알면서도 눈감고 있는 것뿐이라고요! 하지만 그 인간은 그냥 무력한 게 아니에요. 위험하다고요! 모르시겠어요, 캔터 선생님? 그 인간은 밑도 닦을 줄 모르기 때문에 그걸 다른 모든 사람한테 퍼뜨리는 거라고요!"

그날 저녁 할머니가 식탁을 차리는 것을 지켜보다가 그는 자기도 모르게, 만일 어머니가 운이 좋아 오십 년을 더 살았으면 이런 모습이 되었을까 하는 질문을 던지게 되었다—약하고, 구부정하고, 뼈는 곧 부러질 것 같고, 머리카락은 수십 년 전에 검은빛을 잃고 가늘어져 하얀 보풀처럼 변해버리고, 팔오금에는 섬유질의 피부만 남고, 턱에는 살덩어리가 축 늘어지고, 아침에는 관절이 아프고 밤이 올 무렵이면 발목이 부어 욱신거리고, 반점이 얼룩진 손의 피부는 종잇장처럼 투명해지고, 백내장 때문에 눈이 흐려지고 변색된 모습. 잔해만 남은 것 같은 목 위의 얼굴에는 이제 가는 줄무늬를 그리는 주름이 팽팽하게 당긴 그물처럼 자리잡고 있었고, 주름의 골은 아주 가늘어 노년이라는 곤봉보다 훨씬 섬세한 도구로 다듬어놓은 것 같았다—예를 들어 뛰어난 장인이 에칭용 바늘이나 레이스 제작자의 도구를 이용해 그녀를 지상에서 가장 늙어 보이는 할머니로 정교하게 다듬어놓은 것 같았다.

어렸을 때의 어머니는 어머니를 키우던 시절의 할머니와 아주 많이 닮았다. 그는 그것을 사진에서 발견했는데, 물론 거기에서, 특히 조부모의 서랍장에 있는, 사진관에서 찍어 액자에 넣은 어머니의 독사진에서, 처음으로 자신이 어머니와 많이 닮았다는 것도 알게 되었다. 그 사진은 어머니가 열여덟 살 때 고등학교를 졸업하면서 찍은 것으로 1919년 사우스사이드 고등학교 연감에 실렸는데, 버키는 초등학교에 들어가 반의 다른 아이들은 조부모와 함께 사는 손자가 아니라 어머니, 아버지와 함께 그가 생각하는 '진짜 가족'을 이루어 살고 있다는 것을 알게 되면서 그 연감을 자주 들춰보게 되었다. 그는 어른들이 그가 경멸하는 표정, 선생들한테서도 가끔 발견하기 때문에 너무나 잘 알고 있는 그 연민의 표정으로 자신을 바라볼 때 세상에서 자신이 딛고 선 자리가 얼마나 위태로운지 가장 분명하게 이해했다. 그런 표정을 볼 때면 자신이 근처 클린턴 애비뉴의 사층짜리 황량한 붉은 벽돌 건물에 들어가지 않을 수 있었던 것은 오직 어머니의 늙어가는 부모의 개입 덕분이라는 사실이 더욱더 분명해질 뿐이었다. 그곳은 검은 담장으로 둘러싸여 있고, 조약돌 무늬 유리창은 쇠창살로 덮여 있으며, 하얀 유대인의 별로 장식된 묵직한 나무문

위에는 그가 읽어본 가장 쓸쓸한 두 단어 헤브라이 고아원이라는 말이 조각된 널찍한 상인방上引枋이 박혀 있었다.

할머니는 서랍장에 있는 졸업 사진이 어머니에게 흘러넘치던 상냥한 기운을 완벽하게 포착하고 있다고 했지만, 그것이 그가 가장 좋아하는 사진은 아니었다. 어머니가 원피스 위에 입고 있는 거무스름한 졸업 가운 때문이었는데, 그것을 볼 때면 사진 속 가운이 어떤 징조, 어머니의 수의의 전조인 듯하여 어김없이 슬픔이 찾아왔기 때문이다. 그럼에도 조부모가 모퉁이 너머 가게에서 일을 하고 있어 집에 혼자 있을 때면 가끔 자기도 모르게 그 방으로 들어가 사진을 보호하고 있는 유리 위로, 마치 유리가 사라지고 진짜 살에 닿을 수 있는 것처럼 손가락 끝으로 어머니 얼굴 윤곽을 따라가보기도 했다. 그렇게 해봐야 그가 찾던 존재가 아니라 사진 외에는 어디에서도 본 적이 없는 사람, 그의 이름을 불러주는 목소리를 들어본 적이 없는 사람, 그가 모성의 온기를 한 번도 누려본 적이 없는 사람, 한 번도 그를 돌봐주거나 먹여주거나 재워주거나 숙제를 도와주거나 아니면 가족 가운데 처음으로 대학에 갈 아이로 커가는 것을 지켜봐준 적도 없는 사람의 부재만 더 날카롭게 느끼게 될 뿐이었지만 어쩔 도리가 없었다. 하지만 그가 어린 시절 충분한 보살핌을 받지 못했다고 말하는 것이 진실일까? 손자를 사랑하는 할머니의 진실한 따뜻함이 어머니의 따뜻함보다 만족스럽지 못할 이유가 어디 있을까? 그랬을 리 없지만, 그는 속으로 그렇다고 느꼈다—그리고 그런 생각을 품은 것에 속으로 부끄러움을 느꼈다.

이렇게 오랜 세월이 흐른 뒤, 캔터 선생님은 하느님이 단지 위쿼이크 구역에 폴리오가 날뛰게 놓아두었을 뿐 아니라 이십삼 년 전 그의 어머니, 고등학교를 나온 지 불과 이 년밖에 안 되어 지금의 그보다도 어렸을 어머니가 아이를 낳다 죽게 내버려두었다는 생각이 갑자기 떠올랐다. 전에는 한 번도 어머니의 죽음을 이런 식으로 생각해본 적이 없었다. 전에는, 조부모로부터 사랑의 보살핌을 받았기 때문에, 늘 어머니가 자신을 낳다 죽은 것이 그에게 일어날 수밖에 없었던 일이고 조부모가 그를 기른 것이 어머니의 죽음에 따른 자연스러운 결과인 것처럼 보였다. 그의 아버지가 노름꾼이고 도둑인 것 또한 그렇게 되기로 되어 있었던 일이고 달리는 될 수 없었던 일이었다. 그러나 이제 그는 아이가 아니었기 때문에 일이 달리 될 수 없었던 것은 하느님 때문임을 이해할 수 있었다. 하느님이 아니었다면, 하느님의 본성이 달랐다면, 상황도 달랐을 것이다.

그는 그런 생각을 할아버지만큼이나 사변적이지 않은 할머니한테 털어놓을 수도 없었고, 닥터 스타인버그한테 꺼내고 싶지도 않았다. 닥터 스타인버그는 생각이 깊은 사람이기는 했지만 동시에 전통을 엄수하는 유대인이었기 때문에 폴리오 유행병으로 인해 캔터 선생님의 정신이 그런 쪽으로 방향을 튼 것에 불쾌감을 느낄지도 몰랐다. 스타인버그 가족 누구에게도 상처를 주고 싶지 않았다. 대제일大祭日이 숭배의 원천이자 기도의 시간이어서 가족과 함께 사흘 내내 충실하게 회당 예배에 참석하는 마샤에게는 특히 그랬다. 그는 스타인버그 가족이 귀중하게 여기는 모든 것을 존중하고 싶었고, 거기에는 비록 그 자신은 할아버지—그에게는 종교가 의무가 아니라 의무가 종교였다—와 마찬가지로 별 관심 없이 따르는 것이었지만 그래도 그들과 공유한다고 할 수 있는 종교도 당연히 포함되어 있었다. 그렇게 전심으로 존중하는 일은, 제멋대로인 코퍼먼 아이들을 포함해 폴리오를 앓고 있는 모든 아이들 때문에 분노가 끓어오른다는 것을 깨닫기 전까지는 아주 쉬운 일이었다. 그의 분노의 대상은 이탈리아인이나 집파리나 우편물이나 우유나 돈이나 악취가 나는 시코커스나 무자비한 더위나 호러스가 아니라, 도무지 앞뒤가 맞지는 않지만 사람들이 두려움과 혼란 때문에 유행병을 설명하기 위해 내어놓는 그 모든 원인이 아니라, 심지어 폴리오 바이러스가 아니라, 그 원천, 그 창조자—바이러스를 만든 신이었다.

“너무 힘 빼는 거 아니지, 그렇지, 유진?” 저녁식사가 끝나고 그가 뒷정리를 하는 동안 할머니는 식탁에 앉아 아이스박스에서 꺼낸 물을 마시고 있었다. “놀이터에 달려가고, 애들 가족을 만나러 뛰어가고, 일요일에는 장례식에 뛰어가고, 저녁에는 나를 도우러 집으로 뛰어오고. 이번 주말에는 이 더위 속을 그만 좀 뛰어다니고 기차를 타고 해변에 내려가 주말을 보낼 잠자리를 찾아보는 게 좋겠구나. 모든 걸 잊고 쉬어. 더위를 벗어나. 놀이터에서 벗어나. 가서 수영을 해. 그럼 큰 도움이 될 거야.”

“그것도 한 가지 방법이네요, 할머니. 나쁘지 않은 방법이에요.”

“나야 아이네먼네가 가끔 들여다봐주면 되니까 너는 푹 쉬고 일요일 밤에 집에 돌아오면 되는 거야. 이 폴리오 때문에 네가 지치고 있어. 그건 누구한테도 도움이 안 돼.”

저녁을 먹으면서 그는 할머니에게 놀이터에서 새 환자 세 명이 생겼고 나중에 아이들이 퇴원하면 환자 가족에게 전화를 할 생각이라고 말했다.

그사이에 사이렌 소리가, 그것도 집에서 아주 가까운 곳에서 다시 들리고 있었다. 이것은 특이한 일이었는데, 그가 아는 한 스프링필드 애비뉴, 클린턴 애비뉴, 벨몬트 애비뉴가 만드는 삼각형 주거지역 전체에서 지금까지 환자는 서너 명밖에 나오지 않았기 때문이다. 이것은 도시의 어느 동네와 비교해도 낮은 수

치였다. 그가 할머니와 살고 있는, 집세가 위퀘이크의 절반밖에 되지 않는 삼각형 남쪽 끝에는 폴리오 환자가 한 명밖에 안 나온 반면—환자는 서른 살 난 성인 남자로 항구에서 일하는 하역 인부였다—초등학교가 다섯 개 있는 위퀘이크 구역에서는 7월 초반에만 백사십 명 이상이 나왔고 모두 열네 살 이하 아이들이었다.

그래, 좋고말고—해안에는 이미 그의 놀이터 아이 몇 명이 어머니와 함께 남은 여름 동안 피신을 가 있었다. 그는 브래들리의 해변에서 뒤쪽으로 조금 떨어진 곳에 하숙집을 하나 알고 있었는데 거기에서는 1달러면 지하실의 간이침대를 하나 얻을 수 있었다. 판잣길의 커다란 해수 수영장의 높은 다이빙대에서는 다이빙을 할 수 있었다. 하루종일 다이빙을 하고 난 뒤 밤에는 판잣길을 따라 애스버리 파크까지 산책을 하며 아케이드에 들러 튀긴 대합조개 한 접시와 루트비어 한 잔을 사 들고 바다를 바라보는 벤치에 앉아 파도가 부서지며 밀려드는 것을 지켜보면서 혼자 기분좋게 잔치를 벌일 수 있었다. 우르르 소리를 내는 밤의 검은 대서양보다 뉴어크의 폴리오 유행병으로부터 멀리 떨어져 있는 것이 뭐가 있으며, 그에게 그보다 좋은 강장제가 뭐가 있겠는가? 전쟁이 시작된 이래로, 가까운 바다에 독일의 U보트가 있거나 바다로 건너온 독일인 파괴 활동가가 어두워진 뒤 해변으로 올라올지도 모르는 위험한 상황은 끝났다는 판단이 내려지고, 등화관제가 끝나고, 또—여전히 해안경비대가 해변을 순찰하고 해안을 따라 토치카*를 유지하고 있기는 하지만—저지 해변을 따라 다시 불이 밝혀진 것은 이번 여름이 처음이었다. 그것은 곧 독일과 일본이 치명적인 패배를 겪고 있으며, 시작한 지 거의 삼 년이 되면서 이제 미국의 전쟁도 끝에 다가가기 시작했다는 뜻이었다. 그것은 곧 대학 시절 그의 가장 친한 친구 빅 제이크 개런직과 데이브 제이컵스가 유럽에서 남은 몇 달의 전투를 버티기만 하면 무사히 귀국할 수 있다는 뜻이었다. 그는 마샤가 무척 좋아하는 노래를 생각했다. "전에 자주 가던 모든 곳에서 그대를 만날 거예요." 그날은 전에 자주 가던 모든 곳에서 제이크와 데이브를 만날 수 있는 날이 될 거야. 그는 생각했다.

그가 할 수 있는 일이 전혀 없었음에도 그는 그 친구들과 함께 있지 못하는 것으로 인한 수치감을 전혀 극복하지 못했다. 두 친구는 함께 공수부대에 배치받아 비행기에서 전장으로 뛰어내렸다—바로 그가 하고 싶었던 일, 그의 체격 조건에 딱 맞는 일이었다. 약 여섯 주 전 디데이 새벽, 그들은 거대한 낙하산 부대의 일원으로 노르망디 반도의 독일군 부대 후방에 떨어졌다. 캔터 선

* 콘크리트, 흙주머니 따위로 단단하게 쌓은 사격 진지.

생님은 그들 가족과 계속 연락을 하고 있었기 때문에 공격 당시 사상자가 많이 났음에도 그들 둘은 살아남았다는 것을 알고 있었다. 연합군의 진격을 보여주는 신문의 지도를 계속 보고 있었기 때문에 그들이 6월 말쯤에는 셰르부르 탈환을 위한 격렬한 전투에 참여했을 것이라고 짐작하고 있었다. 할머니는 매일 밤 아이네먼네가 다 읽고 난 〈뉴어크 뉴스〉를 들고 왔는데 캔터 선생님이 거기에서 제일 먼저 찾아보는 소식도 무엇이 되었든 프랑스에서 미군의 움직임에 관한 것이었다. 그다음에는 1면 박스에 실리는 '일일 폴리오 게시판'이라는 것을 읽었는데, 박스 위에는 환자 격리 알림판의 내용을 그대로 실은 글이 있었다. "뉴저지 주 뉴어크 보건국. 접근 금지. 이 집에는 폴리오 환자가 있음. 보건국의 고립 및 격리 규칙이나 규제를 어기는 사람, 또는 허가 없이 의도적으로 이 카드를 제거하거나 훼손하거나 차단하는 사람에게는 50달러의 벌금을 부과함." 매일 지역 라디오 방송국에서도 방송되는 폴리오 게시판은 뉴어크 주민들에게 시에 발생한 새로운 환자의 수와 위치를 알려주었다. 올여름까지 이 게시판에서 사람들이 듣거나 읽은 것은 결코 그들이 기대하던 소식—유행병이 약화되고 있다는 것—이 아니라 새로운 환자의 수가 전날보다 또 늘어났다는 것이었다. 그 수로 인해 사람들은 당연히 기운이 빠지고 겁에 질리고 지쳤다. 이것은 라디오에서 흔히 듣거나 신문에서 흔히 읽는 비인격적인 수, 집을 찾거나 사람의 나이를 기록하거나 신발 가격을 정하는 데 도움이 되는 수가 아니었다. 이것은 잔혹한 병의 진전을 알려주는 무시무시한 수, 뉴어크의 열여섯 개 병동에서는 그 충격이라는 면에서 진짜 전쟁의 전사자, 부상자, 실종자 수에 상응하는 무시무시한 수였다. 이 또한 진짜 전쟁, 살육과 폐허와 파괴와 저주의 전쟁, 전쟁 고유의 파괴력을 가진 전쟁—뉴어크의 어린이들을 상대로 한 전쟁이었기 때문이다.

그래, 물론 그는 해안에 내려가 혼자 며칠을 보낼 수도 있었다. 사실 그것은 여름이 시작될 때 그가 계획했던 일이기도 했다—마샤가 없으니 매주 주말이면 해안으로 가 다이빙으로 하루를 보낸 뒤 밤이면 판잣길을 걸어 애스버리까지 가서 가장 좋아하는 바닷가 음식을 먹는 것. 그가 빌리는 간이침대가 있는 지하실은 눅눅했고 모두 함께 사용하는 샤워기의 물은 좀처럼 뜨거워지지 않았고 시트와 타월에는 모래가 있었지만, 다이빙은 투창을 빼면 그가 가장 좋아하는 운동이었다. 이틀 동안 실컷 다이빙을 하면 아픈 아이들에게 몰두했던 마음에서 일시적으로나마 벗어나고 케니 블루먼펠드의 히스테리 섞인 비난으로 인한 흥분을 잠재우고, 또 어쩌면 하느님에 대한 적의도 머리에서 씻어낼 수 있을지 몰랐다.

그때, 할머니는 밖에서 이웃들과 어울리고 있고 그는 대충 설거지를 끝내고 소매 없는 내의와 팬티 차림으로 얼음물을 한 잔 더 마시려고 식탁에 막 앉았을 때, 마샤가 전화를 했다. 닥터 스타인버그는 캔터 선생님이 마샤와 먼저 이야기를 하기 전에는 자신이나 부인이 마샤에게 약혼 이야기를 꺼내는 일이 절대 없을 거라고 약속했으므로 마샤는 지금 전날 저녁 뒤쪽 포치에서 이루어진 두 남자의 대화는 전혀 모르고 전화를 하는 것이었다. 그녀가 전화를 한 것은 그를 사랑하고 그가 보고 싶다고 말하고 어브 슐랭어 대신 물놀이 감독 자리를 맡으러 캠프에 오는 문제에 대해 어떤 결정을 내렸는지 알아보려는 것이었다.

"블롬백 씨한테 뭐라고 말하면 돼?" 그녀가 물었다.

"그런다고 해." 캔터 선생님은 닥터 스타인버그에게 그의 딸과 약혼하겠으니 허락해달라고 말했을 때만큼이나 방금 자신이 그렇게 동의한 것에 놀랐다. "하겠다고 말해." 그가 말했다.

조금 전까지만 해도 그는 할머니의 제안대로 주말에 해안에 가서 힘을 다시 모으고 활기찬 모습으로 일터로 돌아갈 생각이었다. 제이크와 데이브가 디데이에 나치가 점령한 프랑스에 낙하산을 타고 내려가 독일의 완강한 저항을 물리치며 셰르부르까지 진격하여 연합군의 교두보를 확보하는 것을 도울 수 있었다면, 그도 당연히 폴리오 유행병 한가운데서 챈슬러 애비뉴 학교의 놀이터를 운영하는 위험에 맞설 수 있다고 생각했다.

"오, 버키." 마샤가 소리쳤다. "정말 좋아! 너를 잘 알기 때문에 네가 싫다고 말할까봐 잔뜩 떨고 있었어. 아, 네가 오는구나, 네가 인디언 힐로 오는구나!"

"오개러한테 전화해서 이야기를 하고, 그런 다음에 오개러가 나를 대신할 사람을 찾아야 돼. 교육장 사무실에서 놀이터를 담당하는 사람이 오개러야. 이틀 정도 걸릴 수도 있어."

"아, 최대한 빨리 해!"

"블롬백 씨하고는 내가 직접 말을 해야 할 거야. 보수에 관해서. 집세하고 할머니도 고려해야 하니까."

"보수는 분명히 아무 문제 될 게 없을 거야."

"그리고 약혼하는 문제를 너하고 이야기해야 돼." 그가 말했다.

"뭐? 뭘 한다고?"

"우리 약혼하는 거야, 마샤. 그래서 내가 그 일을 맡는 거야. 어젯밤에 너희 집에 가서 너희 아버지한테 허락해달라고 했어. 나는 캠프에 갈 거고 우리는 약혼할 거야."

"우리가?" 그녀가 웃음을 터뜨렸다. "여자한테 물어보는 게 관례 아냐, 아무리 나처럼 고분고분한 여자라도?"

"그런가? 전에 해본 적이 없어서 말이야. 내 약혼녀가 되어줄래?"

"물론이지! 어머, 버키, 나 정말 행복해!"

"나도 마찬가지야." 그가 말했다. "무지무지 행복해." 잠시, 이런 행복감 때문에, 그는 자신이 놀이터 아이들을 배신한 것을 거의 잊을 수 있었다. 위퀘이크의 무고한 아이들을 죽음으로 괴롭힌 것 때문에 하느님에게 분노한 것을 잊을 수 있었다. 그는 마샤와 약혼 이야기를 하면서, 지금 있는 곳을 외면하고 정상적인 시대를 살아가는 정상적인 삶의 안전과 예측 가능성과 만족을 끌어안으러 달려갈 수 있었다. 그러나 전화를 끊자 그의 이상들이 그와 맞서고 있었다—할아버지가 그에게 길러준 정직함과 힘이라는 이상, 그가 제이크 그리고 데이브와 공유했던 용기와 희생이라는 이상, 어린 시절 그 스스로 길렀던, 사기꾼 아버지의 기만적 성향을 넘어선 곳에 도달하고자 하는 이상—즉시 다시 방향을 틀어 여름 동안 그가 하겠다고 계약했던 일로 돌아가라고 요구하는 사나이의 이상.

어떻게 방금과 같은 짓을 할 수 있었을까?

아침에 그는 창고에서 장비를 들고 나와 시합을 하러 나타난 스무 명도 안 되는 아이들을 두 팀으로 나누어 소프트볼 시합을 하게 했다. 그런 뒤에 지하실로 돌아가 그의 사무실에서 오개러에게 전화를 해 포코노 산맥의 여름 캠프에서 물놀이 감독 자리를 이어받아야 하기 때문에 이번주까지만 일을 하겠다고 말했다. 그는 그날 아침 놀이터로 출발하기 전 라디오에서 시에 폴리오 환자가 스물아홉 명 늘어났고 그 가운데 열여섯 명이 위퀘이크 거주자라는 뉴스를 들었다.

"오늘 아침에 두번째로군," 오개러가 말했다. "페샤인 애비뉴 놀이터에 있는 유대인 친구도 그만둔다고 하더라고." 오개러는 배가 불룩 나온 피로해 보이는 노인으로 태도가 적대적이었다. 오랫동안 시의 놀이터들을 관리해왔고 1차세계대전 시절에 센트럴 고등학교 풋볼 선수로 용맹을 떨친 것이 여전히 인생의 절정인 사람이었다. 그의 무뚝뚝함에 기가 완전히 꺾인 것은 아니었지만, 그럼에도 캔터 선생님은 마음이 흔들려 자신이 부정직하다는 생각이 들었고 어린아이처럼 자신의 결정을 정당화할 말을 열심히 찾으려 했다. 오개러의 무뚝뚝함은 할아버지의 태도와 다르지 않았는데, 어쩌면 둘 다 제3구의 거친 거리에서 생겨난 것이기 때문인지도 몰랐다. 캔터 선생님이 자신의 본모습을 따르는 것에서 크게 벗어난 행동을 하며 가장 생각하고 싶지 않은 사람은, 물론 그의 할아버지였다. 그는 마샤와 스타인버그 가족과 미래를 생각하고 싶었지만, 할아버지가 나타나 아일랜드 억양이 약간 섞인 말투로 평결을 내리고 있었다.

"캠프의 전임자가 징집되었습니다." 캔터 선생님이 대답했다. "금요일에 캠프로 떠나야 해요."

"이게 대학 나온 지 일 년밖에 안 된 사람한테 좋은 일자리를 주고 내가 얻는 것이로군. 이런 어리석은 짓을 해가지고는 내 신뢰를 얻기 어렵다는 건 잘 알고 있겠지. 7월에 이런 식으로 나를 곤란하게 만들면 다시는 자네를 고용하고 싶은 마음이 들지 않는다는 걸 잊지 말게, 캔서*."

"캔터입니다." 캔터 선생님은 그와 이야기를 할 때면 늘 그래야 했듯 이번에도 이름을 고쳐주었다.

"나는 얼마나 많은 사람이 군대에 가는지는 관심 없네." 오개러가 말했다. "나는 사람들이 일이 진행중인데 도중에 그만두는 게 마음에 안 들어." 그러면서 그는 덧붙였다. "특히 군대도 안 간 사람들이."

"그만두게 되어 미안합니다, 오개러 씨. 그리고," 그는 의도했던 것보다 날카로운 목소리로 말하고 있었다. "군대에 안 간 것도 미안합니다. 오개러 씨가 아시는 것 이상으로 미안합니다."

---

* Cancer. 암이라는 뜻.

설상가상으로 그는 이렇게 덧붙였다. "하지만 가야 합니다. 선택의 여지가 없네요."

"뭐?" 오개러가 날카롭게 대꾸했다. "선택의 여지가 없다고, 응? 당연히 선택할 수 있지. 자네가 지금 하고 있는 걸 바로 선택하는 거라고 해. 자네는 지금 폴리오한테서 도망치는 거야. 일을 하겠다고 계약을 했는데 폴리오가 발생하니까 일 같은 건 난 모르겠다, 약속 같은 건 난 모르겠다, 하고 있는 힘을 다해 미친 듯이 달아나는 거야. 자네가 하는 건 그저 달아나는 것일 뿐이라고, 캔서, 자네 같은 세계 챔피언급 근육질의 사나이가 말이야. 자네는 기회주의자야, 캔서. 더 심한 말도 할 수 있지만, 그거면 될 듯하네." 그러더니 마치 그 말이 한 남자에게 오명을 씌울 수 있는 모든 불명예스러운 본능을 싸잡아 가리키는 말인 것처럼 혐오감을 담아 되풀이했다. "기회주의자."

"캠프에 약혼녀가 있습니다." 캔터 선생님이 우물쭈물 대꾸했다.

"챈슬러와 계약할 때도 캠프에 약혼녀가 있었잖나."

"아니, 아니요, 없었습니다." 그는 마치 그것이 오개러에게 중요한 차이라도 된다는 듯 서둘러 말했다. "우리는 이번주에야 약혼을 했는걸요."

"그래, 자네는 모든 것에 대한 답이 있군그래. 페샤인 쪽 아이처럼. 자네 유대인 아이들은 늘 답이 다 있어. 그래, 자네들은 멍청하지 않지. 하지만 오개러도 멍청하지 않아, 캔서. 좋아, 좋아, 거기에 자네 자리를 대신할 수 있는 사람이 있다면 사람을 보내 자네 자리를 채우게 하지. 자네가 애들 캠프에서 여자친구하고 마시멜로를 구우며 신나게 즐기는 동안에 말이야."

그가 예상했던 것보다 덜 모욕적이지는 않았으나 어쨌든 그는 전화를 했고 끝이 났다. 이제 폴리오에 걸리지 않고 놀이터에서 사흘을 더 버티는 일만 남았다.

2
인디언 힐

그는 전에 포코노 산맥에 가본 적도 없었고, 뉴저지의 북서부 시골을 통과하여 펜실베이니아까지 가본 적도 없었다. 기차를 타고 산과 숲과 넓은 농지를 가로지르다보니 바로 옆 주에 가는 것이 아니라 훨씬 먼 곳으로 여행을 나온 듯한 느낌이 들었다. 완전히 낯선 풍경을 미끄러져 지나가자 어떤 서사시의 영역으로 들어선 것 같았다. 몇 번 안 되지만 전에 기차를 탔을 때—해안으로 갈 때 탔던 저지선을 포함하여—받았던, 미지의 새로운 미래가 그의 앞에 곧 펼쳐질 것 같은 느낌이었다. 그가 내릴 스트라우즈버그 역을 불과 십오 분 앞두고 강이 뉴저지와 펜실베이니아를 가르며 극적으로 산맥을 관통하는 델러웨어 협곡이 눈에 들어왔다. 그러자 여행의 느낌은 더욱 강렬해지면서—솔직히 아무런 근거는 없지만—어떤 파괴자도 그렇게 거대한 자연의 장벽을 뛰어넘어 그를 잡으러 오지는 못할 것이라는 자신감이 생겼다.

삼 년 전 할아버지가 세상을 떠난 뒤로 주말이 아닌 긴 시간 동안 다른 사람에게 할머니를 맡기고 떠난 것은 이번이 처음이었다. 하루나 이틀 밤 이상 그 도시를 떠나 있는 것도 이번이 처음이었다. 또한 폴리오에 관한 생각의 늪에서 벗어난 것도 몇 주 만에 처음이었다. 그는 여전히 죽어간 두 아이를 애도했고, 절름발이 병에 걸린 다른 모든 아이들 생각에 여전히 마음이 무거웠지만, 자신이 위급한 재난에 깔려 비틀거렸다는 느낌은 들지 않았고, 다른 사람이었다면 그의 일을 더 열심히 할 수 있었을 것이라는 느낌도 들지 않았다. 그는 그동안 모든 에너지와 창의력을 발휘하여 전심으로 파괴적인 도전에 맞서왔다—그 도전을 피해 유행병에 떠는 도시, 쉬지 않고 돌아다니는 구급차 사이렌이 울려퍼지는 그 뜨거운 도시에서 빠져나오기 전까지는.

스트라우즈버그 역에서는 앳된 얼굴에 수줍음을 타지만 몸집이 크고 머리는 벗어지고 있는 인디언 힐 운전사 칼이 캠프의 낡은 스테이션왜건에 앉아 그를 기다리고 있었다. 칼은 물건을 사고 역으로 버키 마중도 나올 겸 시내에 온 것이다. 버키는 칼과 악수를 하면서 오로지 한 가지 생각에 사로잡혀 있었다. 이 사람은 폴리오를 옮기지 않는다. 그리고 여기는 시원하구나. 버키는 그것을 깨달았다. 해 아래 있는데도 시원해!

그들은 그의 더플백을 왜건 뒤쪽에 던져두고 이층 또는 삼층짜리 벽돌 건물들이 늘어선—아래층에는 상점, 위층에는 사무실이 있는 건물들이 쭉 늘어서 있었다—쾌적한 큰길을 타고 가다 북쪽으로 방향을 틀어 지그재그로 움직이는 좁은 길을 따라 천천히 산속으로 올라가기 시작했다. 농장을 지날 때면 들판에 말과 소가 보였고, 이따금 트랙터를 모는 농부가 보이기도 했다. 저장고와 헛간과 낮은 철망 담장과 나무 기둥 위에 달린 시골풍 우편함이 있었다. 어디에도 폴리오는 없었다. 한참을 올라간 끝에 꼭대기에 이르자 자동차는 아스팔트 도로에서 급하게 방향을 틀어 좁은 비포장도로로 들어섰다. 모퉁이에 서 있는 표지판에는 나무에 불로 지진 캠프 인디언 힐이라는 글자가 박혀 있고 그 밑에는 동그란 불길 안에 티피*가 그려져 있었다. 스테이션왜건 옆면에도 그려진 엠블럼이었다. 단단한 산마루의 흙길을 타고 심하게 흔들리며 숲속을 2마일쯤 나아가자—칼이 말해준 바에 따르면 정말로 캠핑을 하러 오는 차 외에 다른 차들이 인디언 힐에 접근하는 것을 막으려고 일부러 바닥이 많이 파인 구불구

* 아메리칸인디언의 원뿔형 천막.

불하고 좁은 길을 그대로 둔 것이다—탁 트인 녹색 타원형 공간이 나타났는데 그곳이 캠프의 입구였다. 그곳에 들어서면서 받은 충격은 제이크, 데이브와 함께 뉴어크 베어스의 시즌 첫 일요일 더블헤더를 보러 루퍼트 스타디움에 들어서서—스타디움의 침침한 통로를 빠져나가 관중석으로 통하는 환한 통로로 들어서는 순간—도시에서 가장 추한 지역으로 꼽히는 곳에 숨어 있는 정갈하게 다듬어진 널찍한 풀밭을 조망할 때 경험하는 것과 아주 흡사했다. 하지만 그것은 담으로 둘러싸인 경기장이었다. 이곳은 넓게 트인 공간들이었다. 이곳은 시야가 끝없이 틔어 있었고 감춰진 은신처는 베어스의 홈구장보다 훨씬 아름다웠다.

타원형 공간의 중앙에 있는 금속 장대에서는 미국 국기가 나부끼고, 그 밑에는 캠프 상징이 그려진 깃발이 나부꼈다. 근처에는 높이가 약 12 내지 15피트 정도 되고 꼭대기의 구멍으로 긴 장대들이 삐죽삐죽 튀어나온 티피도 있었다. 티피의 회색 캔버스 꼭대기는 두 줄의 지그재그 번개무늬로, 바닥 근처는 산맥을 나타내는 것이 분명한 물결무늬로 장식되어 있었다. 티피 양옆에는 낡은 토템폴*이 서 있었다.

녹색 타원형 공간에서 비탈을 내려가면 금속처럼 밝게 빛나는

* 북아메리카 원주민이 집 앞에 세우는, 토템상(像)을 그리거나 조각한 기둥.

거대한 호수가 있었다. 호숫가를 따라 나무로 만든 선착장이 달리고 있었고, 서로 50피트 정도 거리를 두고 좁은 나무 잔교 세 개가 호수 안으로 100피트 정도 머리를 내밀고 있었다. 잔교 두 개의 끝에는 다이빙대가 있었다. 그의 영토가 될, 소년들의 물가 놀이터가 틀림없었다. 마샤가 이 호수의 물이 자연의 샘들로부터 나온다고 이야기한 적이 있었다. 마치 지상의 불가사의를 가리키는 이름 같았다. 자연의 샘들—이것은 또 "폴리오는 없다"고 말하는 다른 방식이기도 했다. 그는 소매가 짧은 하얀 셔츠에 타이를 매고 있었는데, 왜건에서 내리면서 햇살이 여전히 따갑기는 하지만 이곳의 공기가 스트라우즈버그보다 시원하다는 것을 팔과 얼굴로 느낄 수 있었다. 그는 더플백 끈을 어깨에 메면서 다시 시작한다는 기쁨, 부활이 주는 취할 듯한 환희를 느꼈다—"나는 살아 있다! 나는 살아 있다!"라는 소리가 분출하는 듯한 기분이었다.

버키는 흙길을 따라 호수를 굽어보는 작은 통나무 건물로 갔다. 블롬백 씨의 사무실이 있는 곳이었다. 칼은 버키의 무거운 가방을 빼앗으며 그가 앞으로 캠프에서 가장 나이가 많은 열다섯 살짜리들, 그리고 아이들의 카운슬러와 함께 살게 될 코만치라고 부르는 캐빈까지 차로 실어다주겠다고 고집을 부렸다. 소년 캠프와 소녀 캠프의 캐빈들은 모두 인디언 부족의 이름을 달고 있었다.

그가 방충망 문을 두드리자 사무실 주인, 긴 목에 목젖이 크게 튀어나오고 햇볕에 그을린 두피에는 몇 가닥 남지 않은 흰 머리카락이 교차하는 키가 크고 호리호리한 남자가 그를 맞이했다. 오십대 후반은 되었을 터이나, 카키 반바지에 캠프 폴로셔츠 차림이라 힘차고 단단해 보였다. 버키는 마샤에게 들어서 블룸백 씨가 1926년, 젊은 나이에 상처를 하고 뉴어크 웨스트사이드 고등학교 교감이라는 장래가 유망한 자리를 버리고 학교를 떠나, 그동안 여름에 야외 활동을 하면서 사랑하게 된 인디언 전통을 어린 두 아들에게 가르칠 장소를 확보하려고 부인이 물려받은 유산으로 캠프를 샀다는 것을 알고 있었다. 그 아이들은 이제 자라서 군대에 가 있었고, 캠프를 운영하고 실무진을 지휘하고 캠프 시즌에 들어올 어린이를 모집하러 뉴저지와 펜실베이니아의 유대인 가족을 방문하는 것이 블룸백 씨가 일 년 내내 하는 일이 되었다. 그의 소박한 사무실—건물 외부와 마찬가지로 다듬지 않은 통나무로 지었다—에는 완전한 인디언 머리장식 다섯 개가 못에 걸려 책상 뒤의 벽을 장식하고 있었다. 다른 벽들은 캠프 참가자들의 단체 사진으로 꽉 차 있었다. 다만 선반 몇 개에는 책이 가득했는데, 블룸백 씨 말에 따르면 모두 인디언의 생활과 전통에 관한 것이었다.

"이게 성경이나 다름없네." 그는 버키에게 『숲의 지식』이라는 제목의 두툼한 책을 건네주었다. "이 책이 나의 영감의 원천이었지. 이것도 그렇고." 그는 첫번째 책보다는 얇은 두번째 책 『숲의 인디언 교본』을 건넸다. 버키는 고분고분한 태도로 『숲의 인디언 교본』의 책장을 넘기며 펜과 잉크로 버섯이며 새며 수많은 나무의 잎을 그린 삽화를 보았는데, 어느 것 하나 그가 이름을 아는 것은 없었다. 그는 '모든 소년이 알아야 할 새 마흔 마리'라는 제목의 장을 보다가 자신이 이미 어른임에도 두어 종류 외에는 모른다는 것을 인정할 수밖에 없었다.

"이 책 두 권이 모든 캠프 소유자의 영감의 원천일세." 블롬백 씨가 그에게 말했다. "어니스트 톰프슨 시턴은 혼자서 캠핑을 통한 인디언 운동을 시작했네. 위대하고 영향력이 큰 스승이었지. 시턴은 이렇게 말하네. '남자다움이야말로 교육의 첫번째 목표다. 우리는 집밖에서 한마디로 남자다움에 기여하는 활동을 하려 한다.' 불가결한 책이지. 이 책들은 늘 영웅적이고 인간적인 이상을 찬양하네. 홍인종紅人種*을 야외 생활과 숲에 대한 지식을 갖춘 위대한 예언자로 받아들이고, 도움이 될 때마다 그들의 방법을 이용하지. 또 홍인종의 예를 따라 불굴의 정신을 확인하는

---

* 흔히 '아메리칸인디언'을 이르는 말.

입문 테스트를 거칠 것을 제안해. 모든 힘의 기초는 자제라고 주장하지. 시턴은 이렇게 말하네. '무엇보다도 영웅주의다.'"

전에 시턴의 이름을 들어본 적도 없음에도, 버키는 고개를 끄덕여, 그런 것들이 중대한 문제라는 데 동의했다.

"매년 8월 14일이면 캠프는 인디언 가장행렬로 시턴의 생일을 기념하네. 20세기 캠핑을 미국이 이룩한 가장 위대한 성취로 만든 사람이 바로 어니스트 톰프슨 시턴일세."

다시 버키는 고개를 끄덕였다. "이 책들을 읽고 싶네요." 그는 블롬백 씨에게 두 책을 돌려주었다. "특히 어린 소년들을 교육하는 데 중요한 책들 같습니다."

"인디언 힐에서, 소년들 그리고 소녀들을 교육하는 데도 중요하지. 나도 자네가 그 책들을 읽기를 바라네. 자리를 잡는 대로 여기 와서 내 책들을 빌려가면 돼. 금세기 초 테디 루스벨트가 지도자가 되어 나라 전체가 야외 생활로 눈을 돌릴 때 출간된 비할 데 없이 좋은 책들이야. 자네는 하늘의 선물일세, 젊은이." 그가 말했다. "나는 닥 스타인버그, 또 그의 가족과 평생을 사귀었어. 스타인버그 가족이 보증한다면 나로서는 그걸로 족하네. 카운슬러 한 사람을 불러 자네한테 캠프 답사를 시켜주게 하고, 호숫가는 내가 직접 안내를 하면서 거기 있는 모든 사람에게 자네를 소개하겠네. 모두들 자네가 오기를 고대하고 있었어. 호숫가에서는 목표가 두 가지네. 우리 아이들한테 물에서 노는 기술을 가르치고 또 우리 아이들한테 물에서 안전을 유지하는 방법을 가르치는 걸세."

"저는 팬저에 다닐 때 그 두 가지 원칙을 모두 배웠습니다, 블롬백 씨. 챈슬러 애비뉴 학교에서 체육을 가르칠 때도 안전이 제 첫번째 관심사였습니다."

"부모들은 여름 몇 달 동안 자녀를 우리 손에 맡겼네." 블롬백 씨가 말했다. "그 사람들을 실망시키지 않는 게 우리가 할 일이야. 내가 십팔 년 전에 캠프를 산 이후로 여기에서는 물놀이 사고가 한 건도 없었네. 단 한 건도."

"안전을 최우선으로 삼는 문제에서는 저를 믿으셔도 좋습니다, 선생님."

"단 한 건의 사고도 없었어." 블롬백 씨가 준엄하게 되풀이했다. "물놀이 감독은 캠프에서 책임이 가장 큰 자리 중 하나라네. 어쩌면 제일 클지도 모르지. 부주의 때문에 물에서 사고가 한 번만 터져도 캠프는 망할 수 있네. 말할 필요도 없지만 모든 캠프 아이들에게는 자신과 같은 등급의 물놀이 친구가 있네. 두 아이는 물에 함께 들어가고 함께 나와야 해. 매번 수영을 하기 전과 후에 또 수영하면서 쉴 때 친구를 확인해야 하네. 혼자 수영을 하다가는 치명적인 사건이 벌어질 수도 있어."

"저는 저 자신이 책임감 있는 사람이라고 생각합니다, 선생님. 제가 모든 캠프 아이들의 안전을 보장할 것이라고 믿으셔도 좋습니다. 믿으십시오, 저는 친구 체계의 중요성을 잘 알고 있습니다."

"좋아, 아직 점심이 끝나지 않았을 걸세." 블롬백 씨가 말했다. "오늘은 마카로니와 치즈야. 저녁은 로스트비프고. 인디언 힐에서 금요일 밤은 배급이 있건 없건 로스트비프의 밤일세. 나하고 식당 로지에 가면 뭘 좀 먹을 수 있을 걸세. 그리고 여기…… 캠프 폴로셔츠네. 타이를 풀고 일단 지금 입은 셔츠 위에 대충 걸친 다음 점심을 먹으러 가세. 어브 슐랭어가 시트, 담요, 타월을 놔두고 갔네. 그걸 쓰면 될 거야. 세탁물은 월요일에 내놓으면 되고."

셔츠는 블롬백 씨가 입고 있는 것과 똑같았다. 앞쪽에 캠프 이름이 있고 그 아래 원형 불꽃 속의 티피가 있었다.

블롬백 씨의 호숫가 사무실에서 나무 보도를 따라 몇 걸음만 가면 나오는 식당 로지는 옆면이 모두 트인 커다란 정자형 목조 건물로 캠프 아이들이 바글거렸는데, 소녀들과 소녀 담당 카운슬러들이 큰 통로의 한쪽 편에 있는 여러 둥근 탁자에 앉아 있었고 소년들과 소년 담당 카운슬러들은 그 반대편에 앉아 있었다. 바깥에서는 태양—악의가 있다기보다는 자비롭게 환대하는 듯한 태양, 모든 것을 양육하는 '아버지 태양', 비옥한 '어머니 대지'를 밝게 비추는 선한 신—이 따뜻하게 비추고 있었고, 호수는 일렁이며 광채를 발했고, 그가 새만큼이나 이름을 모르는 7월의 식물들이 우거져 녹색 그물눈을 이루고 있었다. 안은 널찍한 로지에 울려퍼지는 아이들의 목소리로 귀가 따가울 정도로 시끄러웠지만, 그는 그 소음 때문에 오히려 자신이 아이들과 함께 있는 것을 얼마나 즐기는지, 자신이 이 일을 사랑하는 이유가 무엇인지 깨달을 수 있었다. 아무런 보호 대책도 내놓지 못하고 악의를 주시하기만 하던 힘든 몇 주 동안 그는 그 즐거움이 어떤 것이었는지 거의 잊고 있었다. 이 아이들은 눈에 보이지 않는 잔인한 적 때문에 위험에 처한 아이들과는 달리 행복하고 기운이 넘쳤다—이들은 진짜로 어른들이 열심히 관심만 기울이면 사고로부터 보호받을 수 있었다. 다행스럽게도 그는 공포와 죽음을 무력하게 목격하는 일은 끝나고 이제 건강으로 넘치는 걱정 없는 아이들 한가운데로 돌아와 있었다. 여기에는 그가 자신의 힘으로 이루어낼 수 있는 일이 있었다.

블롬백 씨는 다 먹고 다시 만나자며 버키가 혼자 점심을 먹게 두고 떠났다. 식당 로지에서는 아직 아무도 그가 누구인지 알지 못했고 그에게 관심을 보이지도 않았다—아이나 카운슬러 할 것 없이 모두들 함께 식사를 하며 어울리는 뜨거운 분위기에 미친듯이 몰두했고, 캐빈을 함께 쓰는 아이들은 이야기를 하며 웃음을 터뜨렸고, 어떤 탁자에서는 느닷없이 노래를 불러젖혀, 마치 아침을 먹고 나서 몇 시간이 지난 것이 아니라 이렇게 함께 만난 지가 몇 년은 된 것처럼 보였다. 그는 탁자들을 둘러보며 마샤를 찾으면서, 그녀 자신은 아마 아직 그를 찾고 있지 않을 거라고 짐작했다. 어젯밤에 전화로 이야기를 할 때는 그가 점심 때가 한참 지나서야 캐빈에 자리를 잡고 호숫가에 나가게 될 것이고 따라서 식당 로지에는 저녁 시간에나 도착하게 될 것이라고 생각했기 때문이다.

그는 탁자에서 그녀를 발견하고 너무 기뻐, 일어서서 그녀의 이름을 소리쳐 부르고 싶은 마음을 간신히 눌렀다. 사실 놀이터에서 보낸 마지막 사흘간 그는 그녀를 다시는 볼 수 없을 것이라고 생각했다. 인디언 힐 일을 맡겠다고 한 순간부터 자신이 폴리오에 걸려 모든 것을 잃게 될 것이라고 믿었다. 그런데 이제 그녀가, 여름을 맞이하여 자른 곱슬곱슬하고 숱 많고 검디검은 머리—자연에 진짜 검은색은 거의 없는데 마샤의 머리카락은 진짜 검은색 가운데 하나였다—에 거무스름한 눈이 도드라지는 처녀가 여기에 있었다. 지난가을 새로운 교사들을 소개하는 교사회의에서 처음 만났을 때 그녀의 머리는 매혹적으로 어깨까지 흘러내리고 있었다. 처음 만난 오후에 바로 마음을 빼앗겼던 터라 그는 한참이 지난 후에야 멀리서 흘끔거리는 짓을 그만두고 그녀와 얼굴이 마주쳤을 때 눈을 똑바로 볼 수 있었다. 그러다 그녀가 자기 반의 조용한 아이들 맨 앞에 서서 아이들을 이끌고 복도를 걸어 강당으로 가는 것을 보고 다시 확 빠져들고 말았다. 아이들이 그녀를 스타인버그 선생님이라고 부르는 것을 듣고 홀려버린 것이다.

지금 그녀는 피부가 검게 탔고 그와 마찬가지로 하얀 캠프 폴로셔츠를 입고 있었는데, 그 흰색 때문에 그녀의 훌륭한 외모의 거무스름한 느낌, 특히 두 눈이 더욱 도드라져 보였다. 그가 보기에 그녀의 홍채는 다른 누구보다 검고 동그란 두 개의 꿈의 과녁이었으며, 그 동심원들은 갈색을 띤 검은색으로 물들어 있었다. 겉으로 보기에는 카운슬러라기보다는 캠프의 아이처럼 보여, 스물두 살에 이미 노련한 전문가처럼 침착한 몸가짐을 보여주던 품위 있는 옷차림의 1학년 담당 교사의 모습은 찾아보기 힘들었지만 지금처럼 예뻐 보인 적이 없었다. 그는 그녀의 소녀 같은 작은 코에 하얀 연고가 묻어 있는 것을 보고 무엇을 치료하는 것인지, 볕에 탄 것인지 아니면 옻인지 궁금해했다. 그러다가 어떤 생각이 떠올라 갑자기 기운이 났다. 바로 그게 네가 여기 이 위에 올라와 걱정하는 거고, 네가 이 아이들한테 주의를 주어야 하는 거야—옻!

식당 로지의 소란 속에서 마샤의 눈길을 잡아끌 방법은 없었다. 몇 번이나 공중에 팔을 치켜들었지만 손을 높이 들고 흔들어도 그녀는 그를 보지 못했다. 그러다가 마샤에게서 탁자 몇 개 떨어진 곳에 나란히 앉아 있는 마샤의 여동생들, 스타인버그 쌍둥이 실라와 필리스가 눈에 들어왔다. 그들은 이제 열한 살이었는데 언니와는 전혀 닮지 않아, 붉은 곱슬머리에 긴 두 다리는 애처로울 정도로 가냘팠고 코는 이미 그들의 아버지처럼 진화하고 있었고 둘 다 키가 이미 마샤와 비슷했다. 그는 그들 쪽으로 손을 흔들었지만, 그 아이들도 탁자에 앉은 친구들과 활기차게 이야기를 나누고 있어 그를 보지 못했다. 처음 만났던 순간부터 그는 실라와 필리스에게, 그들의 발랄함에, 그들의 지능에, 그들의 강렬함에, 심지어 그들을 덮치기 시작하는 못생긴 면에 완전히 사로잡혔다. 나는 앞으로 평생 이 둘을 알고 지내게 될 거야, 그는 생각했고, 그 생각 때문에 엄청난 기쁨에 가슴이 벅차올랐다. 우리는 모두 한가족을 이루게 될 거야. 그때 갑자기 허비와 앨런, 뉴어크에서 여름을 보내는 바람에 죽은 아이들이 떠올랐고, 그 아이들을 인디언 힐에서 여름을 보내고 있기 때문에 꽃처럼 피어나는 같은 또래의 실라, 필리스와 비교하게 되었다. 그가 이 원기 왕성한 아이들과 함께 여름 캠프의 이 시끄러운 유원지 같은 곳에 안락하게 자리를 잡고 있는 동안 프랑스 어딘가에서 독일군과 싸우고 있는 제이크와 데이브도 있었다. 그는 삶이 이렇게 달라질 수 있다는 것에, 우리 모두가 환경의 힘 앞에 이렇게 무력할 수 있다는 것에 놀랐다. 여기 어디에 하느님이 개입하고 있단 말인가? 하느님은 왜 한 사람은 손에 라이플을 쥐여 나치가 점령한 유럽에 내려보내고 다른 사람은 인디언 힐 식당 로지에서 마카로니와 치즈가 담긴 접시 앞에 앉아 있게 하는가? 하느님은 왜 위퀘이크의 한 아이는 여름 동안 폴리오에 시달리는 뉴어크에 놓아두고 다른 아이는 포코노 산맥의 멋진 피난처에 데려다놓는가? 이전에는 부지런하게 열심히 일하는 것에서 자신의 모든 문제의 해법을 찾았던 사람에게는 지금 일어나는 일이 왜 지금처럼 일어나고 있는가 하고 물었을 때 설명이 되지 않는 것이 너무 많았다.

"버키!" 쌍둥이가 그를 발견하고 소음 위로 멀리 그를 향해 소리를 질렀다. 그들은 식탁 옆에 서서 두 팔을 흔들고 있었다. "버키! 왔네요! 만세!"

그가 마주 손을 흔들었고 쌍둥이는 흥분해서 언니가 앉아 있는 쪽을 가리키기 시작했다.

그는 웃음을 지으며 입 모양으로 "보여, 보여" 하고 말했고 쌍둥이는 마샤에게 "버키가 왔어!" 하고 소리를 질렀다.

마샤가 주위를 둘러보려 일어섰고 그도 일어섰다. 마침내 마샤는 그를 보고 두 손으로 그에게 키스를 날렸다. 그는 구원받았다. 폴리오는 그를 쓰러뜨리지 못했다.

그는 호숫가에서 오후를 보내며 그곳의 카운슬러들—아직 징집 연령에 이르지 않은 열일곱 살짜리 고등학교 남학생들이었다—이 캠프 아이들에게 수영을 가르치고 연습을 시키는 것을 지켜보았다. 팬저에서 '수영과 다이빙 교습법' 강의를 들었기 때문에 그에게 익숙하지 않은 것은 하나도 없었다. 그는 아름답게 운영되는 프로그램과 일하기에 완벽한 환경을 물려받은 것 같았다—호숫가는 어느 한 구석 방치된 곳이 없었고, 선착장, 잔교, 플랫폼, 다이빙대 모두 완벽한 상태를 유지하고 있었으며 물은 눈부시게 맑았다. 나무가 우거진 언덕들이 호수 가장자리로 가파르게 달려내려와 물과 만나고 있었다. 캠프 아이들의 캐빈은 호수 이쪽 편의 낮은 언덕들 안 우묵한 곳에 자리를 잡고 있었다. 소녀 캠프는 식당 로지의 한쪽 날개 끝에서 시작되었고 소년 캠프는 반대쪽 날개 끝에서 시작되었다. 호수 안, 100야드 정도 떨어진 곳에, 껍질이 희어 보이는 비스듬히 기운 나무들이 울창하게 자라는 자그마한 섬이 있었다. 마샤가 안전하게 둘만 있을 수 있다고 말하던 섬이 틀림없었다.

그녀는 어떻게 했는지 블룸백 씨의 사무실 비서에게 메모를 남겨놓았다. "내 미래의 남편을 여기서 보다니 내 눈을 믿을 수가 없어. 아홉시 삼십분에 출발할 수 있어. 식당 로지 앞에서 만나. 애들이 흔히 하는 말대로 '너는 나를 보내버려'. M."

마지막 수영 수업이 끝나 캠프 아이들이 금요일 밤 저녁을 먹고 그뒤에 이어질 영화를 볼 준비를 하러 캐빈으로 돌아간 뒤, 버키는 호숫가에 홀로 남았다. 그는 새로 맡은 일의 첫 몇 시간을 잘 보낸 것이 기분좋았고 근심 없고 놀랄 만큼 활동적인 이 아이들과 함께 있는 것에 마음이 들떠 있었다. 그때까지는 계속 물속에 머물면서 카운슬러들과 사귀고, 그들이 일을 어떻게 하며 아이들이 스트로크와 호흡을 하는 것을 어떻게 돕는지 살피느라 높은 다이빙대에 올라가 다이빙을 할 기회가 없었다. 그러나 오후 내내, 다이빙을 해야 진짜로 이곳에 있게 되기라도 할 것처럼, 그 생각을 놓지 않았다.

그는 다이빙대로 이어지는 좁은 나무 잔교를 따라 걸어나가 안경을 벗어 사다리 발치에 두었다. 이어 반은 장님이 된 채로 다이빙대로 올라갔다. 앞쪽을 보자 다이빙대 가장자리까지 가는 길은 보였으나 그 너머로는 거의 구분을 할 수가 없었다. 언덕, 숲, 하얀 섬, 심지어 호수도 사라져버렸다. 그는 호수 위의 다이빙대에 혼자 있었고 거의 아무것도 보이지 않았다. 공기가 따뜻했고, 그의 몸도 따뜻했고, 귀에 들리는 소리라고는 곰보 자국이 난 테니스공을 치는 소리와 이따금 캠프 아이 몇 명이 멀리서 편자를 던지거나 말뚝을 칠 때 나는 금속과 금속이 부딪치는 소리뿐이었다. 숨을 들이쉬었을 때도 뉴저지 주 시코커스의 냄새는 전혀 나지 않았다. 그는 포코노 산맥의 해로울 것 없는 맑은 공기로 허파를 가득 채우고 세 걸음 앞으로 뛰어나간 다음, 몸을 훌쩍 날려 앞이 보이지 않으면서도 날아가는 내내 몸의 구석구석을 완전히 통제하다가 닿기 직전에야 눈에 보인 차갑고 순수한 호숫물을 단순한 제비식 다이빙으로 두 팔을 수직으로 뻗어 깨끗하게 부수고 들어가 깊은 곳까지 내려갔다.

다섯시 사십오분, 그의 캐빈 남자아이들과 함께 식당 로지 입구로 다가가는데 카운슬러들과 함께 천천히 다가오던 소녀 무리에서 두 명이 떨어져 나오더니 그의 이름을 부르기 시작했다. 스타인버그 자매였다. 둘이 너무 닮아 가까이서 보아도 구별을 하기가 어려웠다. "실라로구나! 필리스로구나!" 그가 소리치자 자매는 달려와 그의 품에 몸을 던졌다. "둘 다 멋져 보이는구나." 그가 말했다. "아주 새까매졌구나. 게다가 그새 또 컸네. 어이쿠, 키가 나만한데." "더 커요!" 자매는 소리치며 그에게 안긴 채 몸을 계속 꿈틀거렸다. "아, 그런 말 하지 마." 버키가 웃음을 터뜨렸다. "제발, 벌써 나보다 크면 안 돼!" "다이빙 시범을 보일 거예요?" 한 아이가 말했다. "지금까지는 아무도 나한테 그런 부탁 안 했는데." 그가 대답했다. "우리가 부탁하잖아요! 캠프 전체를 위해 다이빙 시범을 보여줘요! 공중에서 몸을 비틀고 뒤로 젖히는 걸 다 보여줘요."

두어 달 전 메모리얼 데이에 그는 딜의 해안에 있는 스타인버그 가족의 여름 별장에 초대받았다. 그때 스타인버그 가족이 회원으로 있는 해변 수영 클럽에 모두 함께 갔다가, 소녀들은 그가 다이빙하는 것을 보았다. 그가 이 가족의 하룻밤 묵어가는 손님이 된 것은 그때가 처음이었고, 자신과 같은 배경을 가진 사람이 이런 교육받은 사람들과 무슨 이야기를 할까 하는 불안을 밀어내자 마샤의 어머니와 아버지가 더없이 친절하고 함께하기 편한 사람들이라는 것을 알게 되었다. 수영장의 낮은 다이빙대에서 쌍둥이에게 균형을 잡고 뛰어내리는 기초적인 훈련을 시키면서 맛보았던 즐거움이 떠올랐다. 쌍둥이는 처음에는 소심하게 행동했지만, 오후가 끝나갈 무렵에는 다이빙대에서 스트레이트 다이빙을 시킬 수 있었다. 그때쯤 그는 쌍둥이에게 영화배우나 다름없는 우상이 되었으며, 쌍둥이는 기회가 있을 때마다 그를 언니에게서 빼앗아가려 했다. 그리고 그도 이 아이들, 닥터 스타인버그가 감사하는 마음으로 그의 "동일하게 반짝이는 듀오"라고 부르는 소녀들의 매력에 푹 빠졌다.

"나도 너희 둘이 보고 싶었어." 그가 쌍둥이에게 말했다. "여름이 끝날 때까지 여기 있을 거예요?" 그들이 물었다. "있고말고." "슐랭어 선생님이 군대 가서요?" "맞아." "마샤가 그렇게 말했지만 처음에 우리는 마샤가 꿈을 꾸고 있다고 생각했어요." "내가 꿈을 꾸고 있는 것 같아, 여기 있다는 게 말이야." 버키가 대꾸했다. "너희들 나중에 보자." 쌍둥이는 캐빈 친구들에게 과시하기 위해 한 명씩 얼굴을 들고 보란듯이 그의 입술에 키스했다. 이어 식당 로지 입구로 달려가더니 역시 보란듯이 "사랑해요, 버키!" 하고 외쳤다.

그는 코만치 캐빈 카운슬러인 도널드 캐플로 옆에 앉아 식사를 했는데, 이 열일곱 살짜리 소년은 육상광이었으며 고등학교 원반던지기 대표 선수였다. 버키가 자신은 투창선수라고 말하자 도널드는 캠프에 장비를 가져왔으며, 근무시간이 끝나면 8월에 커다란 인디언 가장행렬이 열리는, 소녀 캠프 뒤의 넓은 건초 밭에서 늘 연습을 한다고 말했다. 그는 언제 한번 버키가 와서 지켜보고 조언을 좀 해줄 수 있겠느냐고 물었다. "그럼, 그럼." 버키가 대답했다.

"오늘 오후에 선생님을 지켜봤습니다." 도널드가 말했다. "우리 캐빈의 포치에서는 호수가 보여요. 그래서 선생님이 다이빙

하는 걸 지켜봤죠. 다이빙 선수세요?"

"초보적인 다이빙 실력은 갖추었지만, 아니야, 나는 선수가 아니야."

"저는 다이빙이 영 제대로 되지 않더라고요. 온갖 우스꽝스러운 실수를 되풀이하고 있어요."

"내가 도움이 될지도 모르지." 버키가 말했다.

"도와주시겠어요?"

"시간이 있다면, 물론."

"아, 잘됐네요. 감사합니다."

"하나씩 하나씩 해나가자고. 아마 몇 가지 결함만 교정하면 금방 좋아질 거야."

"제가 선생님 시간을 독차지하는 건 아니겠죠?"

"아냐. 나한테 시간 여유가 생기면, 그땐 그게 네 거라고 생각해도 좋아."

"다시 한번 감사드립니다, 캔터 선생님."

그는 마샤를 찾을 수 있을까 해서 식당 로지의 소녀들 자리를 건너다보다가 스타인버그 쌍둥이 한 명과 눈이 마주쳤다. 아이는 미친듯이 손을 흔들었다. 그는 웃음을 지으며 마주 손을 흔들면서 하루도 안 되어 폴리오 생각이 싹 사라졌다는 것을 깨달았다. 조금 전 도널드 때문에 앨런 마이클스를 떠올렸을 때만 예외였다. 도널드는 앨런보다 다섯 살 위이고 이미 키가 182센티미터에 달했지만, 둘 다 떡 벌어진 어깨와 늘씬한 몸에 다리가 길고 튼튼한 잘생긴 소년들이었으며, 둘 다 운동에서 자신이 나아지도록 도와줄 수 있는 교사에게 탐욕스럽게 달라붙었다. 앨런이나 도널드 같은 소년들은 그에게 가르침에 대한 깊은 헌신과 자신들이 필요로 하는 곳에 자신감을 줄 수 있는 능력이 있다는 것을 바로 알아차리기라도 한 듯 재빨리 멘토인 그의 궤도 안에 뛰어들었다. 앨런이 살아 있다면 도널드 캐플로와 흡사한 청소년으로 성장할 것이 분명했다. 앨런이 살아 있다면, 허비 스타인마크가 살아 있다면, 버키는 여기 있지 않을 것이고 그가 살던 동네에서도 상상할 수 없는 일들이 일어나고 있지 않을 것이 분명했다.

그는 마샤와 카누를 타고 호수를 가로질렀다—그는 카누가 처음이었지만 마샤가 노를 젓는 시범을 보이자 그녀를 지켜보고 있다가 몇 번 젓는 것을 보더니 바로 익혔다. 그들은 천천히 어둠 속으로 들어갔고, 소년들이 놀던 호숫가에서 보았던 것보다 훨씬 길쭉한 섬에 이르자 반대편으로 돌아가서 카누를 뭍으로 끌어올려 조그만 덤불 안에 올려두었다. 그들은 식당 로지 앞에서 슬쩍 손을 만진 뒤로 서둘러 소녀들의 호숫가로 갔을 때부터 그곳에 있는 걸이에서 조용히 카누를 내릴 때까지 거의 말을 하지 않았다.

달도, 별도, 호숫가 쪽 비탈의 캐빈 몇 개를 빼면 불빛도 없었다. 식당 로지에서는 로스트비프로 저녁을 먹었고—도널드 캐플로는 소년다운 게걸스러운 식욕으로 즙이 많은 벌건 고기 조각을 연거푸 삼켰다—이제는 오락실에서 큰 아이들을 위해 영화를 틀어주고 있었기 때문에, 캠프에서 들려오는 소리라고는 먼 소음처럼 들리는 영화 음악밖에 없었다. 가까운 곳에서는 개구리들이 교향악단처럼 한꺼번에 울어댔고, 먼 곳에서는 몇 분마다 천둥이 우르릉거리는 소리가 들렸다. 천둥의 드라마가 펼쳐진다고 해서 카키 반바지와 캠프 폴로셔츠 차림으로 숲이 우거진 섬에 단둘이 있다는 사실의 의미심장함이 줄어들지도 않았고, 그들이 옷을 얼마 걸치지 않았다는 사실로 인한 자극이 줄어들지도 않았다. 그들은 팔과 다리의 맨살을 드러낸 채 나무들 속의 좁은 빈터에 서 있었다. 둘의 거리가 아주 가까워 어둠에도 불구하고 그는 그녀를 또렷하게 볼 수 있었다. 마샤는 며칠 전 밤에 혼자 카누를 타고 와 빈터를 정돈했다. 두 손을 갈퀴처럼 이용하여 지난가을에 쌓인 낙엽들을 걷어내 만남의 장소를 마련해두었던 것이다.

섬은 사방에 나무들이 빽빽하게 들어차 한덩어리를 이룬 것처럼 보였는데, 이 나무들은 호숫가에서 보았을 때와는 달리 완전히 흰색이 아니라 마치 채찍에 맞은 흉터가 남은 것처럼 검고 깊은 상처들이 껍질을 휘감고 있었다. 날씨와 질병 때문에 수많은 줄기들이 구부러지거나 부러졌으며, 일부는 거의 반으로 접혀 있었고 일부는 갈가리 찢겨 거의 땅까지 늘어져 있었고 일부는 완전히 잘려 있었다. 여전히 말짱한 나무들은 우아할 정도로 늘씬하여, 장난삼아 열 손가락으로 마샤의 허벅지를 꽉 움켜쥘 때처럼 어떤 나무든 어렵지 않게 줄기를 두 손으로 감쌀 수 있었다. 피해를 입지 않은 나무들의 위쪽 가지와 늘어진 작은 가지들이 빈터 위로 펼쳐지며 톱니 같은 잎과 부러질 듯 가느다란 아치를 이루는 긴 가지들이 어우러져 격자형 돔을 이루고 있었다. 이곳은 스타인버그네 앞쪽 포치에서 강하게 애무를 하면서 흥분, 강렬한 쾌감, 절정을 알리는, 쉽게 귀에 가 박히는 소리를 목구멍 안으로 삼키려 할 때는 꿈만 꿀 수밖에 없었던 격리된 장소, 완벽한 은신처였다.

"이 나무들은 뭐라고 불러?" 그는 만져보려고 나무 한 그루에 손을 뻗었다. 갑자기, 첫 교사 모임에서 소개를 받고 자기도 모르게 몸이 뻣뻣해지고 표정이 우스꽝스러울 정도로 부자연스러워졌던 때처럼, 까닭 없이 수줍어졌다. 그때 그녀는 허를 찌르듯 악수를 하자고 작은 손을 내밀었고, 그는 몹시 당황하여 그 손을 어째야 할지 알 수가 없었다—그녀의 아담한 몸매가 풍기는 매력에 홀려 그녀를 뭐라고 불러야 할지도 생각나지 않았다. 이 만남은 할아버지에게서 그 어떤 것도 자신의 힘으로 하지 못할 것은 없다고—45킬로그램도 나가지 않을 아가씨에게 인사를 하는 것은 말할 것도 없고—생각해야 한다는 가르침을 받았던 사람에게는 엄청나게 당혹스러운 일이었다.

"자작나무." 그녀가 대답했다. "흰 자작나무…… 은 자작나무야."

"껍질이 좀 벗겨지네." 그는 마치 그들이 자연을 관찰하러 소풍을 나온 아이들인 것처럼, 손 밑의 나무줄기에서 얇은 은색 껍질 한 조각을 쉽게 벗겨내 그곳 어둠 속에서 그녀에게 보여주었다.

"인디언은 자작나무 껍질을 카누에 사용했대." 그녀가 말했다.

"당연히 그랬겠지." 그가 말했다. "자작나무 껍질 카누라고 부르니까. 하지만 나는 이게 자작나무일 거라고는 생각도 못했어."

그들은 입을 다문 채 물을 타고 둥둥 떠내려오는 영화 속의 웅얼거리는 목소리와 멀리서 들려오는 천둥소리, 근처의 개구리 울음소리와 호수 건너에서 뭔가가 나무를 깔아놓은 물놀이터나 잔교에 부딪히는 쿵 소리에 귀를 기울였다. 블룸백 씨가 다른 카누를 타고 그들을 쫓아오는 소리일 수도 있다는 것을 깨닫자 그의 심장박동이 빨라졌다.

"왜 여기에는 새가 없는 거지?" 마침내 그가 물었다.

"있어. 하지만 새들은 밤에는 노래를 하지 않아."

"하지 않아, 해?"

"아, 버키." 그녀가 애원하는 목소리로 속삭였다. "우리 정말 계속 이러고만 있어야 해? 내 옷을 벗겨줘, 좀. 지금 벗겨줘."

몇 주나 떨어져 지낸 뒤라 그녀가 그렇게 말해주는 것이 필요했다. 이 똑똑한 여자가 모든 것, 정말이지 놀이터와 운동장과 체육관 너머의 삶의 모든 것을 말해주는 것이 필요했다. 그녀의 가족 모두가 그에게 그의 할아버지를 포함해 아무도 아직 살아보지 못한 그 모든 방식으로 살아가는 방법, 어른의 삶을 살아가는 방법을 이야기해주는 것이 필요했다.

곧 그는 그녀의 반바지의 허리띠와 단추를 풀러 다리를 따라 땅까지 끌어내렸다. 그러는 동안 그녀는 아이처럼 두 팔을 들어올렸고, 그는 먼저 그녀가 들고 있던 손전등을 받은 다음 그녀의 폴로셔츠를 머리 위로 살살 끌어올렸다. 그녀가 두 팔을 뒤로 돌려 브래지어의 고리를 푸는 동안 그는 무릎을 꿇고 자신이 이 순간을 위해 지금까지 살아왔다는 괴상하면서도 약간 수치스러운 느낌에 사로잡혀 그녀의 속옷을 다리 아래로 끌어내려 발에서 벗겨냈다.

"양말도." 그녀는 벌써 스니커즈도 걷어차 벗어냈다. 그는 그녀의 양말을 벗겨서 스니커즈 안에 쑤셔넣었다. 양말은 흠 하나 없는 흰색이었으며, 그녀가 입고 있던 나머지 모든 것과 마찬가지로 캠프 세탁장의 표백제 향기를 희미하게 풍겼다.

옷을 벗은 그녀는 작고 늘씬했으며 아름다운 형태를 갖추고 있었다. 다리에는 근육이 약간 붙어 있었지만 팔은 가늘었고 허리는 연약했으며 아주 작은 젖가슴은 높이 붙어 있었고 부드럽고 연한 빛의 젖꼭지는 불거지지 않았다. 꼬마 요정 같은 가냘픈 여자의 몸은 아이처럼 상처입기 쉬워 보였다. 그녀는 물론 성교에 익숙한 사람처럼 보이지 않았고, 사실 그것은 진실과 그렇게 거리가 멀지 않았다. 그녀의 가족이 모두 딜에 가 있던 어느 늦가을 주말, 토요일 오후 네시쯤 그가 블라인드를 내린 골드스미스 애비뉴 그녀의 침실에서 그녀의 처녀성을 가지고 난 뒤—동시에 그가 자신의 동정을 잃고 난 뒤—그녀는 둘 가운데 경험이 부족한 쪽이 자신인 것처럼 "버키, 나한테 섹스를 가르쳐줘" 하고 소곤거렸다. 그러고 나서 그들은 침대에 몇 시간을 함께 누워 있었고—조각한 기둥 네 개 위에 사라사 무명 재질의 꽃무늬 캐노피가 있고 가장자리는 주름으로 장식된 사주식 침대, 그녀가 어릴 때부터 잠을 자던 그녀의 바로 그 침대라고 그는 생각했다—그녀는 마치 텅 빈 집에 누가 있기라도 한 것처럼 속을 털어놓는 작은 목소리로 자신은 훌륭한 가족뿐 아니라 사랑하는 버키도 있으니 믿을 수 없을 정도로 운이 좋은 사람이라고 말했다. 그러자 그는 그녀에게 그전 어느 때보다도 자신의 어린 시절에 관해 많이 털어놓았다. 그는 그가 알았던 어떤 여자, 아니 그가 알았던 어떤 사람보다도 쉽게 그녀에게 자신을 표현할 수 있었고, 보통은 속으로만 생각하던, 자신을 기쁘게 하고 또 슬프게 하는 모든 것을 드러낼 수 있었다. "나는 도둑의 아들이야." 그는 그렇게 고백하면서 그녀에게는 아무런 수치심 없이 그 말을 할 수 있다는 것을 알았다. "아버지는 돈을 훔쳐서 감옥에 갔어. 전과자지. 나는 아버지를 본 적이 없어. 어디 사는지도 모르고, 살았는지 죽었는지도 몰라. 아버지가 나를 길렀다면 나도 결국 도둑이 되었을지 누가 알겠어? 나 혼자서, 그런 할아버지와 할머니도 없이, 내가 사는 동네 같은 데서 살면서." 그는 그녀에게 말했다. "부랑자로 끝나지 않기가 오히려 어려웠을 거야."

그들은 사주식 침대에서 얼굴을 마주보고 누워 어스름이 깔릴 때까지, 이어 어두워질 때까지 자신들의 이야기를 하여 마침내 둘 다 거의 모든 것을 털어놓았고 서로에게 그들이 아는 방법으로 최대한 자신을 드러냈다. 그러다가 마샤는 마치 지금까지 그를 사로잡은 것만으로는 충분치 않다는 듯이, 그의 귀에 대고 조금 전에 배운 것에 관해 소곤거렸다. "이게 말하는 유일한 방법이야, 안 그래?"

"너." 그가 그녀의 옷을 벗기고 나자 마샤가 소곤거렸다. "이제 네 차례야."

그는 얼른 옷을 모두 벗어 빈터 가장자리 그녀의 옷 옆에 놓았다.

"어디 한번 봐. 어머, 다행이야." 그녀가 말하며 울음을 터뜨렸다. 그가 얼른 그녀를 품에 안았지만 도움이 되지 않았다. 그녀는 걷잡을 수 없이 흐느꼈다.

"왜 그래?" 그가 그녀에게 물었다. "무슨 일이야?"

"나는 네가 죽을 줄 알았어!" 그녀는 소리를 질렀다. "네가 마비되어 죽을 줄 알았어! 잠을 잘 수가 없었어, 너무 겁이 나서. 혼자 있을 수 있을 때마다 여기로 나와 네가 건강하게 해달라고 하느님께 기도했어. 평생 누구를 위해서도 그렇게 열심히 기도한 적이 없어. '제발 버키를 지켜주세요!' 나는 행복해서 우는 거야, 달링! 정말, 정말 행복해서! 네가 여기 있으니까! 그것에 걸리지 않았으니까! 아, 버키, 꼭 안아줘, 있는 힘을 다해 나를 꼭 안아줘. 너는 무사해!"

옷을 입고 캠프로 돌아갈 준비가 되었을 때 그는 도저히 어쩔 수가 없어, 그녀가 마음이 놓여 그런 말을 했거니 하고 잊어버리는 대신, 자신이 거부했던 신에게 그녀가 기도를 한 것을 두고 하지 말았어야 할 말을 하고 말았다. 그녀가 전에 그렇게 말하는 것을 들어본 적도 없고 또 아마 앞으로도 들을 일이 없을 테니 이 중대한 날을 그런 흥분하기 쉬운 주제로 돌아가 마무리할 이유가 없다는 것은 그도 잘 알고 있었다. 그것은 이 순간에는 정말이지 너무 무거운 주제였고, 또 이제 그가 여기 와 있게 된 마당에 사실 의미 없는 주제이기도 했다. 그럼에도 그는 자제할 수가 없었다. 뉴어크에 있을 때 너무 많은 일을 겪어 감정을 억누를 수가 없었다—사실 뉴어크와 그곳의 유행병을 떠난 지가 불과 열두 시간밖에 되지 않았던 것이다.

"정말로 하느님이 네 기도에 응답하신 거라고 생각해?" 그가 그녀에게 물었다.

"사실 나는 알 수 없지, 안 그래? 하지만 너는 지금 여기 와 있잖아, 안 그래? 너는 건강하잖아, 안 그래?"

"그건 어떤 것도 증명해주지 않아." 그가 말했다. "왜 하느님이 앨런 마이클스의 부모의 기도에는 응답하지 않았을까? 그분들도 틀림없이 기도를 했을 텐데. 허비 스타인마크의 부모도 틀림없이 기도를 했을 텐데. 그 사람들 다 좋은 사람들이야. 선량한 유대인들이야. 왜 하느님이 그분들을 위해서는 개입하지 않았을까? 왜 하느님이 그분들의 자식은 구하지 않았을까?"

"솔직히 나는 모르겠어." 마샤가 무력하게 대답했다.

"나도 몰라. 애초에 하느님이 왜 폴리오를 만들었는지도 몰라. 하느님이 뭘 증명하려던 걸까? 지상의 우리에게 다리를 저는 사람들이 필요하다는 거?"

"하느님이 폴리오를 만든 게 아니야." 그녀가 말했다.

"아니라고 생각해?"

"응." 그녀가 날카롭게 대꾸했다. "아니라고 생각해."

"하지만 하느님이 모든 걸 만들지 않았나?"

"그건 같은 게 아니야."

"왜 같은 게 아니야?"

"왜 나하고 말다툼을 하는 거야, 버키? 뭘 위해서 우리가 말다툼을 하는 거야? 내가 한 말은 너 때문에 겁이 나서 하느님한테 기도를 했다는 것뿐인데. 그리고 이제 네가 여기 와서 내가 행복해 어쩔 줄 모르겠다는 건데. 그런데 너는 그걸로 싸움을 하려고 해. 우리가 몇 주 만에 만났는데 왜 너는 나하고 싸우고 싶어하는 거야?"

"나는 싸우고 싶지 않아." 그가 말했다.

"그럼 싸우지 마." 그녀는 화가 났다기보다는 당황하고 있었다.

그러는 동안에도 천둥은 꾸준히 우르릉거리고 번개는 근처에서 번쩍거리고 있었다.

"가야겠어." 그녀가 말했다. "폭풍우가 아직 멀리 떨어져 있을 때 돌아가야 돼."

"하지만 유대인이 어떻게 유대인 수천수만 명이 있는 동네에 이런 저주를 내린 신에게 기도할 수가 있어?"

"나도 몰라! 도대체 네 의도가 뭐야?"

그는 갑자기 그녀에게 말하는 것이 두려워졌다—그가 한 일을 이해시키려고 그녀를 밀어붙이다 자칫 그녀를, 그녀와 함께 그녀의 가족도 잃게 될까봐 두려웠다. 그들은 전에는 어떤 일로도 논쟁하거나 충돌한 적이 없었다. 한 번도 사랑하는 마샤에게서 반대할 만한 점을 본 적이 없었으며—그런 면에서는 그녀 또한 마찬가지였다—그래서 너무 늦지 않게, 일을 망쳐버리기 전에, 버키는 고삐를 틀어쥐었다.

그들은 함께 카누를 호숫가로 끌어내렸고, 몇 분이 지나지 않아, 아무 말 없이, 캠프를 향해 힘차게 노를 저어 호우가 시작되기 전에 무사히 도착할 수 있었다.

버키가 코만치 캐빈에 들어가 침대 밑 사물함들 사이의 좁은 통로를 걸어갈 때 도널드 캐플로와 다른 아이들은 자고 있었다. 그는 가능한 한 소리를 내지 않고 파자마를 입은 뒤 입었던 옷을 사물함에 집어넣고 아까 침대에 새로 깔아둔, 전에 어브 슐랭어가 쓰던 시트 사이로 들어갔다. 그와 마샤는 기분좋게 헤어지지 못했다. 그는 그들이 선착장에서 서둘러 키스를 한 뒤 저마다 하느님 외에 다른 것이 그들의 첫 싸움의 뿌리에 있을지도 모른다고 두려워하며 각자의 캐빈을 향해 반대 방향으로 달려갈 때 느끼던 괴로움을 지금도 그대로 느끼고 있었다.

버키가 자리에 누워 자신은 배제된 전쟁에 나가 프랑스에서 싸우고 있는 데이브와 제이크를 생각하며 잠을 이루지 못하는 동안 비가 캐빈 지붕을 두드려대기 시작했다. 그는 어젯밤 바로 이 침대에서 잔 뒤 징집병으로 전쟁에 나간 어브 슐랭어를 생각했다. 벌써 몇 번째인지 모르지만 자신을 제외한 모두가 전쟁에 나가는 것처럼 보였다. 싸움에 끼지 않아 목숨을 보전하게 된 것, 유혈을 피한 것—다른 사람 같으면 혜택이라고 생각할지도 모르는 것들을 그는 고통으로 여겼다. 할아버지는 그를 두려움을 모르는 전사로 키웠고, 언제나 튼튼한 몸으로 자신이 옳은 것을 방어하는 책임감이 아주 강한 사람이 되어야 한다고 생각하도록 훈련시켰다. 하지만 그는 지금 세기의 투쟁, 선과 악 사이의 세계적 갈등과 마주하여 아주 작은 역할조차 하지 못하고 있었다.

그러나 그에게는 싸워야 할 전쟁, 놀이터라는 전장에서 벌어지는 전쟁이 주어졌고, 그는 그 전쟁에서 부대를 버리고 마샤에게로, 인디언 힐의 안전으로 탈영했다. 유럽이나 태평양에서 싸우지 못한다 해도 뉴어크에 남아 위험에 처한 아이들과 더불어 그들의 폴리오 공포와 싸울 수는 있었다. 그럼에도 그는 위험이 없는 이 피난처에 와 있었다. 뉴어크를 떠나 좁은 비포장도로의 머나먼 끝에 있어 세상으로부터 감춰져 있고, 숲으로 위장되어 공중에서도 보이지 않는, 외딴 산꼭대기의 여름 캠프로 왔다—그래서 여기서 무엇을 하는가? 아이들과 논다. 그것도 행복하게! 하지만 행복을 느낄수록 수치심도 강해졌다.

캐빈 지붕을 두들기고 풀이 덮인 운동장과 사람들이 자주 다니는 좁은 흙길을 물이 철벅거리는 거대한 진창으로 만들어버리는 폭우에도 불구하고, 산맥 전체에 울려퍼지는 커다란 천둥소리와 캠프 전체를 향해 아래로 지그재그로 가지를 치는 번개에도 불구하고, 두 줄로 늘어선 침상에 누워 자는 아이들 누구도 몸을 꿈틀거리지 않았다. 이 소박하고 아늑한 통나무 캐빈—가지각색의 학교 페넌트들이 달려 있고 장식을 한 카누 노가 세워져 있고 침상 밑 사물함에는 스티커가 덕지덕지 붙어 있고 좁은 캠프 침상 밑에는 신발이며 스니커즈며 샌들이 줄지어 있고, 튼튼하고 건강한 십대 소년들은 안전하게 자고 있었다—은 전쟁, 그의 전쟁으로부터 그가 달아날 수 있는 가장 먼 곳인 듯했다. 이곳에서 그는 미래의 두 처제의 순수한 사랑과 미래의 아내의 열정적인 사랑을 받을 수 있었다. 이곳에는 이미 그의 가르침을 간절하게 구하는 도널드 캐플로 같은 소년이 있었다. 이곳에서 그는 멋진 호숫가 놀이터를 관리하며 기운찬 아이들 수십 명을 가르치고 격려해야 했다. 이곳에서 그는 하루가 끝나면 높은 다이빙대에 올라가 평화롭고 고요하게 다이빙을 할 수 있었다. 이곳은 그가 집 근처 동네에서 날뛰는 살인마를 피할 수 있는 가장 안전한 피난처였다. 이곳에는 데이브와 제이크가 가지지 못한, 챈슬러 놀이터의 아이들이 가지지 못한, 뉴어크의 모든 사람이 가지지 못한 모든 것이 있었다. 그러나 이제 그에게는 그를 살아가게 해줄 양심이 없었다.

돌아가야 할 것 같았다. 스트라우즈버그에서 기차를 타고 뉴어크에 돌아가 오개러를 만나서 월요일부터 다시 놀이터에서 일을 시작하고 싶다고 말해야 할 것 같았다. 체육부는 징병으로 일손이 부족한 상황이라 일자리를 다시 찾는 데는 아무런 문제가 없을 터였다. 사실 그는 다 합해봐야 놀이터를 하루하고 반나절 비웠을 뿐이었다—포코노 산맥에 하루하고 반나절 가 있었던 것을 가지고 태만이나 탈영이라고 말할 사람은 없었다.

하지만 섬에서 보낸 저녁이 행복하지 않게 끝난 터이니 마샤는 그가 뉴어크로 돌아가는 것을 공격으로, 어떤 식으로든 그녀에게 징벌을 내리는 것으로 받아들이지는 않을까? 그가 내일 짐을 싸서 떠난다면 그것은 그들의 계획에 어떤 영향을 줄까? 그는 사실 비는 시간이 한 시간만 나면 시내로 가, 할머니에게 스토브를 사주려고 저축하던 돈에서 빼낸 오십 달러로 동네 보석상에서 마샤에게 줄 약혼반지를 사려고 벼르고 있었다…… 그러나 걱정할 처지가 아니었다—마샤의 반지, 그가 떠나는 이유에 대한 마샤의 오해, 블룸백 씨를 곤경에 빠뜨리는 문제, 도널드 캐플로나 스타인버그 쌍둥이를 실망시키는 것은 지금 걱정할 일이 아니었다. 그는 이미 심각한 실수를 했다. 경솔하게 공포에 굴복했으며, 그가 있는 곳에 머물며 할 일을 하는 것이 유일한 의무인 상황에서 공포에 사로잡혀 아이들을 배반하고 자신을 배반했다. 마샤가 사랑하는 마음으로 그를 뉴어크에서 구출하려고 하는 바람에 어리석게도 자신을 훼손했다. 여기에 있는 아이들은 그가 없어도 아무런 문제가 없었다. 여기는 전쟁 지대가 아니었다. 인디언 힐은 그가 필요하지 않은 곳이었다.

밖에서는, 이보다 더 심하게 올 수 없겠다 싶을 정도로 비가 내리던 바로 그 순간, 놀랍게도 비가 점점 더 세게 내리더니 물매가 있는 캐빈 지붕에서 쏟아져내려 홍수가 난 것처럼 배수로를 채우고 흘러넘쳤고 수직으로 곤두박질치면서 닫힌 창들을 쓸고 지나갔다. 뉴어크에도 이렇게 비가 내린다면, 그곳에서 며칠 동안 계속 비가 내린다면, 수백수천만의 물방울들이 도시의 집과 골목과 거리를 때려댄다면—그러면 폴리오가 씻겨나가지 않을까? 하지만 지금 그렇지도 않고 그렇게 될 수도 없는 것을 가정해서 뭐하겠는가? 집으로 가야 했다! 그는 아침 첫 기차를 탈 수 있도록 당장 일어나서 더플백에 짐을 싸고 싶은 충동을 느꼈다. 하지만 아이들을 깨우고 싶지 않았고 공황에 사로잡혀 황급하게 튀어나가는 것처럼 보이고 싶지도 않았다. 서둘러 이곳에 달려온 것이야말로 공황에 사로잡혀 이루어진 일이었다. 현실성을 부정할 수 없는 시련, 그러나 프랑스에서 연합군의 발판을 확장하려고 싸우는 데이브와 제이크를 위협하는 위험과는 비교가 되지 않는 시련에 대비하여 용기를 회복한 뒤에 떠나야 했다.

하느님 이야기를 하자면, 인디언 힐 같은 천국에서 하느님을 좋게 생각하는 것은 쉬운 일이었다. 그러나 1944년 여름 뉴어크에서는—혹은 유럽이나 태평양에서는—그렇지 않았다.

다음날 아침이 되자 폭풍우가 몰고 온 것은 세계는 사라졌다.

해는 찬란하고 날씨는 기운이 솟을 정도로 화창했으며 공포에서 풀려나 새로운 날을 시작하는 소년들이 잔뜩 흥분한 모습은 감동적이어서, 여남은 개 학교의 페넌트를 회반죽처럼 발라놓은 이 캐빈 벽 안에서 다시 아침을 맞이하지 못하는 일은 도저히 상상도 할 수가 없었다. 경솔하게 마샤를 버리고 떠남으로써 그들의 미래를 위험에 빠뜨리는 것 또한 생각만으로도 너무 두려웠다. 캐빈의 포치에서 내다보이는, 첫날을 끝내며 그가 깊이 다이빙했던 물결 하나 없이 광택이 나는 호수, 마샤와 함께 카누를 타고 가 지붕처럼 하늘을 가린 자작나무 잎들 밑에서 사랑을 나누었던 섬—이런 것을 겨우 하루 만에 자신에게서 빼앗는 것은 불가능한 일이었다. 바람이 포치를 가로지르고 방충망이 달린 문에까지 채찍처럼 빗방울을 휘두르는 바람에 푹 젖어버린 캐빈 입구의 마룻널을 보자 그의 마음은 더 단단해졌다—억수같이 비가 쏟아졌음을 보여주는 그 평범한 표시조차 어떻게 된 일인지 이곳에 그대로 있어야겠다는 그의 결정을 뒷받침해주었다. 하늘은 몰아치는 폭풍우가 닦아내 달걀 껍데기처럼 반들반들하고 머리 위에서는 새들이 노래하며 날아다니고 곁에는 이 환희에 찬 아이들이 있는데, 어떻게 다른 결정을 내릴 수 있단 말인가? 그는 의사가 아니었다. 간호사가 아니었다. 상황을 바꿀 힘도 없으면서 비극으로 다시 돌아갈 수는 없었다.

하느님은 잊자. 그는 자신에게 말했다. 하긴 언제부터 하느님이 네 관심사였나? 그래서 그는 자신이 관심을 가지는 역할을 수행하기로 하고, 아이들과 함께 아침식사를 하러 걸어가며 오염물질이 모두 제거된 신선한 산 공기를 허파에 가득 채웠다. 아이들과 무리를 지어 언덕의 풀 덮인 비탈을 걸어가는데 비에 흠뻑 젖은 땅으로부터 처음 맡아보는 짙고 습한 파릇파릇한 냄새가 솟아올라 그가 논란의 여지 없이 생명과 조화를 이루고 있다고 확인해주는 것 같았다. 그는 늘 조부모와 함께 도시 아파트에 살았기 때문에 전에는 온기와 냉기가 섞인 7월의 산 아침을 살갗으로 느껴본 적도 없고, 그런 아침이 일으키는 느꺼운 감정을 경험해본 적도 없었다. 이런 가없는 공간에서 일하며 하루를 보내는 것은 너무도 생기를 북돋는 일이고, 모든 사람으로부터 떨어져 텅 빈 섬의 어둠 속에서 마샤의 옷을 벗기는 것은 너무도 매혹적인 일이고, 천둥과 번개의 전격전 아래서 잠을 자고 나서 태양이 인간 활동을 비추는 첫날 같은 느낌이 드는 아침에 눈을 뜨는 것은 너무도 짜릿한 일이었다. 나는 여기 있어, 그는 생각했다, 나는 행복해—그는 너무 행복한 나머지 그의 발에 푹신푹신하게 밟히는 흠뻑 젖은 풀이 짓이겨지며 내는 절벅절벅 소리에도 기운이 솟아올랐다. 다 여기 있어! 평화! 사랑! 건강! 아름다움! 아이들! 일! 여기 그대로 남는 것 외에 달리 어쩐단 말인가?

그래, 그가 보고 냄새 맡고 듣는 모든 것이 미래의 환상 같은 행복의 분명한 전조였다.

그날 늦게 특이한 사건, 어떤 사람 말에 따르면 캠프에서 전에 일어난 적이 없던 사건이 발생했다. 나비가 엄청난 떼를 이루어 인디언 힐로 내려오더니, 오후 중반 한 시간 동안 변덕스럽게 급강하하며 운동장 위를 쏜살같이 날아가거나 테니스 네트의 테이프에 빽빽하게 앉아 있거나 캠프 구내 가장자리에 많이 자라는 밀크위드 무리에 내려앉는 것이 보였다. 밤새 강한 폭풍에 떠밀려온 것일까? 남쪽으로 이동하다 길을 잃은 것일까? 하지만 왜 이렇게 이른 여름에 이동한단 말인가? 아무도, 심지어 자연 카운슬러도 답을 알지 못했다. 나비는 산꼭대기 캠프의 모든 풀잎, 모든 관목, 모든 나무, 모든 덩굴줄기, 양치류의 잎, 잡초, 꽃잎을 정밀하게 조사하려는 듯이 한꺼번에 나타났다가 다시 방향을 찾아 어딘지 몰라도 그들이 가고자 했던 곳으로 날아갔다.

물놀이터의 뜨거운 햇볕 속에 서서 햇빛을 가득 받으며 물 여기저기에서 까닥거리는 얼굴들을 지켜보던 버키에게 나비 한 마리가 내려앉아 맨살이 드러난 그의 어깨를 홀짝홀짝 빨았다. 신기했다! 그의 땀의 광물질을 들이마시다니! 환상적이었다! 버키는 꼼짝도 않고 가만히 서서 나비가 공중으로 떠올라 갑자기 사라질 때까지 시야 가장자리에서 어른거리는 나비를 관찰했다.

그는 나중에 캐빈의 아이들에게 그 이야기를 해주면서 시맥翅脈이 퍼진 날개는 주황색과 검은색이 무늬를 그리고 있고 검은 가장자리에는 아주 작은 흰 점들이 미세하게 찍혀 있어 마치 인디언이 그리고 칠한 것 같았다고 설명했다—그러나 이 멋진 나비가 그의 살을 먹는 것을 보고 너무 놀라, 나비가 날아갔을 때 이 또한 다가올 윤택한 날들의 징조가 틀림없다고 반쯤은 믿었다는 이야기는 하지 않았다.

인디언 힐의 누구도 나비들이 캠프를 뒤덮으며 밝은 구름처럼 허공에 깔리는 것을 두려워하지 않았다. 고요하면서도 기운차게 여기저기 훨훨 날아다니는 것을 보고 오히려 모두 기쁘게 미소를 지었으며, 캠프 아이들이나 카운슬러 할 것 없이 다들 그 아무런 무게 없이 연약하면서도 다채롭게 퍼덕이는 헤아릴 수 없이 많은 날개에 삼켜지는 듯한 느낌에 몸이 부르르 떨렸다. 어떤 캠프 아이들은 캐빈에서 달려나와 공작 시간에 만든 잠자리채를 휘둘렀으며, 가장 어린 아이들은 위로 솟아오르고 곤두박질치는 나비들을 잡으려고 두 손을 뻗으며 미친듯이 달려갔다. 나비는 물거나 병을 옮기지 않고 종자식물이 번성하도록 꽃가루를 퍼뜨린다는 사실을 알고 있었기 때문에 모두 행복했다. 이보다 유익한 생물이 어디 있을까?

그래, 뉴어크의 놀이터는 이제 과거였다. 그는 인디언 힐을 떠나지 않을 생각이었다. 그곳에 가면 폴리오의 먹이가 되지만, 이곳에서는 나비의 음식이 되었다. 이제 우유부단—전에는 알지 못했던 괴로운 허약함—이 해야 할 일에 대한 확신을 뒤엎는 일은 없을 터였다.

여름의 이 시점에 이르면 소년 캠프의 초보자들도 물속에서 거품을 내뿜고 얼굴을 담근 채 물에 둥둥 뜨는 연습을 하는 단계를 지나 적어도 개헤엄은 칠 수 있었다. 많은 수는 그것도 넘어 초보적인 배영과 자유형으로 진입했고, 소수는 이미 깊은 물에 뛰어들어 호수의 얕은 가장자리까지 20피트를 헤엄쳤다. 버키는 실무자로 카운슬러를 다섯 명 거느리고 있었고 이 카운슬러들은 모든 연령의 아이를 다루고 그의 감독을 받으며 수영 프로그램을 진행하는 데 능숙한 것처럼 보였다. 하지만 버키는 자기도 모르게 첫날부터 물에 끌려들어가 카운슬러들이 남들 없는 데서 "가라앉는 애들"이라고 부르는 아이들, 즉 자신감이 없어 진도가 느리고 타고나길 부력이 부족한 것처럼 보이는 아이들을 가르쳤다. 그는 잔교를 따라 카운슬러들이 큰 아이들에게 다이빙을 가르치는 깊은 물의 플랫폼까지 걸어나가기도 했다. 접영을 더 잘 해보려고 열심히 노력하는 아이들과 시간을 보내기도

했다. 그러나 언제나 어린아이들에게 돌아와 그들과 함께 물에 들어가 물장구와 가위 모양으로 발길질하기와 개구리 발차기를 가르치고, 두 손으로 받쳐주거나 몇 마디 간단한 말로 그가 바로 거기에 있기 때문에 그들은 물에 빠지기는커녕 물을 먹고 숨이 막힐 위험도 없다고 안심시켜주었다. 호숫가에서 하루가 끝날 무렵 그는 처음 팬저를 다닐 때와 똑같이, 소년들에게 스포츠를 가르치면서 기본적인 훈련을 시키고, 안전을 익히고 모든 것이 잘될 것이라는 자신감을 갖게 함으로써 수영이든 복싱이든 야구든 새로운 경험에 대한 공포를 넘어서게 하는 것보다 남자에게 만족스러운 일은 있을 수 없다고 생각했다.

비할 바 없는 날이었고, 앞으로도 이런 날이 수십 일 올 것이었다. 저녁식사 전에는 식당 로지 층계에서 기다리고 있다가 그가 눈에 보이자마자 "키스! 키스!" 하고 외치던 쌍둥이로부터 입술에 축축한 환영 인사를 받았으며, 저녁식사를 한 뒤에는 도널드 캐플로의 다이빙을 봐주기로 약속이 되어 있었다. 그런 뒤 아홉시 반에 미래의 아내와 함께 어두운 섬으로 떠나기로 했다. 그녀는 블롬백 씨 사무실에 메모가 담긴 봉투를 또 남겼다. "오늘도. 나하고 만나. M." 그는 이미 칼과 이야기를 하여, 주중에 마샤의 약혼반지를 사러 스트라우즈버그까지 차를 타고 나가기로 했다.

저녁식사 후 삼십 분이 지났을 때 캐빈 아이들이 깃대 옆의 야구장에서 픽업 소프트볼을 하는 동안 그는 스프링보드 다이빙을 봐주러 도널드와 함께 나무를 깔아놓은 물놀이터로 갔다. 도널드는 프런트 다이브, 백 다이브, 프런트 잭나이프 다이브부터 시작했다.

"좋은데!" 버키가 그에게 말했다. "네 다이빙에 무슨 문제가 있다고 생각하는 건지 모르겠구나."

도널드는 칭찬에 웃음을 지었지만 그래도 물었다. "내 어프로치가 맞는 거예요? 내 허들*이 맞는 거예요?"

"맞고말고." 버키가 말했다. "너는 네가 하고 싶은 걸 알고 또 그걸 하고 있어. 네 잭나이프는 모범적이야. 처음에는 상체가 접히고 다리는 아무것도 하지 않지. 그러다가 하반신이 뒤따라 위로 올라오는 동안 머리와 팔은 안정된 상태를 유지해. 동작 하나 하나가 다 정확해. 백 서머솔트도 해? 그거 좀 보자. 다이빙대 잘 보고."

도널드는 타고난 다이빙 선수였으며 버키가 백 서머솔트에서 보게 될 것이라고 생각했던 결함 중 어떤 것도 드러내지 않았다.

* 어프로치는 다이빙대의 점프 지점으로 다가가는 동작을, 허들은 다이빙대에서 도약하는 동작을 가리킴.

도널드가 다이빙을 하고 수면으로 올라와 여전히 물에 잠긴 채 눈을 덮는 머리카락을 밀어내고 있을 때 버키가 그에게 소리쳤다. "멋지고 강력한 스핀이었어. 턱*도 바짝 멋지게 하던데. 타이밍, 균형…… 모두가 아주 훌륭했어."

도널드가 물에서 나와 물놀이터로 올라왔고 버키가 타월을 던져주자 몸을 닦았다. "여기가 너무 쌀쌀하지는 않니?" 버키가 물었다. "춥지 않아?"

"아니, 전혀요." 도널드가 대답했다.

해는 여전히 찬란하게 빛나고 커다란 하늘은 여전히 파랬지만 온도는 저녁식사 이후로 5도 정도 떨어졌다. 불과 며칠 전만 해도 도시를 파괴하고 사람들을 공포에 미치게 만드는 유행병을 배양한 더위 때문에 놀이터 아이들과 함께 고생했다는 것이 믿어지지 않았다. 이곳에서는 모든 것이 나은 쪽으로 바뀌었다는 것을 깨닫자 머리가 어찔했다. 뉴어크도 이렇게 기온이 떨어져서 7월과 8월 내내 이렇게 유지될 수만 있다면!

"떨고 있잖아." 버키가 말했다. "내일도 같은 시간에 오늘 하던 데서부터 다시 하자. 어때?"

"딱 프런트 서머솔트까지만 하게 해주세요. 우선 다이빙대 끝

---

* 허리를 완전히 구부린 동작.

에서 해볼게요." 도널드는 두 팔을 앞으로 뻗고 팔꿈치는 살짝 구부리고 무릎은 약간 구부린 자세를 잡았다. "제가 잘하는 다이브는 아니에요." 그가 말했다.

"집중해." 버키가 말했다. "위쪽으로 팔을 들어올린 다음 턱."

도널드는 준비를 하고 나서 앞쪽 위로 몸을 날린 다음 몸을 동그랗게 말아 턱을 만들고 다리부터 먼저 내려와 고전적인 방식으로 수직으로 호수로 들어갔다.

"엉망이었나요?" 도널드가 물위로 떠오르며 물었다. 그는 버키를 잘 보려고 눈에 손차양을 하고 서쪽의 해와 해가 물위를 가로지르며 반짝이는 강한 빛을 피했다.

"아니." 버키가 말했다. "순간적으로 두 손이 다리에서 떨어졌지만 별로 중요하지 않아."

"그래요? 다시 해볼게요." 그는 평영으로 사다리까지 왔다. "제대로 해볼게요."

"좋아, 에이스." 버키는 웃음을 터뜨리며, 귀가 뾰족하던 어린 시절, 할아버지가 나서서 그가 영원히 사용하게 될 새 별명을 붙이기 전까지 거리에서 그를 부르던 별명을 도널드에게 붙여주었다. "마지막으로 프런트 서머솔트 한 번만 하고 안에 들어가는 거야."

도널드는 이번에는 다이빙대의 발치에서 시작하여 일반적인 어프로치를 하더니 공중에 몸을 날린 다음 전문가다운 솜씨로 다이빙을 완성했다. 두 손은 흠 없이 정강이에서 무릎 양옆으로, 이어 브레이크 때는 허벅지 양옆으로 옮겨갔다.

"훌륭해!" 그가 수면에 나타나자 버키가 소리쳤다. "훌륭한 높이, 훌륭한 스핀이야. 처음부터 끝까지 멋지고 강력했어. 실수를 한다고 하더니 그건 다 어디 갔어? 전혀 안 하는데."

"캔터 선생님." 그가 다시 물놀이터로 올라오며 흥분해서 말했다. "하프 트위스트하고 백 잭나이프만 보여드리고 안에 들어가는 걸로 해요. 이 조합은 다 끝내고 싶어요. 저는 춥지 않아요, 정말로."

"내가 추워." 버키가 말하며 웃음을 터뜨렸다. "나는 물에 들어가지도 않았고 셔츠까지 입고 있는데."

"글쎄요." 도널드가 대꾸했다. "그게 열일곱 살과 스물네 살의 차이 아닐까요."

"스물셋이야." 버키는 더없이 기분이 좋아 다시 웃음을 터뜨렸다—도널드와 그의 인내심 때문에 기분이 좋았고 마샤와 쌍둥이가 불과 몇 걸음 떨어진 곳에 있다는 것이 몹시도 기꺼웠다. 이미 한 가족이 된 것 같았다. 그보다 불과 여섯 살 아래인 도널드는 마샤와 그가 낳은 아들, 그러니까 어울리지 않게도 쌍둥이의 조카인 것 같았다. "야, 시간이 갈수록 기온이 내려가고 있어.

앞으로도 여름이 끝날 때까지 여기 나와서 연습을 할 수 있잖아." 그는 도널드에게 그의 스웨트셔츠를 던져주어 입으라 하고, 추가로 젖은 수영복 허리에 타월도 두르게 했다.

터벅터벅 비탈을 걸어올라 캐빈으로 가면서 도널드가 말했다. "열여덟이 되면 해군항공부대에 입대하고 싶어요. 가장 친한 친구가 일 년 전에 입대했거든요. 우리는 계속 편지를 주고받아요. 그 친구는 훈련 이야기를 해주죠. 힘들대요. 하지만 저는 전쟁이 끝나기 전에 입대하고 싶어요. 비행기를 타고 일본놈들과 싸우고 싶어요. 진주만 때부터 그랬어요. 전쟁이 시작될 때 열네 살이었으니까 무슨 일이 벌어지는지 알고 뭔가 해보고 싶을 만큼 나이가 들었던 셈이죠. 일본놈들이 항복할 때 그 자리에 있고 싶어요. 정말 대단한 날이 될 거예요."

"그럴 기회가 있기를 바라." 버키가 말했다.

"캔터 선생님은 왜 못 가셨어요?"

"시력 때문에. 이거." 그는 손톱으로 안경을 두드렸다. "가장 친한 친구들이 프랑스에서 싸우고 있어. 디데이에 낙하산을 타고 노르망디에 뛰어내렸지. 그 친구들하고 함께했으면 좋았을 텐데."

"저는 태평양전쟁 소식을 계속 따라가고 있어요." 도널드가 말했다. "이제 유럽은 곧 끝날 거예요. 독일은 끝이 다가왔어요.

하지만 태평양에서는 아직 많이 싸워야 돼요. 지난달에 마리아나제도에서는 이틀 동안 일본놈 비행기 백사십 대를 부수었어요. 그 자리에 있었다고 상상해보세요."

"양쪽 전선에 아직 싸움이 많이 남았지." 버키가 말했다. "네가 그걸 놓칠 일은 없을 거야."

코만치 캐빈 층계를 올라가며 도널드가 말했다. "내일밤에 저녁을 먹고 나서 나머지 다이빙도 봐주실 수 있어요?"

"봐주고말고."

"고맙습니다, 캔터 선생님, 이렇게 시간을 내주셔서."

그곳 캐빈 현관에서 도널드는 약간 뻣뻣하게 손을 내밀어 그와 악수했다—이 기습적인 예의바른 행동에는 그 나름으로 마음에 드는 매력이 있었다. 다이빙대에서 한 번 연습한 것으로 이미 그들은 오랜 친구 같은 사이가 되었지만, 버키는 아름다운 여름날이 끝날 무렵 도널드와 함께 그곳에 서 있다가 갑자기 놀이터에 버려두고 온 모든 아이들 생각에 가슴을 쿡 찌르는 통증을 느꼈다. 이곳의 모든 것에서 기쁨을 누리려고 노력했지만 용서받을 수 없는 행동과 이제는 그를 존경하지 않는 그곳을 완전히 차단해버리지는 못한 것이다.

도널드와 헤어져 마샤와 만날 준비를 하러 가기 전에 그는 캠프 사무실 뒤편의 전화부스로 가 할머니에게 전화를 했다. 아이네먼네, 피셔네와 함께 밖에서 접의자에 앉아 있느라 집에 없을 것 같았지만, 공교롭게도, 도시가 스물네 시간 동안 좀 서늘했기 때문에—다음날부터는 다시 더위가 돌아올 예정이라고 했지만—할머니는 아파트 안에 앉아 창문을 열고 선풍기를 틀어놓고 라디오 프로그램에 귀를 기울이고 있었다. 할머니는 그가 어떻게 지내는지, 마샤와 쌍둥이가 어떻게 지내는지 묻고, 그가 마샤와 약혼할 것이라고 하자 이렇게 말했다. "웃어야 할지 울어야 할지 모르겠구나. 나의 유진."

"웃으세요." 그가 말하며 웃음을 터뜨렸다.

"그래, 너 때문에 행복하구나, 얘야." 할머니가 말했다. "네 엄마도 살아서 이걸 봤으면 좋았을걸. 그저 네 엄마가 살아서 자기 아들이 어떤 남자가 되었는지 보았으면 하는 마음뿐이구나. 할아버지도 여기 있었으면 좋았을걸. 손자를 보고 잔뜩 흥분했을 거야. 아주 자랑스러워했을 거야. 닥터 스타인버그의 딸이라니."

"저도 할아버지가 여기 계셨으면 좋겠어요, 할머니. 여기 올라와서도 할아버지 생각을 해요." 버키가 말했다. "어제도 다이빙을 하면서 할아버지 생각을 했어요. YMCA에서 할아버지가 수영을 가르쳐주시던 게 기억났어요. 저는 여섯 살쯤이었죠. 할아버지는 저를 풀에 집어던졌고 그걸로 끝이었어요. 어떻게 지내세요, 할머니? 아이네먼네가 잘 돌봐주고 있나요?"

"아무렴 잘 돌봐주고말고. 내 걱정은 마라. 아이네먼네도 잘 도와주지만 나 혼자서도 잘해나갈 수 있어. 그런데 유진, 너한테 할 이야기가 있다. 위퀘이크 구역에서 폴리오 환자가 새로 서른 명이 생겼어. 어제만 시 전체에 일흔아홉 명이야. 열아홉이 죽었고. 다 신기록이야. 챈슬러 놀이터에도 폴리오 환자가 더 생겼어. 셀마 생크먼이 나한테 전화를 했더구나. 나한테 애들 이름을 불러줬고 내가 그걸 적어놨어."

"누구누구예요, 할머니?"

"돋보기 좀 가져올게. 그 종이도 가져와야 돼." 할머니가 말했다.

카운슬러 몇 명이 전화를 걸려고 부스 밖에 줄을 서 있었기 때문에 그는 유리 너머로 몇 분만 더 기다려달라고 신호를 보냈다. 그러는 동안에도 두려움 속에서 아이들 이름이 들려오기를 기다리고 있었다. 왜 애들을 절름발이로 만들까? 그는 생각했다. 왜 애들을 절름발이로 만드는 병일까? 왜 둘도 없는 아이들을 죽일까? 세상에서 제일 착한 아이들인데.

"유진?"

"네, 듣고 있어요."

"그래. 이게 그 이름이다. 입원한 애들 이름이야. 빌리 시저와 어윈 프랭클. 그리고 죽은 애가 한 명."

"누가 죽었어요?"

"로널드 그라우바드라는 아이야. 병에 걸려 간밤에 죽었어. 아는 애냐?"

"알아요, 할머니, 아는 애예요. 놀이터에서도 만났고 학교에서도 만났어요. 그애들을 다 알아요. 로니가 죽다니. 믿을 수가 없어요."

"이런 이야기를 전해야 하다니 마음이 안 좋구나." 할머니가 말했다. "하지만 너는 그애들 모두와 아주 가까웠으니까 알고 싶어할 거라고 생각했어."

"그 말씀이 맞아요. 당연히 알고 싶지요."

"위퀘이크 구역 격리를 요구하는 사람들도 있어. 시청 쪽에서도 격리 이야기가 나와." 할머니가 말했다.

"위퀘이크 전체를 격리한다고요?"

"그래. 바리케이드를 쳐서 아무도 드나들지 못하게 한다는 거야. 어빙턴 라인과 힐사이드 라인에서, 그리고 호손 애비뉴와 엘리자베스 애비뉴에서 막는다는 거지. 오늘밤 신문에 그렇게 나왔어. 지도까지 실었더라."

"하지만 거기에는 사람들이 수만 명 살잖아요, 직장이 있고 출근해야 하는 사람들이. 사람들을 그냥 그렇게 가두어둘 수는 없어요, 안 그래요?"

"상황이 나빠, 유진. 사람들이 들고일어날 판이야. 겁에 질려 있어. 아이들 때문에 모두 겁을 먹고 있어. 네가 멀리 있으니 다행이지 뭐냐. 8번 노선과 14번 노선 버스 기사들은 보호 마스크가 없으면 위퀘이크 구역으로 들어가지 않으려고 해. 어떤 사람들은 기사들이 아예 그곳으로 들어가지 않으려 한다고 해. 우편배달부들도 거기에는 편지를 배달하고 싶어하지 않아. 가게, 식료품점, 주유소 그런 데 물건을 나르는 트럭 기사들도 들어가고 싶어하지 않아. 외부인들은 밖이 아무리 더워도 차창을 다 올리고 통과해. 반유대주의자들은 거기 폴리오가 퍼지는 게 그곳 사람들이 유대인이기 때문이라고 해. 모든 유대인 때문이라고…… 그래서 위퀘이크가 마비의 중심이 되고 있고, 그래서 유대인들은 고립시켜야 한다고. 어떤 사람들 말을 들어보면 폴리오 유행병을 없애는 가장 좋은 방법은 유대인을 모두 그대로 둔 채 위퀘이크를 태워버리는 거라고 생각하는 것 같아. 사람들이 공포 때문에 내뱉는 정신 나간 소리들 때문에 분위기가 아주 나빠. 공포 때문에 내뱉고 증오 때문에 내뱉는 소리 때문에 말이야. 나는 이 도시에서 태어났지만 평생 이런 건 겪어본 적이 없어. 모든 곳에서 모든 게 무너지는 것 같아."

"네, 정말 심각한 것 같네요." 그는 마지막 동전을 전화기에 집어넣었다.

"그리고, 유진, 어이쿠나…… 잊어버릴 뻔했다. 놀이터가 폐쇄돼. 내일부터. 챈슬러뿐 아니라 시 전체에서."

"그런대요? 하지만 시장은 계속 열어둔다는 입장이 확고했는데."

"오늘밤 신문에 났어. 아이들이 모이는 곳은 모두 닫을 거래. 지금 내 앞에 그 기사가 있어. 영화관도 열여섯 살 이하는 출입 금지야. 시내 수영장도 닫아. 공공도서관과 그 지부도 전부 닫아. 목사들은 주일학교를 닫고 있어. 신문에 다 났어. 상황이 계속 어런 식이라면 예정대로 개학을 하지 않을 수도 있어. 내가 첫 줄을 읽어주마. '공립학교는……'"

"놀이터에 대해선 뭐 특별한 얘기 없어요?"

"없어. 그냥 시장이 문을 닫는 것들 목록에 들어 있을 뿐이야."

그러니까 그가 뉴어크에 며칠 더 있었더라면 그만둘 필요가 없었던 것이다. 그만두지 않아도 의무에서 풀려나 자유롭게 뭐든 하고 싶은 대로 하고 어디든 가고 싶은 대로 갈 수 있었던 것이다. 그대로만 있었으면 오개러한테 전화를 해서 그때 들었던 이야기를 들을 필요도 없었다. 그대로만 있었으면 아이들을 두고 떠나와 그 용서할 수 없는 행동을 평생 되돌아볼 필요도 없었다.

"여기. 여기 머리기사가 있네." 할머니가 말했다. "'시내 폴리오 환자 하루 최고 기록. 시장, 시설 폐쇄 조치.' 기사를 보내줄까, 얘야? 이걸 오려서?"

"아니, 아니에요. 할머니, 카운슬러들이 전화를 하려고 기다리고 있고 어차피 잔돈도 더 없어요. 끊어야 해요. 다시 전화할 때까지 안녕히 계세요."

마샤는 식당 로지 입구에서 기다리고 있었다. 둘은 계절에 어울리지 않는 추위 때문에 두툼한 스웨터 차림으로 살그머니 호숫가로 내려가 카누를 찾아내 피어오르는 안개를 뚫고 호수를 가로지르기 시작했다. 노의 날이 물속에 잠기며 철벅이는 소리만 정적을 깰 뿐이었다. 섬에 도착하자 그들은 반대편으로 노를 저어가 카누를 섬으로 끌어올렸다. 마샤는 담요를 가져왔다. 그는 그녀를 도와 담요를 흔들어 펼쳐 빈터에 깔았다.

"무슨 일이야?" 그녀가 물었다. "왜 그래?"

"할머니가 소식을 전해줬어. 뉴어크에 하룻밤 새에 새 환자가 일흔아홉 명 생겼대. 위퀘이크에서만 서른 명이야. 놀이터에서는 세 명이고. 두 명은 입원했고 한 명은 죽었어. 로니 그라우바드. 날쌔고 총명하고 자그마한 아이, 생명의 불꽃이 가득한 아이였는데 그애가 죽었어."

마샤가 그의 손을 잡았다. "무슨 말을 해야 좋을지 모르겠어, 버키. 무시무시해."

그는 담요에 앉았고 그녀도 그의 곁에 앉았다. "나도 무슨 말을 해야 할지 모르겠어." 그가 그녀에게 말했다.

"이제 놀이터를 닫아야 할 때가 된 거 아냐?" 그녀가 물었다.

"닫았어. 놀이터를 닫았어. 모든 놀이터를 닫기로 결정했대."

"언제?"

"내일부터. 시장이 놀이터를 폐쇄한대, 할머니가 그랬어."

"어, 그게 최선 아니야? 오래전에 그렇게 했어야 해."

"나는 거기 그대로 있었어야 돼, 마샤. 놀이터가 문을 열고 있는 한은 그곳을 떠나지 말았어야 해."

"하지만 너는 여기 온 지 며칠밖에 안 됐잖아."

"나는 그곳을 떠났어. 더 할 말이 없어. 사실은 사실이야. 나는 그곳을 떠났어."

그는 담요 위에서 그녀를 바싹 끌어당겼다. "자," 그가 말했다. "여기 나하고 함께 누워." 그는 그녀의 몸으로 자신의 몸을 눌렀다. 그들은 아무 말 없이 서로를 안고 있었다. 그는 이제 더 할 말도 더 생각할 것도 알지 못했다. 모든 아이들이 그대로 있는데 그는 떠났고, 이제 그 가운데 둘이 더 아프고 하나는 죽었다.

"그게 네가 여기 온 이후로 생각하던 거야? 네가 떠났다는 거?"

"뉴어크에 있다면 로니의 장례식에 갈 텐데. 뉴어크에 있다면 그 가족들을 찾아다닐 텐데. 그런데 나는 여기 있어."

"돌아가서도 그렇게 할 수 있어."

"그거하곤 다르지."

"하지만 네가 그대로 있었다 한들 뭘 할 수 있었겠어?"

"뭘 하는 게 중요한 게 아니야. 거기 있는 게 중요한 거야! 지금도 거기 있어야 돼, 마샤! 그런데 나는 산꼭대기에 올라와 호수 가운데 있어!"

그들은 말없이 서로를 안고 있었다. 십오 분은 지났을 것이다. 버키가 생각할 수 있는 것은 그들의 이름뿐이었고, 볼 수 있는 것은 그들의 얼굴뿐이었다. 빌리 시저. 로널드 그라우바드. 대니 코퍼먼, 마이런 코퍼먼, 앨런 마이클스. 어윈 프랭클. 허비 스타인마크. 리오 파인스워그. 폴 리프먼. 아니 메스니코프. 그가 생각할 수 있는 것이라고는 그가 도망쳐나온 뉴어크의 전쟁과 그곳에 있는 아이들뿐이었다.

다시 십오 분은 족히 흘렀을 때 마샤가 입을 열었다. 그녀는 숨죽인 목소리로 그에게 말했다. "저 별들은 기가 막힐 정도로 아름다워. 집에서는 저런 별을 절대 볼 수 없어. 네가 이렇게 별이 가득한 밤하늘을 본 건 틀림없이 이번이 처음일 거야."

그는 아무 말도 하지 않았다.

"봐," 그녀가 말했다. "잎들이 움직일 때 별빛이 그 사이로 스며드는 것 좀 봐. 그리고 해." 그녀는 조금 있다가 말을 이었다. "오늘 저녁에 해 봤어? 막 지기 시작할 때? 캠프에 바짝 붙어 있는 것 같았어. 손을 뻗으면 칠 수 있는 징처럼. 저 위에서는 모든 게 아주 거대해." 그녀는 여전히 그가 무가치한 인간이라고 느끼는 것을 막으려고 헛된, 순진한 노력을 기울이고 있었다. "그리고 우리는 한없이 작아."

그래, 그는 생각했다. 하지만 우리보다 훨씬 작은 게 있어. 모든 걸 파괴하는 바이러스야.

"들어봐," 마샤가 말했다. "쉬잇. 저거 들려?" 아까 저녁때 오락실에서 친목 모임이 열렸는데, 청소를 하려고 뒤에 남은 캠프 아이들이 소다 병을 모으고 바닥을 쓸면서 동무 삼아 레코드플레이어에 레코드를 올려놓은 모양이었다. 나머지 아이들은 소등할 준비를 하러 카운슬러들과 함께 해변으로 돌아갔다. 어두운 호수의 정적 위로 마샤가 가장 좋아하는 여름 노래가 들려왔다. 버키가 앨런의 가족에게 조의를 표하러 갔던 날, 카운터 담당 점원 유시에게서 허비도 죽었다는 이야기를 들은 그날, 시드네 가게 주크박스에서 나오던 노래였다.

"'나는 그대를 만날 거예요.'" 마샤는 작은 소리로 그에게 노래를 불러주었다. "'우리가 자주 가던 모든 곳에서……'" 그 대목에서 그녀는 일어서더니 그를 끌어올리고, 그의 기분이 더 추락하도록 놓아두지 않겠다고 굳게 마음먹은 듯—달리 방법을 알지 못했기 때문에—그를 이끌고 춤을 추기 시작했다.

"'나의 이 마음이 끌어안네.'" 그녀는 뺨을 그의 가슴에 대고 노래를 불렀다. "'하루종일……'" 그녀의 목소리가 '종일'을 길게 끌며 매혹적으로 올라갔다.

그는 그녀가 원하는 대로 순순히 움직여 그녀를 끌어안고 발을 끌며 그들이 그들만의 장소로 만든 빈터 한가운데를 천천히 돌면서, 6월 말 그녀가 인디언 힐로 떠나기 전날 밤에 그녀 가족의 포치에서 라디오 음악을 들으며 바로 이처럼 함께 춤을 추던 일을 떠올렸다. 걱정이라고는 마샤가 여름 동안 떠나 있을 거라는 것밖에 없는 밤이었다.

"'그 작은 카페에서.'" 그녀는 가는 목소리로 속삭이듯 노래했다. "'길 건너 그 공원……'"

마샤가 설명한 대로, 혹심한 포코노의 겨울에 두들겨맞아 부드러운 줄기가 굽어버린 자작나무가 우거진 섬의 작은 숲에서, 두 사람은 마비되지 않은 두 팔로 서로를 꼭 끌어안고 마비되지 않은 몸통을 딱 붙인 채 마비되지 않은 두 다리로 음악에 맞춰 함께 몸을 흔들었다. 이제 간헐적이나마 가사를 들을 수 있었는데—"……밝고 즐거운 모든 것은…… 그대를 생각하며…… 밤이 아직 새로울 때…… 그대를 보며"—이내 노래가 중단되었다. 호수 건너편의 누군가가 레코드플레이어의 톤암을 들어올리고 전원을 끈 것이다. 오락실의 불이 하나씩 꺼졌고 아이들이 서로 "잘 자! 잘 자!" 하고 외치는 소리를 들을 수 있었다. 이윽고 손전등이 켜지고, 그와 마샤는 섬의 무도회장 댄스 플로어에서 아이들—안전하고, 건강하고, 두려움을 모르고, 아무런 해도 입지 않은—이 캐빈으로 돌아가는 동안 여기저기서 점점이 깜빡이는 불빛을 볼 수 있었다.

"우리에게는 서로가 있어." 마샤가 속삭이며 그의 안경을 벗기고 굶주린 듯 얼굴에 키스했다. "세상에 무슨 일이 일어나도 우리에게는 서로의 사랑이 있어. 버키, 내가 약속할게, 나는 너한테 늘 노래를 불러주고 너를 사랑할 거고, 또 무슨 일이 일어나도 늘 네 곁에 있을 거야."

"맞아." 그가 그녀에게 말했다. "우리에게는 서로의 사랑이 있어." 하지만 그렇다고 빌리와 어윈과 로니에게 무엇이 달라질까? 그는 생각했다. 그들의 가족에게 뭐가 달라질까? 상사병에 걸린 아무것도 모르는 십대들처럼 끌어안고 키스하고 춤을 춘들—그게 누구에게 뭘 해줄 수 있을까?

캐빈으로 돌아갔을 때—하루종일 쉬지 않고 하이킹과 수영과 공놀이를 하는 바람에 그곳의 모두가 깊은 잠에 빠져 있었다—그는 침대에서 도널드가 쓴 메모를 보았다. "할머니한테 연락하세요." 메모에는 그렇게 적혀 있었다. 할머니한테 연락하라고? 불과 두 시간 전에 할머니와 이야기를 했는데. 그는 쏜살같이 문밖으로 나가 전화부스로 달려가면서 할머니한테 무슨 일이 생긴 것인지 궁금했고 할머니를 혼자 두고 캠프에 오지 말았어야 했다고 생각했다. 당연히 할머니는 혼자 해나갈 수 없었다, 물건을 들고 층계를 올라가려 할 때마다 가슴에 그런 통증을 느끼면서는 그럴 수가 없었다. 혼자 두고 오는 바람에 이제 무슨 일이 생긴 것이다.

"할머니, 유진이에요. 무슨 일이에요? 괜찮아요?"

"나는 괜찮아. 몇 가지 소식이 있어. 그래서 캠프로 전화를 한 거야. 놀라게 하고 싶지는 않았지만 네가 바로 알고 싶어할 것 같아서. 좋은 소식은 아니야, 유진. 그렇지 않으면 장거리전화를 하지도 않았겠지. 비극이 또 생겼어. 개런직 부인이 몇 분 전에 엘리자베스에서 전화를 했더구나. 너하고 얘기를 하려고."

"제이크로군요." 버키가 말했다.

"그래." 그녀가 말했다. "제이크가 죽었어."

"어떻게요? 어떻게?"

"프랑스에서 전투중에."

"믿기지가 않아요. 그 녀석은 부술 수가 없어요. 벽돌담벼락이라고요. 키가 190센티미터에 100킬로그램이나 나간다고요. 그 녀석은 발전소란 말이에요. 죽을 리가 없어요!"

"안됐지만 사실이다, 얘야. 그 아이 어머니가 전투중에 죽었다고 했어. 어떤 도시라고 이야기를 했는데 이름은 기억나지 않는구나. 적어놨어야 하는 건데. 아일린이 그 집에 가 있다."

아일린 이야기에 그는 다시 충격을 받았다. 제이크는 고등학교 때 아일린 매커디를 만났으며, 그녀는 팬저 시절 내내 제이크의 여자친구였다. 둘은 제이크가 전쟁에서 돌아오는 즉시 결혼해 엘리자베스에서 살 계획이었다.

"아주 크고 아주 예의바른 아이였는데." 할머니가 말하고 있었다. "제이크는 네가 데려온 아이 가운데 가장 착했어. 지금도 네가 처음 집에 데려온 날 여기 부엌에서 저녁을 먹던 모습이 눈에 선하구나. 데이브도 왔지. 제이크는 '유대인 음식'이 먹고 싶다고 했어. 랏키*를 열여섯 개나 먹었지."

"그랬죠. 그래요, 기억나요. 그래서 우리가 웃었죠, 우리 모두

---

* 팬케이크 비슷한 유대인 음식.

웃음을 터뜨렸어요." 이제 버키의 얼굴에 눈물이 흘러내리고 있었다. "하지만 데이브는 살아 있어요. 데이브 제이컵스는 살아 있어요."

"나는 그렇게 확신할 수가 없구나, 얘야. 하지만 내가 알 도리가 없지. 나도 그럴 거라고 생각은 해. 그러기를 바라. 아무 소식도 못 들었어. 하지만 오늘밤 뉴스를 들으니 프랑스에서 벌어지는 전쟁은 잘 풀리지 않고 있어. 라디오에서는 죽은 사람이 많다고 하더구나. 독일군하고 무시무시한 전투를 벌이고 있어. 많이 죽고 많이 다쳤어."

"제 친구를 둘 다 잃을 수는 없어요." 버키는 힘없는 목소리로 대꾸하고 나서 전화를 끊은 다음 캐빈이 아니라 호숫가로 갔다. 그곳에서, 차가운 바람이 새로 밀려들었음에도, 그는 다이빙 플랫폼에 앉아 어둠을 뚫어져라 바라보며 대학 신문의 스포츠면에서 제이크를 치켜세우며 부르던 별명들을 되뇌어보았다—브루저* 제이크, 빅 제이크, 맨 마운틴 제이크…… 자신이 죽은 것만큼이나 제이크가 죽은 것을 상상할 수 없었지만, 눈물은 멈추지 않고 계속 흘러내렸다.

자정 무렵 그는 잔교로 돌아갔지만 언덕을 올라가 캐빈으로

* '난폭한 자'라는 뜻. 뒤의 '맨 마운틴'은 '인간 산'이라는 뜻.

가는 대신 방향을 틀어 다시 나무 통행로를 따라 다이빙 플랫폼으로 나갔다. 통로를 따라 걸어가다보니 마침내 침침한 빛이 호수를 비추기 시작했고, 그는 바로 그런 빛 속에서 지금은 세상에 없는 또 한 명의 몹시도 사랑하는 사람, 그의 할아버지가 유리잔으로 뜨거운 차를 마시고—겨울에는 슈납스*를 한 잔 넣은 차—멀베리 스트리트 시장으로 그날의 농산물을 사러 떠나던 것이 떠올랐다. 학교를 가지 않을 때는 버키도 가끔 따라갔다.

아이들이 잠을 깨기 전에 캐빈으로 돌아가기 위해 자신을 다잡으려고 계속 애쓰고 있을 때 숲에서 새들이 노래하기 시작했다. 캠프 인디언 힐에 동이 트고 있었다. 곧 여러 캐빈에서 어린 목소리들이 웅얼거리고, 이어 행복한 외침이 터져나오기 시작할 터였다.

일주일에 한 번 소년 캠프와 소녀 캠프에서 따로 '인디언의 밤' 행사를 했다. 여덟시에 남자아이들은 모두 호수 위쪽 높은 곳에 자리잡은 넓은 빈터의 캠프파이어 주위에 둥글게 모였다. 원의 중앙에는 납작한 돌을 깔아놓은 구덩이가 있었다. 그곳에

* 감자, 곡물 등으로 만든 증류주.

통나무들을 수평으로 쌓아놓았다. 이 통나무들은 통나무집을 짓는 방식으로 엇갈려 놓여 있었는데, 바닥에 깔린 크고 묵직한 통나무 두 개로부터 위로 갈수록 좁아지며 약 3피트 높이에 이르렀다. 장작 둘레에는 묘하게 형태가 불규칙한 작은 바위들로 돌장벽을 쌓아놓았다. 돌을 깔고 그 위에 쪼갠 통나무를 얹어 만든 좌석은 동심원을 그리며 밖으로 갈수록 넓어졌는데, 모두 네 줄이었고 세 구역으로 나뉘어 있었다. 벤치의 마지막 줄에서 뒤로 20피트쯤 가면 숲이 시작되었다. 블롬백 씨는 이 구조를 원형 평의회장이라고 불렀으며, 이곳에서 매주 대평의회가 열렸다.

원형 평의회장 가장자리에 캠프 입구의 티피보다 크고 훨씬 정교하게 장식된 티피가 있었다. 이것이 평의회 텐트로, 꼭대기는 빨간색, 녹색, 노란색, 파란색, 검은색 띠로 장식되었고, 하단에는 빨간색과 검은색 테두리 장식이 있었다. 꼭대기에 독수리 머리가 새겨져 있고 그 밑에 커다랗게 펼쳐진 날개가 양쪽으로 뻣뻣하게 튀어나온 토템폴도 있었다. 토템폴의 지배적인 색깔은 검은색, 흰색, 빨간색이었는데, 뒤의 두 색은 캠프에서 벌이는 홍백전의 색깔이었다. 토템폴은 높이가 약 15피트로 호수에서 보트를 타다 고개를 들면 바로 눈에 들어왔다. 소녀들이 그들 나름의 인디언의 밤 행사를 하고 있는 서쪽, 호수 맞은편으로 해가 지기 시작하여, 대평의회가 끝날 무렵이면 완전히 어둠

이 덮일 것 같았다. 식당 로지에서는 저녁식사 후 주방에서 나는 달그락거리는 소리가 희미하게 들릴 뿐이었고, 호수 너머에서는 불타는 오렌지색과 밝은 분홍색과 핏빛 선홍색으로 길게 흐르는 용암이 그려낸 하늘의 줄무늬 드라마가 미적거리는 하루의 마지막을 기록하고 있었다. 지평선의 신—인디언 만신전에 그런 신이 있는지 몰라도—이 주는 화려한 선물인 느리게 움직이는 진홋빛 여름 어스름이 인디언 힐을 서서히 덮어갔다.

남자아이들과 그들의 카운슬러들—모두 이날 저녁 '용사'로 명명되었다—은 대부분 공예품 가게에서 구한 물건들을 이용해 만든 옷을 입고 대평의회에 나타났다. 다들 구슬이 달린 머리띠, 원래는 보통 셔츠였지만 술 장식을 달아 튜닉으로 바꾼 옷, 바지의 바깥 솔기에 술 장식을 꿰매 만든 각반 차림이었다. 발에는 모카신을 신었는데, 공예품 가게에서 파는 가죽을 잘라 만든 것도 일부 있었지만 대다수는 하이톱 스니커즈의 발목에 모카신처럼 구슬과 술 장식을 두른 것이었다. 많은 아이들이 머리띠에 깃털—숲에서 발견한, 땅에 떨어진 새 깃털이었다—을 꽂고 있었으며 일부는 팔꿈치 몇 인치 위에 구슬이 달린 완장을 묶고 있었고, 많은 아이들이 토템폴처럼 빨간색, 검은색, 흰색으로 상징을 그려넣은 카누 노를 들고 왔다. 어떤 아이들은 활쏘기 캐빈에서 빌린 활—화살은 없었다—을 어깨에 걸치고 있었으며, 몇 명은 팽팽한 송아지 가죽을 씌운 모조 톰톰*과 공작 시간을 이용해 손잡이에 구슬을 매단 북채를 들고 왔다. 몇 명은 안에 자갈을 집어넣고 겉을 장식한 베이킹파우더 캔을 딸랑이처럼 들고 있었다. 가장 어린 아이들은 침대에서 덮는 담요를 인디언 가운처럼 몸에 둘렀는데, 이것은 저녁 기온이 떨어질 때 아이들 몸을 따뜻하게 덥혀주는 역할도 했다.

버키의 인디언 복장은 공작반 카운슬러가 이것저것 모아 만들어준 것이었다. 다른 아이들처럼 그의 얼굴도 인디언 피부색을 흉내내기 위해 코코아 가루로 검게 칠했으며, 숯으로 검게 그린 대각선과 립스틱으로 붉게 그린 대각선으로 각 뺨에 줄무늬를 두 개—'출전 물감'이었다—씩 그려놓았다. 그는 도널드 캐플로 옆에 앉았고, 나머지 코만치 소년들은 더 아래쪽에 벤치를 따라 앉아 있었다. 사방에서 아이들이 떠들며 농담을 하고 있었다. 마침내 아이 두 명이 벤치에서 일어나 캠프파이어 장작을 둘러싼 돌로 걸어가 서로 마주보고 엄숙하게 송아지 가죽 북을 두들기자 아이들이 딸랑이를 흔들어댔다. 하지만 박자는 다 제각각이었다.

이윽고 모두 고개를 돌려 티피 쪽을 보았다. 블롬백 씨가 깃털 머리장식을 쓰고 타원형 문에서 나타난 것이다. 끝이 갈색인

---

* 아프리카의 민속 악기를 개량해서 만든 원통형의 북.

하얀 깃털은 머리 주위를 둘러싸고 나서 뒤로 꼬리를 만들며 허리 아래까지 내려왔다. 그의 튜닉, 그의 각반, 심지어 그의 모카신까지도 가죽 술 장식이며 구슬을 박은 띠며 사람 머리카락 같은 타래—아마도 파이브앤드텐에서 산 여자용 가발이었을 것이다—로 정교하게 장식되어 있었다. 한 손에는 깃털이 가득한 곤봉—도널드가 "블롬백 대추장의 전쟁 곤봉이에요" 하고 소곤거렸다—을 들었고, 다른 손에는 끝에 점토 대통이 달려 있고 나무 담배설대에는 훨씬 많은 깃털 장식이 주렁주렁 늘어진 평화의 파이프*를 들고 있었다.

캠프 아이들이 모두 일어섰지만 블롬백 씨는 남의 시선에는 아랑곳하지 않는다는 듯 티피에서 원형 평의회장의 중심으로 걸음을 옮기는 동안 캠프 아이들은 모두 서 있었다. 북소리와 딸랑이 소리가 멈추고 캠프 아이들은 자리에 앉았다.

블롬백 씨는 전쟁 곤봉과 평화의 파이프를 북 치는 두 사람에게 건네고, 극적인 효과를 노려 가슴에 팔짱을 낀 채 벤치에 둥글게 자리잡고 앉은 캠프 아이들을 둘러보았다. 코코아 가루를 덕지덕지 발랐음에도 툭 튀어나온 목젖을 완전히 가리지는 못했지만 그것만 아니면 진짜 추장과 놀랄 정도로 흡사한 모습이

* 북아메리카 인디언이 쓰는 긴 담뱃대로 평화의 상징이다.

었다. 지난 시절에는 그가 인디언식으로—오른팔을 들어올리고 손바닥을 앞으로 펼치며—용사들에게 경례를 하면 전사들도 다 함께 경례를 하며 동시에 "와!" 하는 소리를 냈다. 그러나 나치가 세계무대에 등장하여 "하일 히틀러!"라는 의미로 그 경례를 이용하면서 그런 의식은 중단해야 했다.

"야만적인 유인원이 처음으로 일어서서 직립보행을 했을 때," 블롬백 씨가 입을 열었다. "……그때 인간이 태어났습니다! 그 위대한 사건은 첫 캠프파이어 점화로 상징되고 기념되었습니다."

도널드가 버키를 돌아보며 소곤거렸다. "매주 이걸 해요. 어린 애들은 무슨 말인지 하나도 모르죠. 뭐, 슐*에서 하는 일보다 나쁠 것도 없는 것 같지만."

"수백만 년 동안," 블롬백 씨가 말을 이어갔다. "우리 인류는 이 축복받은 불 속에서 빛, 온기, 보호, 친구들의 모임, 평의회의 수단과 표상을 보았습니다."

그는 캠프 위를 지나가는 비행기 엔진의 포효 때문에 말을 멈췄다. 이제 이런 일은 하루종일 벌어졌다. 전쟁이 시작되면서 육군 비행대 기지가 북쪽으로 70마일 정도 떨어진 곳에 자리를 잡았고 인디언 힐은 비행기가 날아다니는 길에 있었다.

---

* 유대교 회당.

"노爐, 노변爐邊, 가정家庭이라는 고대의 모든 신성한 생각은 그 불빛에 중심을 두고 있으며, 가정의 불이 이우는 것과 더불어 가정의 유대도 약해졌습니다. 오직 나무에서 타오르는 신성한 고대의 불만이 원시적 기억의 현을 건드려 울릴 힘이 있습니다. 여러분의 캠프파이어 파트너는 여러분의 사랑을 얻고, 평화롭게 함께 캠프 생활을 했으니—아침 해, 저녁 빛, 별, 달, 폭풍, 석양, 밤의 어둠을 보고 함께 경이를 느꼈으니—각자의 세계가 아무리 멀리 떨어져 있다 해도 여러분은 지속적인 일치의 유대를 이어나갈 것입니다."

그가 술 장식이 달린 두 팔을 펼쳐 모인 아이들을 향해 쭉 뻗자 캠프 아이들은 그 과장된 연설의 흐름에 입을 모아 응답했다. "캠프파이어는 모든 원시적 형제애의 초점입니다. 우리는 반드시 그 마법을 이용해야 합니다."

북 치는 아이들이 다시 톰톰을 치기 시작하자 도널드가 버키에게 소곤거렸다. "인디언 역사가가 있어요. 무슨 시턴이라던데. 그게 저 선생님의 신이에요. 저게 다 시턴의 말이에요. 블롬백 선생님은 시턴과 같은 인디언 이름을 사용해요. 검은 이리. 저 선생님은 이런 게 웃기는 얘기라고 전혀 생각하지 않아요."

그다음에는 부리가 커다란 새의 가면을 쓴 인물이 제일 앞줄에서 일어서서 준비가 다 갖추어진 캠프파이어로 다가갔다. 그는 블롬백 씨에게 머리 숙여 인사한 다음 캠프 아이들에게 말했다.

"미타 콜라 나이훈-포 옴니치야이 니초피."

"우리 주술사예요." 도널드가 소곤거렸다. "배리 파인버그죠."

"내 말을 들어라, 친구들이여." 주술사가 방금 했던 인디언 말을 영어로 바꾸었다. "우리는 곧 평의회를 열 것이다."

첫번째 줄에서 한 소년이 손에 나무로 만든 물건 몇 가지를 들고 나왔는데, 하나는 활처럼 생겼고 또하나는 끝을 날카롭게 깎은 1피트 길이의 막대였고 그것보다 작은 것들이 몇 개 더 있었다. 그는 그 물건들을 주술사 근처 바닥에 놓았다.

"이제 우리는 평의회의 불을 붙인다." 주술사가 말했다. "백인의 방식이 아니라 숲의 아이들의 방식을 따를 것인데, 와콘다가 폭풍 속에서 나무 두 그루를 비벼 불을 붙이듯이 신성한 불은 숲의 나무로부터 나온다."

주술사는 무릎을 꿇었고, 많은 캠프 아이들이 일어서서 지켜보는 가운데 활과 1피트 길이의 끝이 뾰족한 긴 막대기와 다른 잡다한 나무 조각들을 이용해 불을 붙이려 했다.

도널드가 버키에게 소곤거렸다. "이건 시간이 꽤 걸릴 수도 있어요."

"되기는 되는 거야?" 버키도 소곤거리는 소리로 대꾸했다.

"검은 이리 추장은 삼십일 초 만에 할 수 있어요. 캠프 아이들에게는 쉽지 않죠. 가끔 포기하고 무력한 백인처럼 하게 될 때도 있어요. 성냥을 켠다는 뜻이에요."

캠프 아이 몇 명은 더 잘 보려고 벤치 위에 올라섰다. 몇 분 뒤 블롬백 씨가 주술사에게로 옆걸음질을 하더니 손짓을 해가며 조용히 그에게 몇 가지 조언을 해주었다.

모두 몇 분을 더 기다렸고 마침내 캠프 아이들로부터 우와 하는 함성이 일었다. 처음에는 연기가 피어오르고 이어 불꽃이 튀더니, 바람을 불어주자 마른 솔잎과 얇게 벗긴 자작나무 껍질로 이루어진 부싯깃에 작은 불꽃이 피어났던 것이다. 부싯깃은 장작들 바닥에 있는 불쏘시개에 불을 댕겼고, 캠프 아이들은 입을 모아 "불, 불, 불, 타올라라! 불꽃, 불꽃, 불꽃, 빙빙 돌아라! 연기, 연기, 연기, 피어올라라!" 하고 외쳤다.

이어 톰톰 두 개의 애처로운 강-약-약-약 박자에 맞추어 춤이 시작되었다. 모호크족은 뱀 춤을 추었고, 세네카족은 카리부* 춤을 추었고, 오나이다족은 개 춤을 추었고, 호피족은 옥수수 춤을 추었고, 수족은 풀 춤을 추었다. 어떤 춤에서는 용사들이 고개를 공중에 높이 쳐든 채 껑충껑충 열심히 뛰어다녔고, 다른 춤에서는 각 발마다 두 번 깡충 뛰고 뒤꿈치를 들고 펄쩍 뛰는 스

* 북미산 순록.

텝을 밟았고, 세번째 춤에서는 구부러진 나뭇가지들을 엮어 만든 사슴뿔을 앞에 들고 다녔다. 가끔 이리처럼 울부짖기도 하고 가끔 개처럼 짖기도 했으며, 마침내 완전히 어두워져 타오르는 불만이 원형 평의회장을 밝히자 저마다 전쟁 곤봉을 들고 구슬과 발톱으로 만든 목걸이를 건 캠프 아이들 스무 명이 불빛을 받으며 미시-모크와, 즉 '큰 곰'을 사냥하러 나섰다. 미시-모크와 역은 버키 건너편에서 자는 제롬 혹버거가 맡았는데, 그는 캠프에서 가장 덩치가 컸다. 제롬은 누군가의 어머니의 낡은 모피 외투로 몸을 두르고 그것을 끌어올려 머리까지 가렸다.

"나는 두려움을 모르는 미시-모크와다." 제롬이 코트 안에서 으르렁거렸다. "나는 산의 막강한 회색곰이며, 서부 초원 전체의 왕이다."

사냥꾼들의 우두머리 또한 버키의 캐빈에 속한 셸리 슈라이버였다. 뒤에서 북소리가 크게 울려퍼지고 칠을 한 얼굴에 불빛이 번쩍였다. "이들은 모두 내가 선택한 용사들이다. 우리는 미시-모크와, 산의 큰 곰, 우리 땅을 약탈하는 자를 사냥하러 간다. 우리는 반드시 그를 찾아내 죽일 것이다."

그러자 수많은 어린아이들이 외치기 시작했다. "죽여라! 죽여라! 미시-모크와를 죽여라!"

사냥꾼들은 전쟁의 함성을 지르며 뒷발로 일어선 곰처럼 춤을 추기 시작했다. 이어 그들은 보란듯이 땅에서 냄새를 맡는 시늉을 하며 큰 곰의 흔적을 찾으러 나섰다. 그들이 큰 곰에게 이르자 큰 곰은 큰 소리로 으르렁거리며 일어섰고 근처 벤치에 있던 작은 아이들은 겁에 질려 비명을 질렀다.

"야, 미시-모크와," 사냥꾼 우두머리가 말했다. "우리는 너를 찾아냈다. 내가 백을 세기 전에 오지 않으면 어디를 가나 네가 겁쟁이라고 말하고 다니겠다."

갑자기 곰이 사냥꾼들에게 달려들었고, 사냥꾼들이 캠프 아이들의 환호를 들으며 달려나가 삼베로 감싼 밀짚 곤봉으로 곰을 때려 실신시켰다. 모피 외투를 입은 미시-모크와가 땅바닥에 뻗자 사냥꾼들은 그 둘레에서 춤을 추었고, 모두 돌아가며 그의 생명 없는 앞발을 잡고 소리쳤다. "야! 야! 야!" 캠프 아이들의 환호는 계속되었고 그들은 죽임과 죽음에 에워싸여 있는 것에서 크나큰 기쁨을 맛보았다.

그다음에는 '짧은 깃털'과 '긴 깃털'이라고 이름을 밝힌 키가 작은 카운슬러와 키가 큰 카운슬러 두 명이 동물 이야기를 잇달아 들려주었고 어린아이들은 무서운 척 비명을 질렀다. 그러자 깃털 머리장식을 벗어 평화의 파이프와 전쟁 곤봉 옆에 내려둔 블룸백 씨가 소년들을 이끌고 이십 분 정도 귀에 익은 캠프 노래를 불러 아이들을 인디언 놀이의 흥분에서 다시 지상으로 끌어내렸다. 이어 블롬백 씨는 연설을 했다. “이제 지난주의 중요한 전쟁 소식을 전하겠다. 지금 이야기하는 것은 인디언 힐 너머에서 벌어지고 있는 일이다. 이탈리아에서는 영국군이 드디어 아르노 강을 건너 피렌체로 진입했다. 태평양에서 미군 돌격대는 괌에 진격했고, 도조는……”

“우! 우, 도조!” 나이든 소년들이 입을 모아 소리를 질렀다.

블롬백 씨가 말을 이어갔다. “일본 총리 도조는 일본 육군참모총장 자리에서 쫓겨났다. 영국에서는 처칠 총리가……”

“우와, 처칠!”

“……독일전이 예상보다 일찍 끝날 수도 있다고 예측했다. 그리고 바로 여기 일리노이 주 시카고에서는, 이미 여러분 가운데 많은 수가 알고 있겠지만, 루스벨트 대통령이 민주당 전당대회에서 대통령 후보로 지명받아 네번째 임기에 도전하게 되었다.”

그러자 캠프 아이들 가운데 족히 반은 될 것 같은 수가 벌떡 일어나 소리를 질렀다. “만세! 만세, 루스벨트 대통령!” 어떤 아이가 톰톰 하나를 미친듯이 쳐댔고 다른 아이는 딸랑이를 흔들었다.

“따라서 이제,” 블롬백 씨가 입을 열자 다시 조용해졌다. “유럽과 태평양에서 싸우는 미군을 생각하며, 나와 마찬가지로 군대에 간 친척이 있는 모든 아이들을 생각하며, 캠프파이어를 끝내는 마지막에서 두번째 노래로 〈신이여 미국을 축복하소서〉를 부르겠다. 이 노래를 오늘밤 해외에서 우리나라를 위해 싸우는 모든 사람에게 바친다."

소년들은 일어서서 〈신이여 미국을 축복하소서〉를 부른 다음 소매에 술 장식이 달린 두 팔을 들어올려 어깨동무를 하고, 한 줄은 한쪽 방향으로, 그 앞줄과 뒷줄은 반대 방향으로 몸을 흔들며 인디언의 밤을 끝낼 때면 반드시 부르는 차분한 동지애의 노래 〈우리 다시 만날 때까지〉를 불렀다. 한 시즌의 마지막 인디언의 밤에서 이 노래를 부를 때면 곧 집에 가게 되는 캠프 아이들 다수가 울음을 터뜨리곤 했다.

그러나 〈신이여 미국을 축복하소서〉를 부르다 운 사람은 버키뿐이었는데 그것은 프랑스에서 전사했다는 소식을 들은 이후로 머리를 떠나지 않는 훌륭한 친구의 기억 때문이었다. 버키는 행사 내내 캠프파이어 주변에서 벌어지는 일에 주의를 기울일 뿐 아니라 계속 옆에서 작은 소리로 한마디씩 던지는 도널드의 말에도 귀를 기울이느라 최선을 다했지만, 그의 머릿속에 있었던 것은 제이크의 죽음과 제이크의 삶, 그에게 가능했을 그 모든 일뿐이었다. 아이들이 큰 곰을 사냥하는 동안, 버키는 1941년 봄 주 대학 대회에서 제이크가 포환을 56피트 3인치 던져 팬저 대학 기록만이 아니라 미국 대학 기록까지 깬 일을 떠올리고 있었다.

어떻게 그런 일을 해냈나요, 〈뉴어크 스타-레저〉의 기자가 제이크에게 물었다. 제이크는 활짝 웃으며—그리고 투포환을 놓는 순간에 정지한 아주 작은 청동 투포환 선수가 맨 위에 자리잡고 있는 트로피를 버키에게 슬쩍 보여주며—기자에게 말했다. "쉽죠." 그는 한쪽 눈을 찡긋하며 말했다. "왼쪽 어깨는 높고, 오른쪽 어깨는 더 높고, 오른쪽 팔꿈치는 그보다 더 높고, 오른손이 가장 높습니다. 방법이 정해져 있죠. 그것만 따르면 포환은 알아서 날아갑니다." 쉽죠. 제이크에게는 모든 것이 쉬웠다. 그는 틀림없이 올림픽에도 나갔을 것이고, 귀향하는 즉시 아일린과 결혼했을 것이고, 대학 감독직을 얻었을 것이고…… 그런 재능이 있는데 무엇이 그를 막을 수 있었겠는가?

캠프파이어 둘레에서
밝은 별 아래에서
오늘밤 우리는 동지로 만났네.
속삭이는 나무들 주변에서
우리의 황금빛 추억을 간직하라.
그래서 잠자리에서 눈을 감기 전에
우리 서로 약속하자
인디언 힐의 우정을 깊이 간직하겠노라고

우리 다시 만날 때까지.

작별 노래를 부른 뒤 캠프 아이들은 짝을 지어 카운슬러들을 따라 사그라지는 캠프파이어 둘레의 벤치를 떠났고, 주니어 카운슬러 두 명이 남아 불을 껐다. 아이들이 반짝거리는 손전등을 들고 캐빈을 향해 어두운 숲속으로 사라져갔으며, 떠나가는 아이들 사이에서 이따금 전쟁의 함성이 솟아올랐고, 담요를 뒤집어쓴 어린아이들은 아직 타오르는 불의 마법에서 벗어나지 못하여 "야! 야! 야!" 하고 즐겁게 소리치곤 했다. 몇 명은 인디언의 밤이 끝나기 전에 마지막으로 서로 겁을 주려고 손전등을 턱에서 위로 비추며 얼굴을 찌푸리고 눈을 크게 뜨기도 했다. 거의 한 시간이 다 되도록 웃고 낄낄거리는 아이들 소리가 캐빈마다 울려퍼졌고, 모두가 잠든 뒤에도 나무 타는 연기 냄새는 캠프에 자욱하게 깔려 있었다.

아무 탈 없이 엿새가 지나간 뒤—그때까지 캠프에서 가장 좋은 날들로 어디에나 7월의 풍성한 빛이 두툼하게 깔려 있었고 산에서 보내는 한여름의 걸작 같은 하루가 그 전날을 복제하며 여섯 번 지나갔다—새벽 세시에 누군가 마치 발목에 사슬이 묶인 것처럼 흠칫흠칫 비틀거리며 코만치 캐빈의 욕실로 갔다. 줄 끝에 있는 버키의 침대는 욕실과 붙어 있어, 잠을 깼을 때 욕실 안에서 사람이 토하는 소리를 들을 수 있었다. 그는 침대 밑으로 손을 뻗어 안경을 찾아 끼고 누가 들어갔는지 보려고 침상들을 살폈다. 도널드의 침상이 비어 있었다. 그는 일어서서 입을 욕실 문에 갖다대고 조용히 물었다. "나 버키야. 뭐 좀 도와줄까?"

도널드가 맥없이 대꾸했다. "뭘 잘못 먹었나봐요. 괜찮아질 거예요." 그러나 그는 곧 다시 토하기 시작했고 버키는 파자마 차림으로 침대 가장자리에 앉아 도널드가 욕실에서 나오기를 기다렸다.

버키 옆 침대의 게리 와이스버그가 잠에서 깨더니 버키가 일어나 앉아 있는 것을 보고 팔꿈치에 기대 몸을 일으키며 작은 소리로 물었다. "무슨 일이에요?"

"도널드야. 속이 안 좋아서 그래. 다시 자."

마침내 도널드가 욕실에서 나오자 버키는 한 손으로 그의 팔꿈치를 잡고 팔을 허리에 둘러 침대로 돌아가는 것을 도와주었다. 그는 이불을 덮어주고 맥박을 쟀다.

"정상이야." 버키가 작은 소리로 말했다. "기분은 어때?"

도널드가 눈을 감은 채 대꾸했다. "피곤해요. 몸이 떨리고요."

버키는 도널드의 이마에 손을 올려보고 정상보다 체온이 높다는 것을 알아챘다. "양호실에 데려가줄까? 열과 오한이라. 간호사를 만나보는 게 좋을지도 몰라."

"괜찮을 거예요." 도널드가 흐릿한 목소리로 말했다. "그냥 자면 돼요."

하지만 아침이 되자 도널드는 기운이 너무 없어 일어나 이를 닦을 수도 없었다. 버키는 다시 아이의 이마를 짚어본 뒤 말했다. "양호실에 가야겠어."

"독감이에요." 도널드가 말했다. "추울 때 다이빙을 해서." 아이는 웃음을 지으려 했다. "주의까지 주셨는데."

"네 말대로 추위 때문이겠지. 하지만 여전히 체온이 높으니 양호실에 가 있어야 해. 아프지는 않아? 어디 아픈 데 없어?"

"머리요."

"심해?"

"좀."

캐빈의 아이들은 도널드와 버키만 남겨두고 모두 아침을 먹으러 갔다. 버키는 도널드의 옷을 입히는 데 시간을 낭비하지 않고 그냥 파자마 위에 욕실 가운만 덮어주고 슬리퍼를 신긴 채 캠프 입구에서 멀지 않은 작은 양호실에 데려가기로 했다. 거기 가면 인디언 힐의 두 간호사 가운데 한 명이 당직을 서고 있을 터였다.

"내가 일으켜줄게." 버키가 말했다.

“혼자 할 수 있어요.” 도널드가 말했다. 그러나, 일어서려 했는데 일어서지 못하자, 그는 깜짝 놀라며 침대에 벌렁 자빠졌다.

“다리.” 아이가 말했다.

“어느 다리? 두 다리 다?”

“오른쪽 다리. 죽어버린 것 같아요.”

“너 병원에 가야겠다.”

“왜 걸을 수가 없는 거죠?” 갑자기 도널드의 목소리가 두려움으로 떨렸다. “왜 다리를 쓸 수가 없는 거죠?”

“모르겠어.” 버키가 말했다. “하지만 의사가 알아내서 다시 일어서게 해줄 거야. 기다려. 진정해. 구급차를 부를게.”

그는 있는 힘을 다해 언덕을 달려내려가 블롬백 씨의 사무실로 가면서 앨런, 허비, 로니, 제이크를 생각했다—그걸로 충분하지 않다는 건가? 이제 도널드까지?

캠프 소장은 식당 로지에서 캠프 아이들, 카운슬러들과 아침을 먹고 있었다. 버키는 속도를 늦추어 걸어서 로지로 들어갔고, 블롬백 씨가 평소와 다름없이 중앙 식탁에 앉아 있는 것을 보았다. 팬케이크는 캠프 아이들이 특히 좋아하는 아침 메뉴였으며 캠프 아이들의 접시에서는 강처럼 흘러넘치는 메이플 시럽 냄새가 났다. “블롬백 선생님.” 그가 조용히 말했다. “잠깐 밖에서 좀 뵐 수 있을까요? 급한 일입니다.”

블롬백 씨가 일어섰고, 두 사람이 문을 나가 식당 로지에서 몇 걸음 멀어지자 버키가 말했다. "도널드 캐플로가 폴리오에 걸린 것 같습니다. 침대에 뉘어두고 왔어요. 한쪽 다리가 마비되었습니다. 머리가 아프고요. 열이 있고 밤새 잠을 못 자고 토했습니다. 구급차를 부르는 게 좋을 것 같습니다."

"아니야, 구급차가 오면 다 놀랄 거야. 내가 내 차로 병원에 데려가겠네. 폴리오인 게 확실해?"

"오른쪽 다리가 마비되었습니다." 버키가 대답했다. "오른쪽 다리로 서지를 못해요. 머리가 아프답니다. 몸에 기운이 하나도 없고요. 폴리오 같지 않나요?"

버키는 언덕을 달려올라갔고 블롬백 씨는 차를 타고 그를 뒤따라와 캐빈 밖에 주차했다. 버키가 도널드를 담요로 싼 다음 블롬백 씨와 함께 침대에서 일으켜, 양쪽에서 부축해 호수를 내려다보는 포치로 나갔다. 버키가 자리를 비운 사이에 마비되지 않았던 왼쪽 다리도 약해져, 층계를 내려가 차에 태우는 동안 도널드는 두 발이 축 늘어진 채 뒤에서 질질 끌려왔다.

"아직 아무한테도 말하지 말게." 블롬백 씨가 버키한테 말했다. "애들이 공황에 빠지는 건 원치 않으니까. 카운슬러들이 공황에 빠지는 건 원치 않으니까. 이 아이는 내가 지금 병원으로 데려가겠네. 거기서 아이 가족한테 전화를 할게."

눈을 감은 채 차 뒷좌석에 누워 이제는 숨을 쉬려고 안간힘을 쓰고 있는 도널드를 보자 버키는 아이가 첫날보다 두번째 날 밤에 호수에서 훨씬 자신 있게, 훨씬 균형이 잡힌 동작으로 부드럽게 다이빙을 하던 모습이 떠올랐다. 그때 아이가 아주 튼튼했다는 것, 도널드가 할 줄 아는 다이빙을 다 한 다음 제비식 다이빙을 삼십 분 더 가르쳐주었던 것을 기억했다. 또 도널드가 각각의 다이빙을 반복하면 할수록 점점 더 잘하던 것을 기억했다.

버키가 창을 두드리자 도널드가 눈을 떴다. "너는 괜찮을 거야." 버키가 아이한테 말했고, 블롬백 씨는 차를 몰고 떠났다. 버키가 차를 따라 달려가며 도널드에게 소리쳤다. "며칠만 있으면 다시 같이 다이빙을 할 수 있을 거야." 그러나 아이의 상태가 악화되었다는 것은 한눈에 알 수 있었고 눈에 담긴 표정은 섬뜩했다—열에 들뜬 두 눈은 버키의 얼굴을 훑으며 누구도 줄 수 없는 만병통치약을 미친듯이 갈구하고 있었다.

다행히도 캠프 아이들은 아직 아침식사중이었으며, 버키는 캐빈 층계를 달려올라가 도널드의 몸을 싸느라 담요가 사라진 침대를 최대한 단정하게 정돈했다. 그런 다음 포치로 나가 이제 곧 그의 밑에서 일하는 실무진이 모여들 호수를 내려다보며 스스로에게 피할 수 없는 질문을 던졌다. 내가 아니면 누가 이곳에 폴리오를 가져왔겠는가?

캐빈 아이들은 도널드가 위장염으로 병원에 가 회복될 때까지 그곳에 있을 것이라는 이야기를 들었다. 사실 병원에서는 요추천자로 도널드 캐플로가 폴리오에 걸렸다는 것을 확인했으며 아이 부모는 블롬백 씨에게 소식을 듣고 헤이즐턴의 집에서 스트라우즈버그로 출발했다. 버키는 호숫가에서 하루를 시작하여 카운슬러들과 일하고, 물속에서 어린아이들과 시간을 보내고, 다이빙대에서 다이빙에 미쳐 허락만 하면 하루종일 다른 것은 하나도 하지 않을 큰 아이들의 자세를 교정해주었다. 이윽고 하루 일이 끝나 캠프 아이들이 캐빈으로 돌아가 저녁식사를 앞두고 더러운 옷을 갈아입을 때, 그는 안경을 벗고 높은 다이빙대에 올라가 삼십 분 동안 그가 아는 모든 어려운 다이빙을 하는 데 집중했다. 다이빙이 끝나자 물에서 나왔지만 벌어진 일을 마음에서 떨쳐내지 못했다—일이 벌어진 속도도, 자신이 이 일의 원인이라는 생각도. 또 챈슬러 놀이터에서 발생한 폴리오 역시 그에게서 시작되었다는 생각도. 갑자기 그는 큰 비명소리를 들었다. 마이클스네 아래층에 사는 여자가 자기 아이도 폴리오에 걸려 죽을까봐 두려움에 떨며 지른 비명이었다. 그러나 이번에는 비명을 듣기만 한 것이 아니었다—그가 바로 비명이었다.

그들은 그날 밤 카누를 타고 다시 섬으로 갔다. 마샤는 아직 도널드 캐플로의 병을 전혀 모르고 있었다. 블롬백 씨는 다음날 아침식사 때, 스트라우즈버그에서 정기적으로 캠프를 찾아와 캠프 간호사들과 함께 백선, 농가진, 결막염, 옻, 가장 심한 경우라고 해봐야 골절을 치료하던 닥터 헌틀리가 있는 자리에서 공표할 계획이었다. 블롬백 씨는 즉시 아이들을 캠프에서 데려갈 부모가 몇 명 있을 거라고 예상하면서도, 닥터 헌틀리의 도움을 얻어 공포를 최소로 줄이고 혹시 생길지 모를 공황을 억눌러 시즌이 끝날 때까지 캠프를 정상적으로 운영할 수 있기를 바라고 있었다. 그는 병원에서 돌아왔을 때 버키에게 그렇게 털어놓았으며 발표는 자기가 할 것이니 아무 말도 하지 말라고 일렀다. 도널드의 상태는 더 나빠졌다. 그는 이제 근육과 관절에 혹심한 통증을 겪었고 철폐의 도움이 없으면 숨을 쉴 수 없을 것 같았다. 부모님이 도착했지만 그때까지 도널드는 격리되어 있었고 감염 위험 때문에 면회가 허락되지 않았다. 의사들은 블롬백 씨에게 도널드가 처음에는 독감 같은 증상을 보였지만 곧 폴리오 가운데도 가장 치명적인 형태로 발전했다며 그 속도가 놀랍다고 말했다.

버키는 섬에 도착하자 이 모든 이야기를 마샤에게 해주었다.

그녀는 그의 말에 입을 떡 벌렸다. 담요에 앉아 있다가 두 손에 얼굴을 묻었다. 버키는 빈터를 어슬렁거렸지만 아직 나머지 이야기를 그녀에게 할 수 없었다. 그녀가 버키 자신에 관한 그다음 이야기를 듣지 않고도, 도널드 이야기만으로도 이미 견디기 힘들어했기 때문이다.

"아버지한테 말해야겠어." 그것이 그녀가 처음 한 말이었다. "아버지한테 전화를 해야겠어."

"블롬백 씨가 캠프에 이야기할 때까지 기다리는 게 낫지 않을까?"

"블롬백 씨가 진작 캠프에 말을 했어야지. 이런 일은 기다리면 안 되는 거야."

"캠프를 해산해야 한다고 생각해?"

"아버지한테 물어보려는 게 그거야. 이건 무시무시한 일이야. 네 캐빈에 있는 다른 애들은 어때?"

"지금까지는 괜찮은 것 같아."

"너는?" 그녀가 물었다.

"나는 괜찮아." 그가 말했다. "너한테 할말이 있는데, 며칠 전에 호숫가에서 도널드하고 두 번 만났어. 다이빙을 봐주었어. 그때는 그렇게 건강할 수가 없었어."

"그게 언젠데?"

"일주일 전쯤. 저녁식사 뒤에. 추운 데서 다이빙을 하게 놔뒀어. 어쩌면 그게 잘못이었는지도 몰라. 심각한 잘못."

"아, 버키, 이건 네 잘못이 아니야. 나는 그냥 너무 겁이 날 뿐이야. 네가 어떻게 될까봐 겁이 나. 내 동생들이 어떻게 될까봐 겁이 나. 캠프에 있는 모든 애들이 어떻게 될까봐 겁이 나. 나 자신이 어떻게 될까봐 겁이 나. 수많은 애들이 딱 붙어서 살고 있는 여름 캠프에서 환자 한 명은 그냥 환자 한 명이 아니야. 마른 장작에 불이 붙은 성냥을 던지는 거하고 같아. 여기 환자 한 명은 도시의 환자 한 명보다 백 배는 더 위험해."

그녀는 그대로 앉아 있었고 그는 다시 어슬렁거리기 시작했다. 그는 혹시라도 감염시킬까봐 그녀에게 다가가기가 두려웠다. 이미 그녀를 감염시킨 것인지도 모르지만. 모두 감염시킨 것인지도 모르지만! 호숫가의 어린아이들! 호숫가의 실무자들! 매일 밤 식당 로지에서 입을 맞추던 쌍둥이들! 불안해서 안경을 벗고 신경질적으로 눈을 비비자 그들을 둘러싼 자작나무가 달빛을 받아 일그러진 무수한 실루엣처럼 보였다—연인의 섬이 갑자기 폴리오 희생자의 유령으로 가득차버렸다.

"돌아가야 돼." 마샤가 말했다. "아버지한테 전화를 해야 돼."

"아무한테도 말하지 않겠다고 블롬백 씨한테 말했는데."

"상관없어. 나는 다른 건 몰라도 동생들을 돌볼 책임은 있어. 아버지한테 무슨 일이 벌어졌는지 이야기하고 어떻게 할지 물어

볼 거야. 무서워, 버키. 정말 무서워. 이 숲에 애들이 있다는 걸 폴리오가 전혀 눈치 못 챈 것 같았는데…… 여기서는 애들을 찾아내지 못할 것 같았는데. 애들이 아무데도 가지 않고 그냥 캠프에만 있으면 괜찮을 거라고 생각했어. 그게 어떻게 여기까지 애들을 쫓아올 수 있었을까?"

그는 그녀에게 말할 수가 없었다. 그녀가 너무 겁을 먹고 있어서 이야기를 해줄 수가 없었다. 그에게도 이 모든 일이 너무 엄청나서 도저히 말을 할 수가 없었다. 지금까지 벌어진 일이 너무 엄청나서. 그가 저지른 일이 너무 엄청나서.

마샤가 일어나 담요를 갰고 그들은 카누를 물로 끌어내 다시 캠프로 돌아갔다. 상륙장에 도착했을 때는 거의 열시였다. 카운슬러들은 캐빈에 들어가 캠프 아이들을 재우고 있었다. 블롬백 씨 사무실에는 불이 밝혀져 있었지만, 그것만 빼면 캠프에는 사람이 한 명도 없는 것 같았다. 공중전화를 걸려고 기다리는 줄도 없었다. 내일 도널드 이야기가 전해져 캠프가 발칵 뒤집히면 달라지겠지만.

마샤는 혹시라도 주위에 있을지 모르는 사람이 그녀의 이야기를 들을까 걱정이 되어 전화부스의 접는 문을 닫았고, 버키는 그녀의 반응에서 닥터 스타인버그가 무슨 말을 하는지 알아내려고 전화부스 옆에 서 있었다. 마샤의 목소리는 막혀서 들리지 않았고 전화부스 바깥의 버키에게 들리는 것이라고는 윙윙 웅웅거리는 벌레 소리뿐이었기 때문에, 그는 닥터 스타인버그와 함께 뒤쪽 포치에 나가 앉아 맛있는 복숭아를 먹던 뉴어크의 그 숨막히도록 후텁지근한 저녁이 떠올랐다.

그녀는 전화기에서 아버지의 목소리를 듣는 순간 괴로움이 한결 가라앉은 듯했다. 불과 몇 분이 지나지 않아 그녀는 전화부스의 작은 의자에 앉더니 그 자세로 아버지와 이야기를 계속했다. 버키는 원래 그날 정오에 약혼반지를 사러 칼과 함께 스트라우즈버그에 갈 계획이었다. 그러나 이제 약혼은 까맣게 잊고 있었다. 여름 내내 그가 그랬던 것처럼, 지금 마샤의 마음에는 폴리오뿐이었다. 폴리오를 피할 길은 없었으며, 그것은 폴리오가 그를 따라 포코노 산맥까지 왔기 때문이 아니라 그가 폴리오를 포코노 산맥에 가지고 왔기 때문이었다. 마샤는 물었다. 그게 어떻게 여기까지 우리를 쫓아올 수 있었을까? 캠프에 새로 온 사람, 다름 아닌 그녀의 남자친구가 전염시킨 것이다! 얼마 전까지 챈슬러에서 일하던 동안 폴리오에 걸린 모든 아이들이 떠오르자, 케니 블루먼펠드가 호러스를 공격하는 것을 말리던 오후에 운동장에서 갑자기 벌어졌던 소동이 떠오르자, 버키는 폴리오를 퍼뜨렸다는 이유로 케니는 그 바보를 죽이고 싶어했지만 정작 죽여야 할 사람은 따로 있었다는 생각이 들었다—바로 놀이터 감독이었다.

마샤가 문을 열고 부스에서 나왔다. 아버지가 무슨 이야기를 했는지 진정이 된 그녀는 버키를 끌어안으며 이렇게 말했다. "동생들 때문에 너무 겁을 먹었어. 너는 분명히 괜찮을 거야, 강하고 튼튼하니까. 하지만 그 두 애들 때문에 무척 걱정했어."

"아버지가 뭐라셔?" 그는 숨이 그녀의 얼굴에 닿지 않도록 고개를 돌리고 물었다.

"빌 블롬백한테 전화를 하겠지만 그 사람이 이미 할 수 있는 모든 일을 하는 것 같다고 하셔. 아버지 말로는 폴리오 환자 한 명 때문에 이백오십 명을 소개疏開할 수는 없는 일이래. 아버지는 애들이 정상적인 활동을 계속해야 한다고 하셔. 많은 부모가 공황에 빠져 애들을 빼갈 것 같대. 하지만 나는 공황에 빠지지 말고 동생들한테 겁을 주지도 말래. 네 안부를 물으셨어. 그래서 너는 바위 같다고 했어. 아, 버키, 기분이 나아졌어. 아버지하고 어머니가 이번 주말에는 해안에 가지 않고 여기로 오실 거야. 직접 동생들을 안심시키고 싶대."

"잘됐네." 그는 그녀를 꼭 끌어안았지만 헤어질 때는 주의를 하여 입술이 아니라 머리카락에 입을 맞추었다. 지금 와서 그게 뭘 바꿀 수 있기라도 한 것처럼.

다음날 아침식사가 끝날 무렵, 블롬백 씨는 캠프에 알릴 일이 있을 때면 울리는 소 방울을 흔들었다. 그가 자리에서 일어서자 캠프 아이들은 잠잠해졌다. "안녕하세요, 여러분. 오늘 아침에는 여러분에게 전할 심각한 소식이 있습니다." 그는 목소리에서 불안한 기색을 전혀 드러내지 않고 평탄하게 말했다. "우리 카운슬러 한 사람의 건강과 관련된 소식입니다. 코만치 캐빈의 카운슬러 도널드 캐플로 이야기입니다. 도널드는 이틀 전에 몸이 아팠고 어제 아침에 일어났을 때 열이 높았습니다. 캔터 선생님이 나한테 바로 도널드의 상태를 알렸고 우리는 도널드를 스트라우즈버그 병원으로 데려가기로 했습니다. 그곳에서 검사를 해본 결과 도널드는 폴리오에 걸린 것으로 확인되었습니다. 그래서 도널드의 부모님이 병원에 도착해 도널드와 함께 있습니다. 지금 도널드는 병원 의료진이 치료하고 돌보고 있습니다. 캠프 주치의인 닥터 헌틀리가 여기 와 계신데 여러분에게 한 말씀 하시고 싶답니다."

물론 카운슬러와 캠프 아이들은 캠프의 모든 것이 갑자기 변했다는 사실—삶의 모든 것이 변했다는 사실—을 알고 깜짝 놀랐지만 의사가 하는 말을 들어보려고 말없이 기다렸다. 그는 캠프가 처음 시작되었을 때부터 이곳 주치의로 일한 침착한 중년 남자였다. 그는 온화한 분위기로 마음을 편하게 해주었으며, 테 없는 안경과 숱이 적은 흰 머리와 창백하고 못생긴 얼굴 때문에 그런 분위기가 더욱 강하게 느껴졌다. 그는 캠프에서는 찾아볼 수 없는 양복, 하얀 셔츠, 타이, 어두운색 구두 차림이었다.

"안녕하세요. 아직 나를 모르는 사람들이 있을지 몰라 말하는데, 나는 닥터 헌틀리입니다. 내가 알기에 여러분 가운데 혹시 누가 아프면 그 사람은 카운슬러에게 말하고, 그러면 카운슬러는 캠프의 간호사인 러드코 선생님이나 사우스워스 선생님을 만나게 해주고, 필요할 경우 나를 만나게 해줍니다. 자, 나는 여러분이 앞으로 남은 기간 동안에도 똑같이 그렇게 해주기를 바랍니다. 늘 그랬던 것처럼, 조금이라도 아프면 바로 카운슬러한테 말하세요. 목구멍이 아프거나, 목이 뻣뻣하거나, 뱃속이 불편하면 카운슬러에게 말하세요. 두통이 있거나, 열이 있는 것 같으면 카운슬러에게 말하세요. 어디라고 할 것 없이 그냥 몸이 편치 않아도 카운슬러에게 말하세요. 그러면 카운슬러가 여러분을 간호사에게 데려갈 거고, 간호사가 여러분을 보살피고 나한테 연락을 할 겁니다. 여러분이 모두 건강하게 남은 여름 몇 주를 즐겼으면 하는 마음 때문에 말씀드리는 겁니다."

닥터 헌틀리가 아이들 마음을 진정시키는 그 짧은 연설을 몇 마디 한 뒤 자리에 앉자 블롬백 씨가 다시 일어섰다. "캠프의 여러분은 내가 오늘 아침이 가기 전에 여러분 가족에게 일일이 전화를 걸어 지금 상황을 알려드릴 것임을 알아두시기 바랍니다. 그리고 아침식사가 끝나자마자 선임 카운슬러들은 내 사무실로 모여주시기 바랍니다. 다른 사람들은 일단 이것으로 끝입니다. 오늘 프로그램은 바뀌지 않습니다. 정상적인 활동을 할 겁니다. 햇빛이 있는 곳으로 나가 즐거운 시간을 보내세요. 오늘도 날이 아주 좋습니다."

마샤는 다른 선임 카운슬러 세 명과 함께 서둘러 블롬백 씨의 사무실로 갔고, 식당 로지를 나서자마자 호숫가로 내려가고 싶은 마음이 간절했던 버키는 그러는 대신, 자기도 모르게 닥터 헌틀리를 쫓아갔다. 그가 깃대 옆에 주차해놓은 차에 올라타 시내로 돌아가기 전에 따라잡으려고 서둘러 달려가고 있었다.

뒤에서 그를 부르는 소리가 들렸다. "버키! 잠깐만! 기다려요!" 스타인버그 쌍둥이가 그를 쫓아 달려오고 있었다. "기다려요!"

"얘들아, 나는 닥터 헌틀리를 만나야 돼."

"버키." 한 아이가 부르며 그의 손을 잡았다. "우리는 어떻게 해야 돼요?"

"블롬백 선생님 말씀 들었잖아. 그냥 하던 활동을 계속하면 돼."

"하지만 폴리오가……!" 쌍둥이가 그의 허리를 끌어안고 넓은 가슴에 코를 대고 비비며 위로를 얻고 싶은 마음에 팔을 뻗으려 하자 그는 공포에 질린 똑같은 두 얼굴에 대고 숨을 쉬는 것이 두려워 얼른 뒤로 몸을 뺐다.

"폴리오 걱정은 하지 마." 그가 말했다. "전혀 걱정할 게 없어. 실라, 필리스, 나는 가봐야 돼. 아주 중요한 일이야." 그는 위로받지 못한 채 서로 부둥켜안고 몸을 움츠리는 두 아이를 그대로 두고 자리를 떴다.

"하지만 우리한테는 버키가 필요해요!" 한 아이가 그의 등에 대고 소리쳤다. "마샤는 블롬백 선생님한테 가 있단 말이에요!"

"오늘 오후에 봐!" 그가 뒤에 대고 소리쳤다. "약속할게! 곧 보게 될 거야!"

버키가 다다랐을 때 닥터 헌틀리는 문을 열고 막 차에 오르려 하고 있었다. "닥터 헌틀리, 말씀을 좀 나누고 싶습니다. 저는 소년 캠프의 물놀이 감독입니다. 버키 캔터입니다."

"그래, 빌 블롬백이 얘기하더군."

"닥터 헌틀리, 드릴 말씀이 있습니다. 저는 일주일 전 금요일에 뉴어크에서 왔습니다. 위퀘이크 동네의 놀이터에서 일을 했는데 거기에 폴리오 유행병이 돌았습니다. 도널드 캐플로는 저하고 이틀 밤 동안 저녁식사 후에 호숫가에서 함께 운동을 했습니다. 매일 나란히 앉아 점심을 먹었고요. 캐빈에서도 자주 마주쳤죠. 인디언의 밤에는 그의 옆에 앉아 있었습니다. 그런데 도널드가 폴리오에 걸렸습니다. 선생님, 제가 그 아이한테 폴리오를 옮긴 건가요? 제가 다른 애들한테도 폴리오를 옮길까요? 그게 가능한 일입니까?"

이제 닥터 헌틀리는 이 완벽하게 팔팔해 보이는 젊은이가 긴장된 표정으로 하는 이야기를 더 잘 들으려고 차 밖으로 나와 있었다. "몸은 어떤가?" 그가 버키에게 물었다.

"좋습니다."

"어, 자네가 건강한 감염 보균자일 가능성은 낮네. 그런 일이 있을 수는 있지만 아주 드문 예외적인 일이겠지. 대부분의 경우 보균자의 단계는 임상적 단계와 일치하지. 하지만 자네 마음을 편하게 해주기 위해, 백 퍼센트 맞는지 확인하기 위해, 요추천자를 해서 자네 척수액을 분석해봐야겠네. 척수액의 변화를 보면 폴리오인지 알 수 있거든. 자네 마음을 편하게 해주기 위해 그걸 오늘 아침에 당장 해보지. 지금 나하고 함께 병원으로 가고, 나중에 칼한테 전화를 해서 다시 여기로 데려다달라고 하세나."

버키는 호숫가로 달려내려가 실무진에게 오전 동안 자리를 비운다는 이야기를 하고 선임 카운슬러 한 명에게 책임을 맡긴 뒤 스트라우즈버그에 함께 가려고 차에서 기다리고 있는 닥터 헌틀리에게 돌아왔다. 검사 결과 그가 책임질 일이 없다는 것이 드러나기만 한다면! 그가 원인이 아니라는 것이 증명되기만 한다면!

그렇게 되기만 한다면, 병원에서 검사가 끝나 모든 것이 괜찮다는 것을 확인하고 캠프에 돌아오는 길에 스트라우즈버그 보석상에 들러 마샤에게 줄 약혼반지를 살 수 있었다. 그는 자신의 돈으로 진짜 보석이 박힌 것을 살 수 있기를 바랐다.

그날 늦게, 캠프 아이들을 집으로 데려가려는 차들이 도착하기 시작했다. 차들은 저녁 늦게까지, 또 다음날에도 계속 캠프를 찾아왔고, 블롬백 씨가 아침식사 시간에 캠프의 카운슬러 한 사람이 폴리오에 걸렸다고 말하고 나서 마흔여덟 시간이 채 지나지 않아 부모들이 이백오십 명의 캠프 아이들 가운데 백 명 이상을 데려갔다. 다음날 버키의 캐빈에 있는 아이 두 명—그중 한 명은 인디언의 밤에 모피 외투를 입고 곰 역할을 했던 덩치 큰 소년 제롬 혹버거였다—이 또 폴리오 진단을 받았고, 그 즉시 캠프 전체가 폐쇄되었다. 집에 도착한 인디언 힐 캠프 아이들 가운데 아홉 명이 또 폴리오에 걸려 입원을 해야 했으며, 그중에는 마샤의 동생 실라도 있었다.

3
재회

우리는 동네에서 캔터 선생님을 다시 보지 못했다. 스트라우즈버그 병원에서 실시한 요추천자 결과는 양성으로 나왔다. 그는 거의 마흔여덟 시간 이상 아무런 증상을 보이지 않았지만 바로 감염 병동으로 옮겨졌고 면회가 금지되었다. 그러다 마침내 대재앙이 시작되었다—엄청난 두통, 몸의 기운이 다 빠지는 피로, 심한 구토, 고열, 견딜 수 없는 근육통. 그리고 다시 마흔여덟 시간이 지나자 마비가 나타났다. 그는 그곳에 삼 주 동안 있다가 카테터 삽입과 관장이 불필요해지자 위층으로 옮겨져 증상이 처음 나타난 두 팔과 두 다리를 김을 쐰 모직 온습포로 감싸는 치료를 받기 시작했다. 그는 하루에 네 번 괴로운 온습포 치료를 받았으며, 치료는 다 해서 네 시간 내지 여섯 시간 동안 계속되었다. 다행히도 호흡기 근육은 영향을 받지 않아 숨쉬는 데 도움을 받기 위해 철폐 안으로 들어갈 필요는 없었는데, 사실 이것이 그가 다른 무엇보다도 두려워하던 것이었다. 도널드 캐플로가 여전히 같은 병원에 있고 철폐 안에서 간신히 생명을 유지하고 있다는 것을 알게 되자 공포와 눈물이 그의 가슴을 메웠다. 다이빙 선수 도널드, 원반던지기 선수 도널드, 해군 항공부대원이 될 도널드가 허파와 팔다리를 쓰지 못하다니!

결국 캔터 선생님은 구급차에 실려 필라델피아의 시스터 케니 인스티튜트로 옮겨졌는데, 그해 여름 그 시점에는 그곳 또한 유행병이 뉴어크와 비슷한 수준으로 창궐하는 바람에 병동이 만원이라 침상을 얻은 것이 다행이었다. 그곳에서도 온습포 치료는 계속되었으며, 그와 더불어 마비로 인해 뒤틀리고 수축된 팔다리와 등의 근육을 '재교육'하기 위해 근육을 펴는 고통스러운 과정을 병행했다. 그는 이후 열네 달 동안 케니 인스티튜트에서 재활 치료를 받아 점차 오른팔의 기능을 완전히 회복하고 두 다리도 부분적으로 사용할 수 있게 되었다. 하지만 뒤틀린 아래쪽 척추는 몇 년 뒤 외과적 융해와 뼈 이식, 그리고 금속 막대를 삽입하여 척추에 붙이는 수술로 교정해야 했다. 수술에서 회복되는 과정에서 그는 등에 여섯 달 동안 체간캐스트를 해야 했고 밤낮으로 할머니의 보살핌을 받았다. 그가 케니 인스티튜트에 있던

1945년 4월 루스벨트 대통령이 갑자기 사망하여 온 나라가 애도했다. 캔터 선생님은 5월에 패전국 독일이 항복을 할 때도, 8월에 히로시마와 나가사키에 원자탄이 떨어질 때도, 며칠 뒤 일본이 연합군에 항복을 할 때도 계속 병원에 있었다. 2차세계대전이 끝나 친구 데이브가 유럽 전투에서 무사히 집으로 돌아오게 되었고, 미국은 환호했지만, 그는 여전히 기형의 불구자 신세로 병원에 남아 있었다.

케니 인스티튜트에서 그는 침대에 누워 있지 않는 소수에 속했다. 몇 주 뒤 그는 휠체어를 탔고 뉴어크로 돌아올 때도 그것을 이용했다. 그는 외래 환자로 계속 치료를 받았으며, 시간이 지나자 오른쪽 다리의 근육 기능이 모두 회복되었다. 병원비는 천문학적인 수천수만 달러였지만 시스터 케니 인스티튜트와 '10센트의 행진'에서 댔다.

그는 챈슬러에서 체육을 가르치거나 놀이터를 감독하는 일로 복귀하지 않았으며 위퀘이크에서 육상 감독을 하겠다는 꿈도 이루지 못했다. 그는 교육계를 완전히 떠났고, 두 번 다른 쪽으로 진출하려다 불행하게 끝이 나자—처음에는 한때 할아버지 소유였던 에이번 애비뉴 식료품점에 점원으로 취직했고, 그뒤에는 장애 때문에 다른 일자리를 찾지 못하자 스프링필드 애비뉴 주유소 안내원으로 일했는데, 그는 그곳에서 일하는 상스러운 사람들과는 완전히 달랐지만 손님들은 가끔 그를 절뚝이라고 불렀다—공무원 시험을 보았다. 그는 높은 점수를 얻은데다 대학 졸업자였기 때문에 시내 우체국의 책상에 앉아 하는 일을 얻게 되어 정부에서 받는 급여로 자신과 할머니를 부양할 수 있었다.

나는 건축학교를 졸업하고 뉴어크 우체국에서 길 건너 대각선 쪽에 위치한 건물에 사무실을 차리고 나서도 세월이 한참 흐른 뒤인 1971년에 그를 우연히 만났다. 그전에도 브로드 스트리트에서 수도 없이 지나쳤을 수 있지만 그때에야 마침내 그를 알아보게 된 것이다.

나는 챈슬러 애비뉴 놀이터 소년들 가운데 하나로, 1944년 여름 폴리오에 걸려 일 년 동안 휠체어 신세를 진 뒤 긴 재활 과정 끝에 두 다리에 보조기를 대고 목발과 지팡이를 이용해 움직일 수 있게 되었으며 지금도 그렇게 움직이고 있다. 십 년 전쯤, 도시의 건축회사에서 수습사원으로 일한 뒤, 나처럼 어릴 때 폴리오에 걸렸던 기계공학자와 함께 회사를 차렸다. 휠체어 접근이 용이하도록 건물을 개조하는 일을 전문으로 자문과 공사를 해주는 회사였다. 우리가 하는 일은 기존 주택에 추가로 방을 만드는 일에서부터 휠체어를 타고 잡을 수 있는 가로대를 설치하고, 옷장의 걸이를 낮추어 달고, 전등 스위치의 위치를 바꾸는 일까지 다양하다. 또 램프나 휠체어용 엘리베이터를 설계하거나 설치하고, 문을 넓히고, 욕실, 침실, 부엌을 개조하기도 한다—내 동업자처럼 휠체어에 묶여 사는 사람들이 좀더 편하게 생활할 수 있도록 모든 일을 하는 것이다. 휠체어에 묶여 사는 사람들을 위한 주택 구조 개조는 비용이 많이 들 수도 있지만, 우리는 견적서대로 하고 가격을 낮추려고 최선을 다한다. 일도 잘했지만, 그런 면도 우리의 성공에 큰 기여를 했다. 나머지 요인은 위치와 시기라는 면에서 운이 좋았다는 것인데, 우리는 사람들이 장애인의 특수한 요구에 진지하게 관심을 가지기 시작하던 시점에 인구가 많은 뉴저지 북부에서 그런 일을 하는 유일한 회사였다.

사람의 운은 좋아지기도 하고 나빠지기도 한다. 누구의 인생이든 우연이며, 수태부터 시작하여 우연—예기치 않은 것의 압제—이 전부다. 나는 캔터 선생님이 자신이 하느님이라 부르던 존재를 비난했을 때 그가 정말로 비난하고 싶었던 것은 바로 우연이라고 생각한다.

캔터 선생님은 여전히 왼팔이 시들어 있었고 왼손은 쓸모가 없었으며 왼쪽 종아리 근육에 입은 피해로 걸을 때 심하게 절뚝였다. 그 무렵 그의 다리는 위아래 할 것 없이 몹시 약해지기 시작했으며, 거의 삼십 년 전 재활을 하던 시절 이후 처음으로 다리에 심한 통증이 느껴지기 시작했다. 그래서 의사에게 검사를 받고 병원 부목 상점을 두어 번 찾아간 뒤 왼쪽 다리를 지탱하기 위해 허벅지에서 발목까지 바지 안으로 보조기를 차기 시작했다. 통증은 별로 가시지 않았지만, 그래도 지팡이를 함께 사용하면 흔들림 없이 균형을 잡고 걸을 수 있었다. 그러나 상태가 계속 악화되면—폴리오 후 증후군이라고 알려진 것을 겪게 되는 많은 폴리오 생존자들에게 나이가 들면 흔히 나타나는 일이다—머지않아 다시 휠체어에 앉는 신세가 될 것이라고 그는 말했다.

우리는 1971년 어느 봄날 정오에, 혼잡한 브로드 스트리트에서, 각자가 일하는 곳의 중간쯤 되는 곳에서 우연히 마주쳤다. 이제 보호용으로 콧수염을 기르고, 쉰이 되어 한때 검었던 머리는 군인 같은 상고머리가 아니라 흰 덤불—콧수염도 하얗게 셌다—처럼 위로 솟아 있었음에도 내가 먼저 그를 알아보았다. 물론 그는 더이상 운동선수처럼 안짱다리로 걷지도 않았다. 몸무게가 늘어나면서 얼굴의 예리하게 각이 졌던 곳들이 살을 덧댄 것처럼 보였고, 황갈색 피부 밑의 머리 골격이 가장 엄격한 직선 규격에 맞추어 기계로 가공된 것처럼 보이던 때—젊은 남자의 두상이 뻔뻔스럽게 자신을 내세우던 때—의 멋과는 거리가 멀었다. 원래의 얼굴은 이제 다른 얼굴, 살이 붙은 얼굴, 사람들이 체념하는 마음으로 거울에서 나이들어가는 자신을 볼 때 종종 보게 되는 가림판 안에 묻혀 있었다. 근육은 녹아 사라지고 단단함은 물렁하게 부풀어올라 단단한 근육질 남자의 흔적은 전혀 남아 있지 않았다. 이제는 그냥 뚱뚱할 뿐이었다.

당시 나는 서른아홉으로, 나 자신도 키가 작고 몸이 무거운 남자였으며, 턱수염까지 길러 어릴 때의 연약하던 아이와는 닮은 데를 찾기 힘들었다. 나는 거리에서 그가 누구인지 깨닫고 흥분해서 그의 등에 대고 소리쳤다. "캔터 선생님! 캔터 선생님, 아널드 메스니코프예요. 챈슬러 놀이터에서 놀던. 앨런 마이클스가 저하고 가장 친한 친구였어요. 학교 다닐 때 늘 짝이었죠." 앨런을 잊은 적은 없지만, 지상에서 가장 위험한 것이 전쟁, 원자탄, 폴리오처럼 보이던 1940년대에 그애가 죽은 뒤로 그 이름을 입 밖에 내어본 것은 실로 오랜만이었다.

거리에서 처음으로 감격스럽게 만난 뒤로 우리는 일주일에 한 번씩 근처 식당에서 함께 점심을 먹기 시작했고 그러면서 그의 이야기를 듣게 되었다. 나중에 알고 보니 그가 처음부터 끝까지, 그리고—한 주 한 주 지나면서 점점 내밀한 것을 털어놓게 되자—거의 빠뜨리는 것 없이, 이야기를 모두 들려준 사람은 내가 처음이었다. 그가 인생의 긴 시간 동안 그의 마음에 있던 모든 것을 표현할 말을 찾는 동안 나는 열심히 귀를 기울이고 그 모든 것을 흡수해들이려고 노력했다. 그렇게 이야기하는 것이 그에게는 유쾌하지도 불쾌하지도 않은 것 같았다—오래지 않아 그 자신조차 걷잡을 수 없이 이야기가 쏟아져나왔지만, 그것은 짐을 털어놓는 것도 아니고 치료도 아니었으며, 오히려 망명자가 다시 갈 수 없는 조국, 자신의 파멸의 현장인 사랑하는 고향을 고통스럽게 찾아가는 과정에 가까웠다. 선생님과 나는 놀이터에서는 별로 가깝지 않았다—나는 운동선수로는 형편없었으며, 수줍고 조용한 아이였고, 몸도 가냘팠다. 그러나 내가 그 무시무시한 여름에 챈슬러 놀이터에서 놀던 아이들 가운데 하나였다는 사실—내가 놀이터에서 그가 가장 아끼던 아이의 절친한 친구였고 앨런이나 그 자신과 마찬가지로 폴리오에 걸렸다는 사실—때문에 그는 자기반성적인 태도로 아주 솔직하게 이야기했으며, 어른이 되어서는 한 번도 서로 만난 적이 없는 청자聽者, 어린 시절 그가 나와 다른 아이들에게 영향을 주었듯이 이제는 그의 고백에 영향을 주게 된 청자인 나는 가끔 깜짝깜짝 놀라곤 했다.

폴리오 때문에 신체적으로 불구가 되었을 뿐만 아니라 끈질긴 수치심 때문에 사기도 푹 떨어져 있던 그 긴 세월 동안 가슴에 묻어두었던 그 모든 것을 이야기할 때, 그에게서는 전반적으로 뿌리 깊은 좌절의 분위기가 느껴졌다. 그는 미국에서 폴리오 피해자의 가장 위대한 모범인 FDR와는 정반대로 병에 걸리면서 승리가 아니라 패배에 이르렀다. 마비와 그뒤에 온 모든 것으로 인해 그는 사나이라는 자신감에 돌이킬 수 없는 상처를 입고 삶의 그쪽 면에서 완전히 물러났다. 대체로 버키는 자신이 성 역할에서 무능하다고 생각했는데, 이것은 남자라면 용감하게 가정과 나라를 지켜야 하는 국가적 고난과 투쟁의 시대에 성년에 이른 소년에게는 부끄러운 자기평가였다. 내가 아내와 자식 둘이 있다고 하자, 그는 마비된 뒤로는 결혼은커녕 누구와 데이트를 한다는 생각조차 해본 적이 없다고 대꾸했다. 그는 시든 팔과 시든 다리를 의사, 그리고 할머니가 살아 있을 때는 할머니 외에 누구에게도 보여줄 수가 없었다. 케니 인스티튜트에서 퇴원했을 때 그를 극진히 간호한 사람도, 가슴 통증이 심각한 심장 질환이라는 진단을 받고 나서도 그가 그 병원에 있던 열네 달 동안 매주 일요일 오후면 어김없이 그를 보기 위해 뉴어크에서 필라델피아로 가는 기차를 탔던 사람도 할머니였다.

할머니는 이제 세상을 떠난 지 오래였지만, 그는 어쩌다가 1967년 뉴어크 폭동의 중심지에 있게 되기까지—폭동 기간에 거리에서 집 한 채가 불에 타고 근처 지붕에서 총알이 날아왔다—에이번 근처 바클레이의 엘리베이터도 없는 그들의 작은 공동주택 집에서 살았다. 외부의 계단을 올라가야 했지만—한때는 한 번에 세 단씩 즐겁게 뛰어올라가곤 하던 계단이었다—할머니의 사랑이 가없이 펼쳐졌던 곳, 한 번도 차가워지지 않았던 보살핌의 목소리를 가장 잘 기억할 수 있는 곳에 계속 머물기 위해 어떤 계절이든, 얼음이 깔려 있든 미끄럽든 그 계단을 힘겹

게 올라갔다. 그의 인생의 과거에 사랑했던 사람이 한 명도 남지 않았지만, 오히려 그랬기 때문에 그는 할머니가 일주일에 한 번씩 뻣뻣한 솔과 거품이 이는 물 양동이를 갖다놓고 쭈그리고 앉아 층계를 박박 문지르던 모습, 또는 석탄 스토브 위에 그들의 어린 가족을 위해 음식을 만들던 모습을 또렷하게 떠올릴 수 있었고, 실제로 하루 일과를 끝내고 그의 문에 이를 때까지 층계를 오를 때면 종종 자기도 모르게 그 모습을 떠올리곤 했다. 그가 여자에게 감정적으로 의존한다고 할 수 있는 면은 이것이 전부였다.

또 1944년 7월에 캠프 인디언 힐로 떠난 뒤로 한 번도, 단 한 번도 위퀘이크로 돌아가지 않았고, 자신이 가르쳤던 챈슬러 애비뉴 학교의 체육관이나 챈슬러 놀이터를 찾아가보지도 않았다.

"왜요?" 내가 물었다.

"왜 가겠어? 내가 챈슬러 놀이터에 유행병을 퍼뜨린 사람인데. 나는 놀이터의 폴리오 보균자였어. 나는 인디언 힐의 폴리오 보균자였어."

그가 자신이 그런 역할을 했다고 생각하는 것에 나는 강한 충격을 받았다. 나는 이런 가혹한 판단에는 대비가 되어 있지 않았다.

"그랬다고요? 그랬다는 증거는 당연히 없을 텐데요."

"내가 그렇지 않았다는 증거도 없지." 우리의 점심 대화에서 대개 그랬듯, 그렇게 말할 때의 그의 시선은 내 얼굴에서 벗어나 멀리 다른 보이지 않는 지점을 향하거나 아니면 우리 접시 위의 음식으로 내려갔다. 그는 내가, 어쩌면 다른 누구도 묻는 눈으로 그의 눈을 들여다보기를 바라지 않는 것 같았다.

"하지만 선생님은 폴리오에 걸렸잖아요." 내가 말했다. "불행하게도 너무 빨리, 백신이 나오기 십일 년 전에 폴리오에 걸린 우리들과 마찬가지로 선생님도 폴리오에 걸렸잖아요. 20세기 의학은 엄청난 진보를 이룩했지만 우리한테는 아주 약간 늦었던 거예요. 오늘날 아이들의 여름은 티끌만한 근심도 없이 지나가요. 원래 그래야 하는 거죠. 폴리오의 심각성은 이제 전혀 문제가 안 돼요. 아무도 그때의 우리처럼 무방비 상태가 아니에요. 어쨌든 선생님 이야기를 해보자면, 선생님이 도널드 캐플로에게 폴리오를 옮긴 게 아니라 거꾸로 선생님이 옮았을 가능성이 높아요."

"그럼 스타인버그 쌍둥이 실라는…… 그애는 누구한테서 옮은 거야? 이봐, 지금 그 모든 걸 다시 되짚기에는 너무 늦었어." 그는 이미 나와 거의 모든 것을 되짚었으면서도 묘하게 그렇게 말했다. "벌어진 일은 벌어진 거야." 그가 말했다. "내가 한 짓은 한 짓이야. 나에게 없는 것은 그냥 없이 사는 거고."

"하지만 선생님이 보균자라는 게 있을 수 있는 얘기라 해도 선생님은 그 사실을 몰랐잖아요. 설마 선생님이 저지르지도 않은 일을 가지고 지금까지 그 긴 세월 동안 자신을 벌하고, 자신을 경멸하며 산 건 아니겠죠. 그건 너무 가혹한 판결이에요."

잠시 말이 끊어졌고, 그동안 그는 관심이 끌리는 지점을 살폈다—내 머리 옆쪽으로 멀리 떨어진 어느 지점, 아마도 1944년일 가능성이 높은 지점.

"진실을 원한다면 말하겠는데, 이 긴 세월의 대부분을 나와 함께 산 건 마샤 스타인버그라고 할 수 있어. 나는 많은 것을 잘라내 자유로워졌지만 마샤는 결코 그렇게 할 수가 없었어. 이렇게 긴 세월이 흘렀는데도 아직도 길에서 마샤를 봤다고 생각할 때가 있다니까."

"스물두 살 때 모습 그대로요?"

그는 고개를 끄덕이더니 자신이 드러낸 사실을 마무리해 나갔다. "일요일에는 정말이지 마샤 생각을 하고 싶지 않지만 오히려 가장 많이 하게 돼. 아무리 하지 않으려 해도 소용이 없어."

어떤 사람들은 그들에게 등을 돌리는 즉시 잊힌다. 그러나 버키에게 마샤는 그렇지 않았다. 마샤의 기억은 끈질겼다.

그는 재킷 호주머니에 시들지 않은 손을 넣어 봉투를 꺼내더니 내게 건넸다. 앞면에 바클레이 스트리트 17번지 유진 캔터라고 적혀 있고 1944년 7월 2일 스트라우즈버그 소인이 찍혀 있었다.

"읽어봐. 보라고 가져온 거야. 마샤가 캠프에 가고 나서 불과 며칠 뒤에 받은 거야."

봉투에서 꺼낸 옅은 녹색의 작은 편지지에는 완벽한 파머 메서드 필기체로 이렇게 적혀 있었다.

내 남자 내 남자 내 남자 내 남자 내 남자
내 남자 내 남자 내 남자 내 남자 내 남자
내 남자 내 남자 내 남자 내 남자 내 남자
내 남자 내 남자 내 남자 내 남자 내 남자

한 페이지의 바닥까지, 그리고 뒷면 중간까지, 그 두 단어가 계속 되풀이되었으며, 그 모두가 눈에 보이지 않는 직선 위에 가지런히 자리잡고 있었다. 편지의 서명으로는 고리와 세로줄만 약간 꾸민 느낌을 주는 키가 크고 모양이 아름다운, 그녀의 이니셜 M만 적혀 있고 그 뒤에 "(내 남자My Man의 M이기도 하네)"라는 말이 뒤따랐다.

나는 한 장짜리 편지를 봉투에 넣어 그에게 돌려주었다.

"스물두 살짜리가 첫 애인한테 쓴 편지로군요. 이런 편지를 받다니 무척 기뻤겠네요."

"퇴근하고 이걸 받았지. 저녁을 먹는 동안 호주머니에 넣고 있었어. 잘 때도 가지고 있었지. 그걸 손에 쥐고 잤어. 그러다 전화가 와서 잠을 깼지. 복도 건너편에서는 할머니가 주무시고 계셨어. 할머니는 깜짝 놀랐지. '이 시간에 누구지?' 나는 부엌으로 가 전화를 받았어. 거기 벽시계를 보니 자정에서 몇 분이 지났더라고. 마샤가 블롬백 선생님 사무실 뒤에 있는 전화부스에서 전화를 한 거였어. 캐빈에서 자려고 누웠다가 잠이 오지 않자 일어나서 옷을 입고 나한테 전화를 걸려고 어두운 데로 나온 거야. 내가 편지를 받았는지 알고 싶어하더군. 받았다고 했지. 나는 내가 이백열여덟 번 마샤의 남자라고 했어—믿어도 된다고. 내가 영원히 마샤의 남자라고 했어. 그러자 마샤는 자기 남자가 잠들 수 있도록 노래를 불러주고 싶다고 하더군. 어둠 속 부엌 식탁에 속옷 차림으로 앉아 더위 때문에 나는 돼지처럼 땀을 흘리고 있었어. 그날도 엄청나게 더운 날이었는데 자정이 되도록 더위가 수그러들지 않았어. 건너편 아파트는 전부 불이 꺼져 있었어. 우리 거리 전체에 아무도 깨어 있지 않은 것 같았어."

"마샤가 노래를 불러줬나요?"

"자장가를. 내가 아는 노래는 아니었지만 자장가였어. 아주, 아주 부드럽게 불렀지. 전화기 위로 오직 그 노래 하나만 홀로 떠도는 것 같았어. 아마 마샤가 어린 시절에 들었던 노래일 거야."

"그러니까 마샤의 부드러운 목소리에도 껌뻑 죽으셨던 거로

군요."

"나는 정신이 멍했어. 크나큰 행복 때문에 정신이 멍했던 거야. 너무 정신이 멍해서 수화기에 대고 소곤거렸어. '네가 정말 이렇게나 멋진 거야?' 그런 여자가 존재한다는 게 믿어지지 않았어. 나는 세상에서 가장 운이 좋은 남자였어. 게다가 무엇도 나를 막을 수 없었지. 내 말 이해하겠어? 마샤의 그런 사랑이 있는데 누가 나를 막을 수가 있겠어?"

"그런데 마샤를 잃었군요." 내가 말했다. "어쩌다 그렇게 된 거예요? 그 이야기는 아직 안 해주셨는데."

"맞아, 안 했지. 마샤가 나를 보러 오지 못하게 했어. 그러다 그렇게 된 거야. 이봐, 이제 얘기를 할 만큼 한 것 같군." 갑자기, 방금 털어놓은 감정 때문에 강한 수치감에 사로잡혀 불편해졌는지 그는 얼굴을 빨갛게 붉혔다. "도대체 어쩌다 이 얘기를 하게 됐지? 그 편지구나. 그 편지를 발견한 거. 그 편지를 찾지 말았어야 했는데."

그는 탁자에 팔꿈치를 올리고 성한 손에 시뻘게진 얼굴을 떨구고는 손가락 끝으로 감긴 눈꺼풀을 문질렀다. 우리는 이야기의 가장 힘든 부분에 이르러 있었다.

"마샤와는 무슨 일 때문에 끝나게 됐어요?" 내가 물었다.

"격리가 끝났을 때 마샤가 스트라우즈버그 병원으로 찾아왔어.

그런데 나는 그녀를 돌려보냈지. 마샤는 여동생이 마비가 없는 가벼운 증상만 보여 삼 주 후에 완전히 회복되었다고 메모를 남겼어. 그걸 알고 안도했지만, 그래도 그 가족과 관계를 이어가고 싶지는 않았어. 필라델피아로 옮겼을 때 마샤가 두번째로 나를 찾아왔어. 그때는 만났지. 우리는 심하게 싸웠어. 나는 마샤한테 그런 면이 있는 줄 몰랐어. 전에 누구한테 대놓고 화를 내는 걸 본 적이 없었거든. 그뒤로 마샤는 다시 오지 않았어. 우린 다시 연락도 하지 않았지. 필라델피아에 있을 때 마샤 아버지가 나하고 이야기를 하려고 했지만 내가 전화를 받지 않았어. 스프링필드 애비뉴의 에소 주유소에서 일하고 있을 때 어느 날 갑자기 스타인버그 씨가 기름을 넣으러 왔어. 기름을 넣으러 오기에는 너무 먼 곳이었는데."

"마샤 때문에 간 건가요? 선생님을 돌아오게 하려고?"

"모르겠어. 그럴지도 모르지. 어쨌든 다른 사람한테 기름을 넣게 했어. 나는 숨고. 나는 내가 닥터 스타인버그에게는 상대가 되지 않는다는 걸 알았어. 그분 딸이 어떻게 되었는지 나는 지금 전혀 몰라. 알고 싶지 않아. 누구하고 결혼했든 두 사람과 그 자녀들이 행복하고 건강하게 살기를 바랄 뿐이야. 그들의 자비로운 하느님이 그 모든 것으로 그들을 축복하기를 바라자고. 그들의 등에 칼날을 꽂기 전까지는 말이야."

그것은 버키 캔터 같은 사람의 입에서 나오기에는 너무 심한 말이어서 귀를 확 잡아끌었고, 순간적으로, 그 자신도 그런 말을 한 것 때문에 불편해하는 것 같았다.

"나는 마샤한테 자유를 주어야 할 의무가 있었어." 그가 마침내 말했다. "그리고 그걸 마샤한테 주었어. 나는 그 여자가 나를 억지로 떠맡아야 한다고 느끼지 않기를 바랐어. 그 여자 인생을 망치고 싶지 않았지. 그녀는 불구자와 사랑에 빠진 게 아니니 불구자를 떠맡으면 안 되는 거잖아."

"그건 마샤가 결정할 문제 아니었을까요?" 내가 물었다. "어떤 유형의 여자한테는 몸이 상한 남자가 아주 매력적으로 보이는 것 같던데요. 경험으로 아는 겁니다."

"이봐, 마샤는 자식들을 예의바르고 착하게 키우는 다정하고 책임감 있는 부모 밑에서 잘 자란 착하고 순진한 여자야." 버키가 말했다. "아직 머리에 피도 안 마른 젊은 신임 1학년 교사였어. 아주 가냘프고, 나보다도 키가 많이 작았어. 나보다 머리가 좋았지만 그건 소용없었어. 엉망인 상황에서 어디에서부터 어떻게 빠져나가야 하는지 여전히 전혀 모르고 있었으니까. 그래서 내가 대신 해준 거야. 나는 해야 할 일을 한 거야."

"그동안 그 일을 많이 생각하셨군요." 내가 말했다. "오로지 그 일만 생각하신 것처럼 들리네요."

그는 우리가 만나는 동안 몇 번 보여주지 않았던 웃음을 보여주었지만 좋은 기분이라기보다는 피로가 드러나는, 찌푸림에 가까운 웃음이었다. 그에게는 밝음이 전혀 없었다. 한때 그의 중심이었던 에너지와 근면처럼, 밝음도 사라지고 없었다. 물론 운동선수의 요소는 완전히 자취를 감추었다. 단지 팔 하나와 다리 하나만 쓸모가 없는 것이 아니었다. 원래의 인격, 처음 만나는 순간 주먹으로 얼굴을 치듯 다가오던 그 활력 넘치는 과단성도 마샤와 인디언 힐의 호수에 있는 섬에 갔던 첫날 밤에 그가 자작나무에서 벗겨낸 얇은 껍질 조각처럼 그에게서 벗겨져 사라져버린 것 같았다. 우리는 몇 달에 걸쳐 일주일에 한 번 만나 점심을 먹었지만 그는 한 번도 밝은 표정을 지은 적이 없었다. 심지어 이런 말을 할 때도 마찬가지였다. "마샤가 좋아하던 노래 〈나는 그대를 만날 거예요〉…… 그것도 도저히 잊을 수가 없었어. 감상적이고 약해빠졌다 해도 내가 사는 동안은 잊지 못할 것 같아. 그 노래를 다시 들으면 어떻게 될지 모르겠어."

"엉엉 울겠지요."

"그럴지도 모르지."

"그럴 권리가 있을 것 같은데요." 내가 말했다. "그런 진정한 짝을 포기하면 누구라도 비참해질 거예요."

"아, 내 오랜 놀이터 친구." 그가 그때까지 그 어느 때보다 큰 감정을 담아 말했다. "나도 마샤와 그렇게 끝나게 될 줄은 정말 몰랐어. 정말."

"마샤가 선생님한테 화를 냈을 때…… 마샤가 선생님을 보러 필라델피아에 갔을 때……"

"그뒤로 마샤를 다시 보지 못했지."

"그렇게 말씀하셨죠. 그런데 무슨 일이 있었던 거예요?"

그의 말에 따르면, 그는 휠체어를 타고 있었고, 10월 중순 화창한 가을의 토요일이라 아직 날이 따뜻해 그들은 밖으로 나갔고 그녀는 시스터 케니 인스티튜트 앞의 잔디밭에 있는 벤치에, 잎 색깔이 변하여 떨어지기 시작하는 나뭇가지 밑에 앉아 있었지만, 그래도 더위는 가셔 북동부 주들의 폴리오 유행병들이 마침내 흩어져 사그라진 뒤였다. 버키는 그때까지 거의 세 달 동안 그녀를 보지도, 그녀와 이야기를 하지도 못했기 때문에 그녀는 아직 그가 얼마나 불구가 되었는지 볼 기회가 없었다. 편지 교환은 있었지만 버키와 마샤가 아니라 버키와 마샤의 아버지 사이에 오간 것이었다. 닥터 스타인버그는 버키에게 쓴 편지에서 자신에게는 마샤가 버키를 찾아가 그녀가 생각하는 것을 직접 그에게 말하도록 허락할 의무가 있다고 말했다. 그는 "마샤와 우리 가족은 자네에게 이보다는 나은 대접을 받을 자격이 있네"라고 썼다. 물론 버키는, 의사라는 지위에 있는 사람이 자신의 이름이 박힌 병원 편지지에 손으로 쓴 편지에 대항할 힘이 없었다. 결국 마샤가 찾아올 날짜와 시간이 잡혔다. 그녀가 도착하자마자 거의 즉시 싸움이 시작되었지만, 그래도 그는 그녀를 보는 순간 마지막으로 보았을 때보다 머리가 아주 많이 자라 캠프에 있을 때보다 여자다워 보일 뿐 아니라 그전 어느 때보다도 예쁘다고 생각했다. 그녀는 처음에 그가 반했던 품위 있는 교사의 모습 그대로 장갑을 끼고 모자까지 쓴 차림이었다.

그는 그녀가 무슨 말을 해도 그의 마음은 바뀌지 않는다고 선언했지만, 성한 손을 뻗어 다만 그녀의 얼굴이라도 어루만지고 싶은 마음이 간절했다. 하지만 그러는 대신 성한 손으로 죽은 팔의 손목을 잡아 그녀의 눈높이로 들어올렸다. "봐," 그가 말했다. "이게 내 모습이야."

그녀는 말을 하지 않았지만 눈을 깜빡이지도 않았다. 아니야. 그는 그녀에게 말했다. 자신은 이제 남편이나 아버지가 되기에는 충분하지 못한 사람이며, 그녀가 달리 생각한다면 그것은 무책임한 것이라고.

"내가 무책임하다고?" 그녀가 소리쳤다.

"고상한 영웅이 되겠다고 생각한다면. 그래."

"무슨 소리를 하는 거야? 나는 너를 사랑하고 너하고 결혼해 네 아내가 되고 싶은 것이지 다른 어떤 것이 되려고 하는 게 아니야." 그러더니 그녀는 기차를 타고 오면서 준비했을 것이 틀림없는 작전을 펼치기 시작했다. "버키, 사실 복잡한 일이 아니야." 그녀가 말했다. "나는 복잡하지 않아. 나 기억해? 내가 6월에 캠프로 떠나기 전날 밤에 너한테 했던 말 기억해? '우리는 완벽하게 해낼 거야.' 그렇게 말했어. 그래, 우리는 그럴 거야. 그건 전혀 바뀌지 않았어. 나는 그저 행복해지기 원하는 평범한 여자일 뿐이야. 너는 나를 행복하게 해. 늘 그랬어. 그런데 왜 지금은 안 된다는 거야?"

"지금은 더이상 네가 캠프로 떠나기 전날 밤이 아니기 때문이지. 이제 나는 네가 사랑하게 되었던 그 사람이 아니기 때문이지. 내가 그 사람이라고 생각한다면 너는 너 자신을 속이는 거야. 너는 지금 네 양심이 옳다고 말하는 것을 하고 있을 뿐이야. 나는 그걸 알고 있어."

"전혀 알지 못해! 너는 말도 안 되는 소리를 하고 있어! 나하고 이야기하는 걸 거부하고 나를 보는 걸 거부해서 고상해지려고 하는 사람은 너야. 나한테 너를 혼자 내버려두라고 말하면서 말이야. 오, 버키, 너는 아무것도 못 보고 있어!"

"마샤, 불구가 아니고, 튼튼하고, 건강하고, 미래의 아버지에게 필요한 모든 것을 갖춘 남자와 결혼해. 너는 변호사든 의사든 누구든 얻을 수 있어—너처럼 똑똑하고 너처럼 좋은 교육을 받은 남자를. 너하고 네 가족은 그걸 얻을 자격이 있어. 그리고 너는 그걸 얻어야만 해."

"네가 그런 식으로 말을 하니까 정말 화가 나. 내 평생 지금 네가 하는 말처럼 화가 나는 말은 들어본 적이 없어! 너처럼 자신을 학대하는 데서 그렇게 위안을 찾는 사람은 달리 본 적이 없어!"

"그게 아니야. 그 말은 내가 지금 하고 있는 걸 완전히 왜곡하는 거야. 나는 그저 벌어진 일의 의미를 보게 된 거고 너는 못 보는 것일 뿐이야. 너는 보지 않으려고 해. 내 말을 들어봐. 상황은 여름 이전과는 달라. 나를 봐. 상황이 완전히 달라졌잖아. 보라고."

"그만해, 제발. 네 팔을 봤지만 나는 아무 상관 안 해."

"그럼 내 다리를 봐." 그는 파자마 바지를 걷어올렸다.

"그만, 제발 좀! 너는 기형이 된 게 네 몸이라고 생각하지만 진짜 기형이 된 건 네 마음이야!"

"그게 나로부터 너 자신을 구해내야 할 또하나의 좋은 이유야. 대부분의 여자는 불구자가 스스로 자기 인생에서 걸어나가주면 기뻐할 거야."

"그럼 나는 그런 대부분의 여자가 아니야! 그리고 너도 단순한 불구자가 아니야! 버키, 너는 늘 이런 식이었어. 너는 뭘 적당한 거리를 두고 보지를 못해. 한 번도! 너는 늘 네 책임이 아닌 것까지 책임을 지려고 해. 끔찍한 하느님이 책임을 지거나 끔찍한 버키 캔터가 책임을 져야 한다고 하는데 사실 책임은 둘 중 누구에게도 있지 않아. 하느님에 대한 네 태도…… 그건 유치해, 정말이지 그렇게 어리석을 수가 없어."

"아니, 네 하느님은 내가 좋아하지 않으니까 하느님 이야기는 끌어들이지 마. 하느님은 내가 감당하기에는 너무 비열해. 애들을 죽이는 데 너무 많은 시간을 쓰고 있어."

"그것도 말도 안 되는 소리야! 네가 폴리오에 걸렸다고 해서 터무니없는 소리를 해도 되는 권리가 생긴 건 아니야. 너는 하느님이 뭐하는 분인지 알지도 못해! 누구도 모르고 알 수도 없어! 너는 우둔하게 굴고 있지만—사실 너는 우둔하지 않아. 너는 아주 무지한 소리를 하고 있지만—사실 너는 무지하지 않아. 너는 미친 사람처럼 굴고 있지만—사실 너는 미치지 않았어. 너는 한 번도 미친 적이 없어. 너는 완벽하게 제정신이야. 제정신이고 건전하고 강하고 똑똑해. 하지만 이걸 봐! 너는 지금 너를 사랑하는 내 마음을 걷어차고, 내 가족을 걷어차고 있어. 나는 그런 제정신이 아닌 짓을 거들지 않겠어!"

이 대목에서 고집스러운 저항은 무너지고 그녀는 두 손으로 얼굴을 가리고 흐느끼기 시작했다. 옷을 잘 차려입은 작고 예쁜 젊은 여자가 슬픔에 사로잡혀 어쩔 줄 모르는 표정으로 휠체어를 탄 환자 옆에 앉아 있는 모습은 근처 벤치에서 면회객을 맞이하고 있거나 휠체어에 실려 병원 앞의 포장된 길을 따라가던 다른 환자들의 눈에 띌 수밖에 없었다.

"너를 도무지 이해할 수가 없어." 그녀가 눈물을 흘리며 그에게 말했다. "네가 전쟁에 나갈 수 있었더라면 너는 어쩌면—아, 네가 어떻게 되었을지 모르겠어. 너는 어쩌면 군인이 되어 이 모든 걸 극복했겠지—이게 뭔지 몰라도. 네가 폴리오에 걸렸건 아니건 내가 사랑하는 사람은 너라는 걸 정말 믿지 못하겠어? 우리 둘 다에게 최악의 결과는 네가 나에게서 너 자신을 빼앗아가는 거라는 사실을 이해 못하겠어? 나는 너를 잃는 걸 견딜 수가 없어. 너는 그 말을 알아듣지 못하는 거야? 버키, 네가 가만히 두기만 하면 네 인생은 훨씬 편해질 수 있어. 우리가 함께 나아가야 한다는 걸 어떻게 하면 너한테 납득시킬 수 있는 거야? 제발 나를 구하지 말아줘. 우리가 계획한 대로 해. 나하고 결혼해!"

그러나 그녀가 아무리 울고불고해도, 그 모습이 그에게 가슴이 찢어질 듯한 광경이었음에도, 그는 꿈쩍도 하지 않았다. "나하고 결혼해." 그녀가 말했지만 그는 "나는 너한테 그러지 않을 거야" 하고 대답할 수밖에 없었고 그녀는 "네가 나한테 뭘 어떻게 하는 게 아니야. 내 결정에는 내가 책임을 져!" 하고 반박할 수밖에 없었다. 그러나 그의 반대를 무너뜨리는 것은 불가능했다. 자신이 몹시도 사랑하는 착한 젊은 여자가 아무 생각 없이 불구자를 평생의 짝으로 받아들이려는 걸 막는 것이 그가 정직한 남자가 될 마지막 기회일 때는 불가능한 일이었다. 그가 자신에게 남은 명예를 보전하는 유일한 방법은 자신을 위해 원했던 모든 것을 거부하는 것이었다—만일 마음이 약해 그렇게 하지 못한다면 그는 마지막 패배를 겪게 되는 셈이었다. 가장 중요한 것은, 만일 그가 그녀를 거부하는 것에 그녀가 은근히 안도하지 않는다 해도, 그녀가 그녀 자신의 그 따뜻한 순진함에 여전히 크게 휘둘리는 바람에—또 도덕적으로 꼼꼼한 아버지에게 휘둘리는 바람에—스스로 진실을 분명하게 보지 못한다 해도, 장차 자신의 가족과 가정을 가지게 되면, 행복한 자녀와 멀쩡한 남편을 가지게 되면 마음이 달라질 것이라는 점이었다. 그래, 그가 이렇게 무자비하게 그녀를 쫓아낸 것에 그녀가 자기도 모르게 감사할 날—그가 그녀의 삶에서 사라짐으로써 그녀에게 훨씬 나은 삶을 주었음을 인정하게 될 날이 올 것이었다. 그것도 멀지 않은 미래에.

그가 마샤를 마지막으로 만난 이야기를 마쳤을 때 내가 물었다. "그 모든 일 때문에 많이 억울하셨나요?"

"하느님은 어머니를 출산중에 죽였어. 하느님은 나에게 도둑을 아버지로 주었어. 이십대 초에 하느님은 나에게 폴리오를 주었고, 나는 그걸 적어도 여남은 명의 애들한테 옮겼어. 더 될지도 몰라. 거기에는 마샤의 여동생도 포함되고, 자네도 포함되었을 가능성이 아주 높아. 도널드 캐플로도 포함되고. 그 아이는 1944년 8월에 스트라우즈버그 병원의 철폐 안에서 죽었어. 내가 얼마나 억울해해야 하는 걸까? 자네가 말해보게." 그는 마샤의 하느님이 언젠가 그녀를 배신하고 그녀의 등에 칼을 꽂을 거라고 선포하던 때와 같은 목소리로 신랄하게 그렇게 말했다.

"젊었건 늙었건, 영원히 끝나지 않는 그 병의 고통을 완전히 극복하지 못한 폴리오 환자에게서 흠을 잡는 건 제가 할 일이 아닙니다. 물론 그 병이 영원히 계속된다는 걸 생각하면 우울하죠. 하지만 시간이 지나면 또다른 게 생겨나기 마련입니다. 선생님은 하느님 이야기를 하셨어요. 지금도 선생님이 비난하는 그 하느님의 존재를 믿으시나요?"

"응. 누군가는 이곳을 만들었을 테니까."

"큰 범죄자 하느님이로군요." 내가 말했다. "하지만 하느님이 범죄자라면, 동시에 선생님이 범죄자가 될 수는 없는 거잖아요."

"그래, 그게 의학적 수수께끼지. 내가 의학적 수수께끼야." 버키가 알 듯 모를 듯한 말을 했다. 혹시 신학적 수수께끼라고 말하려던 것이었을까? 이게 악한 조물주까지 갖춘 그의 대중판 영지주의靈智主義 교리일까? 신성한 것이 우리가 여기 존재하는 데 유해하다는 교리? 물론 그가 자신의 경험에서 끌어모을 수 있는 증거가 하찮은 것은 아님을 인정할 수 있었다. 오직 악마만이 폴리오를 만들 수 있었다. 오직 악마만이 호러스를 만들 수 있었다. 오직 악마만이 2차세계대전을 만들 수 있었다. 이 모든 것을 합해보면 악마가 이긴다. 악마는 전능하다. 내가 이해한 바로는 버키에게 하느님이라는 개념은 전능한 존재로서, 그 본성과 목적은 수상쩍은 성경적 증거로 뒷받침되는 것이 아니라 20세기 중반에 이 행성에서 긴 세월을 살아가며 모은 반박할 수 없는 역사적 증거로 뒷받침되는 것이었다. 그의 하느님 개념은 전능한 존재로서 기독교에서 말하듯 하나의 신성 안에 삼위가 일체를 이루는 것이 아니라, 둘, 즉 좆같은 새끼와 사악한 천재가 합쳐진 것이었다.

물론 나의 무신론적 정신에는 그런 하느님을 제시하는 것이 다른 수십억 명을 양육하고 있는 신들을 믿는 것만큼이나 우스꽝스러운 일이었다. 버키의 하느님에 대한 반항을 보면서 그것이 얼토당토않다는 느낌이 들었다. 나는 그렇게 반항할 필요가 없다는 간단한 이유 때문이었다. 위퀘이크 구역의 아이들과 캠프 인디언 힐의 아이들에게 폴리오 유행병이 돌았다는 사실이 비극이라는 것, 그것을 그는 받아들일 수 없었다. 그는 비극을 죄로 바꾸어야만 했다. 벌어진 일에서 필연성을 찾아야만 했다. 유행병이 생겼고 그에게는 그것을 설명할 이유가 필요하다. 그는 왜냐고 물어야만 한다. 왜? 왜? 그것이 의미 없고, 우연이고, 터무니없고, 비극적이라는 말로는 만족하지 못한다. 그것이 급격히 증식하는 바이러스라는 말로는 만족하지 못한다. 대신 그는, 이 순교자는, 왜에 미친 이 사람은 필사적으로 더 깊은 원인을 찾으며, 그 왜를 하느님이나 그 자신 안에서 발견하거나, 아니면 신비하게도, 불가사의하게도, 그 둘이 무시무시하게 합쳐져 생겨난 단일한 파괴자에게서 찾는다. 그가 그의 삶을 시들게 해버린 고통들을 쌓아가는 것에 내가 아무리 공감한다 해도, 그것은 어리석은 오만, 의지나 욕망의 오만이 아니라 환상적이고 유치하고 종교적인 해석의 오만이라고 말할 수밖에 없다. 우리는 이 모든 것을 전에도 들어보았고 이제 버키 캔터처럼 대단히 품위 있는 사람으로부터도 들을 만큼 들었다.

"그러는 너는?" 그가 나에게 물었다. "너는 억울하지 않아?"

"저는 아직 어렸을 때 병에 걸렸어요. 열두 살이니까 선생님 나이의 반이었죠. 일 년 가까이 입원했습니다. 병동에서 가장 나이가 많았어요." 내가 말했다. "가족을 찾아 울부짖고 비명을 지르는 어린아이들에게 둘러싸여 있었습니다. 이 어린아이들은 밤이나 낮이나 아는 얼굴을 찾았지만 아무 소용 없었어요. 하지만 그 아이들만 버림받았다는 느낌을 받는 게 아니었어요. 공포와 절망도 횡행했어요. 나무다리 한 쌍과 함께 자라다보니 억울하기도 많이 억울했고요. 오랫동안 저는 밤이면 침대에 누워 제 팔다리를 향해 소곤거렸어요. '움직여! 움직여!' 초등학교를 일 년 쉬어서, 학교로 돌아가니 학년도 반 친구들도 달라졌죠. 고등학교 때는 특히 심한 충격을 받았어요. 여자애들은 저를 동정하고 남자애들은 피했죠. 전 늘 열선에 우울하게 앉아 있었어요. 열선에서 살다보면 괴로운 사춘기를 보내게 되죠. 저는 다른 모든 사람처럼 걷고 싶었어요. 그 아이들, 학교가 파하고 나서 공놀이를 하는 망가지지 않은 아이들을 지켜보다 소리치고 싶었죠. '나도 뛰어다닐 권리가 있어!' 나도 얼마든지 저럴 수 있었다는 생각에 늘 마음이 찢어지는 것 같았어요. 한동안은 아예 학교에 가고 싶지가 않았죠. 내 또래 아이들의 멀쩡한 모습과 그 아이들이 할 수 있는 일들을 하루종일 보고 있고 싶지 않았던 거예요. 제가 원하는 것은 세상에서 가장 작은 거였어요. 다른 모든 사람과 같아지는 거. 선생님도 어떤 상황인지 아시겠죠." 나는 그에게 말했다. "나는 절대 과거의 내가 될 수 없을 거다. 대신 평생 이런 존재로 살 거다. 나는 다시는 기쁨을 알지 못할 거다."

버키는 고개를 끄덕였다. 한때, 잠깐이지만, 인디언 힐의 높은 다이빙대에서, 지상에서 가장 행복한 남자였던 사람—그 유독 한 여름의 엄청난 더위 속에서 마샤 스타인버그가 장거리전화로 잘 자라고 부드럽게 불러주는 자장가를 듣던 사람—은 내가 하는 말을 너무 쉽게 이해했다.

이어 나는 그에게 대학 2학년 때 함께 살던 룸메이트 이야기를 해주었다. "러트거스에 갔더니 1학년 기숙사에서 함께 방을 쓰라며 다른 유대인 폴리오 피해자를 배정해주더군요. 당시에는 노아가 그렇게 학생들을 짝지어주었어요. 이 친구는 몸이 나보다 훨씬 나쁜 상태였죠. 기괴한 기형이었어요. 포머런츠라는 아이였는데, 장학금을 타는 똑똑한 학생이고 고등학교 졸업 때 고별사를 읽은 아이이고 의학부에 진학하려는 천재였지만 저는 그 아이를 견딜 수가 없었어요. 미칠 것 같았죠. 도무지 입을 다물지를 못하는 거예요. 폴리오 이전의 포머런츠에 대한 바닥없는 허기를 억누르질 못하는 거예요. 단 하루도 자신에게 일어난 불의에서 빠져나오지를 못했어요. 송장 먹는 귀신처럼 계속 그것만 찾아다녔어요. '우선 불구자의 삶이 어떤 건지 똑바로 알아야 해.' 그 친구가 저한테 그러더군요. '그게 1단계야. 거기서 회복되면 영적 소멸을 피하기 위해 할 수 있는 얼마 안 되는 일을 해야 돼. 그게 2단계야. 그뒤에는 너에게 오직 시련밖에 없는데 그 시련에만 매몰되지 않으려고 안간힘을 써야 해. 그런 뒤에 운이 좋으면, 500단계쯤 지난 뒤에, 한 칠십대쯤 되었을 때, 너는 마침내 약간의 진실을 담아 이렇게 말할 수 있다는 걸 알게 될 거야. "그래, 결국 용케 해냈구나. 그래도 나한테서 생명이 완전히 빨려나가는 걸 허락하지는 않았어." 그게 네가 죽을 때야.' 포머런츠는 대학에서 공부를 잘해 쉽게 의대에 갔지만 그러고 나서 그 친구는 죽었습니다. 의대에 간 첫해에 자살을 했죠."

"한때 나 자신도 그 생각에 혹하지 않았다고는 말할 수 없군." 버키가 나에게 말했다.

"저도 그 생각을 해봤습니다." 나는 말했다. "하지만 저는 포머런츠만큼 엉망은 아니었죠. 게다가 운이 좋았습니다. 엄청나게 좋았죠. 대학 마지막 해에 아내를 만난 겁니다. 그러자 서서히 폴리오가 유일한 드라마가 아니게 되고 젖을 떼듯 제 운명을 비난하는 일로부터 멀어졌습니다. 저는 1944년 그곳 위퀘이크에서 한 여름에 걸쳐 벌어진 사회적 비극을 겪었지만 그것이 평생에 걸친 개인적 비극이 될 필요는 없다는 걸 알았습니다. 아내는 십팔 년 동안 잘 웃어주는 부드러운 동반자 역할을 해주었습니다. 아주 중요한 존재였죠. 그리고 아버지 노릇을 할 자식들이 생기니 애초에 나누어 받은 패를 서서히 잊게 되더군요."

"나도 그 말이 사실일 거라고 믿네. 자네는 만족한 사람처럼 보이는군."

"지금은 어디 살고 계세요?" 내가 물었다.

"노스뉴어크로 이사했어. 브랜치 브룩 파크 근처지. 할머니 집의 가구는 너무 오래되어 삐걱거렸기 때문에 굳이 가져가지 않았네. 어느 토요일 아침에 나가 침대, 소파, 의자, 램프 등등 모든 걸 다 새로 샀지. 안락한 곳을 얻었네."

"사람들하고 자주 어울리세요?"

"별로 어울리지 않아. 영화관에는 가지. 일요일에는 아이언바운드에 내려가 맛있는 포르투갈 음식을 먹고. 날씨가 좋으면 공원에 앉아 있는 걸 좋아해. 텔레비전도 보고. 뉴스를 보네."

나는 그가 이런 일들을 혼자 한다고 생각하면서, 상사병에 걸린 순박한 청년처럼 일요일이면 마샤 스타인버그를 그리워하지 않으려 애를 쓰고 주중에는 시내의 어느 거리에서 스물두 살의 그녀가 걸어가는 것을 보았다고 상상하는 모습을 그려보았다. 그의 젊은 시절을 기억하는 사람이라면 그가 힘껏 싸워나가 이런 것 이상의 어떤 일을 해낼 힘이 있을 것이라고 예측했을지 모른다. 그러다 나에게 가족이 없을 경우를 생각해보았다. 그랬다면 나도 이보다 나을 것이 없거나 심지어 이만큼도 못하지 않았을까. 영화와 일과 일요일의 외식—그런 것이 내게는 끔찍할 정도로 황량하게 들렸다.

"운동경기는 보세요?"

그는 마치 내가 아이에게 성냥을 갖고 장난을 치냐고 물은 것처럼 힘차게 도리질을 했다.

"이해합니다." 내가 말했다. "아이들이 어릴 적에 함께 마당을 뛰어다닐 수 없었을 때나 또 아이들이 자라서 자전거를 배우는데 함께 타지 못할 때, 저도 느꼈습니다. 감정을 억누르려 하지만 그게 쉽지는 않더군요."

"나는 심지어 신문에서 스포츠 기사도 읽지 않네. 보고 싶지가 않아."

"선생님 친구 데이브가 전쟁에서 돌아왔을 때는 만나보셨나요?"

"그 친구는 엥글우드 학군에서 일자리를 얻었어. 부인하고 애들을 데리고 그리로 올라갔지. 아니, 나는 그 친구를 만나지 않네." 그러더니 그는 침묵으로 빠져들었고, 그가 자신에게 없는 것은 그냥 없이 산다고 금욕적으로 주장했음에도 그렇게 많은 것을 잃은 것에 그가 조금도 익숙해지지 않았으며, 이십칠 년이 지났음에도 일어났거나 일어나지 않은 일들에 대해 여전히 궁금해한다는 것, 그러면서도 그 수많은 일들을 생각하지 않으려고 안간힘을 쓴다는 것이 더없이 분명해졌다—그 가운데는 자신이 지금쯤 위퀘이크 고등학교 체육 프로그램의 책임자가 되었을 수 있다는 생각도 있었다.

"나는 애들을 돕고 싶었고 애들이 강해지게 하고 싶었어." 그가 마침내 말했다. "하지만 그러기는커녕 돌이킬 수 없는 해만 입히고 말았지." 그 생각 때문에 그는, 그 자신은 해를 입을 만한 짓을 한 적이 없는 사람임에도, 수십 년 동안 말없이 고통을 겪어왔다. 그는 이 땅에서 수치스럽게 칠천 년을 살아온 사람처럼 그 순간을 돌아보았다. 나는 그 순간 그의 성한 손—근육은 상당히 발달해 있었지만 이제는 실팍하거나 강하지 않은 손, 부드러운 과일 조각만큼이나 단단함이 느껴지지 않는 손—을 잡고 말했다. "폴리오가 아이들한테 해를 입혔죠. 선생님이 범인이 아니었어요. 선생님은 호러스와 마찬가지로 그게 퍼지는 것과 관계가 없었어요. 선생님도 우리 누구와 마찬가지로 피해자일 뿐이에요."

"그렇지 않아, 아니. 어느 날 밤 빌 블롬백이 애들한테 인디언 이야기를 하던 게 기억나네. 인디언들은 그들에게 보이지 않는 화살을 쏘는 게, 어떤 병을 가져오는 게 어떤 악한 존재라고 믿었다고……"

"그만." 내가 말을 끊었다. "제발 그 이야기는 더 하지 마세요. 그건 캠프파이어 이야기예요, 버키, 애들한테 해주는 이야기라고요. 아마 그 이야기에는 나쁜 영을 쫓는 주술사도 나올 거예요. 선생님은 인디언의 악한 존재가 아니라고요. 선생님은 화살도 아니었어요, 젠장…… 선생님은 불구와 죽음을 가져온 사람이 아니었다고요. 혹시라도 선생님이 범인이었다 해도—선생님은 그 점에 관한 근거를 제시하지 못하겠지만—반복하지만, 선생님은 전혀 책임이 없는 범인이었다고요."

그 순간 나는 격렬하게 말했다. 마치 그렇게 하고자 하는 엄청난 욕망만으로 내가 그에게 변화를 가져올 수 있을 것처럼, 마치 점심을 먹으며 나눈 그 오랜 시간의 대화 뒤에 내가 이제야 비로소 그가 자신을 결함 이상의 존재로 보게 할 수 있고 그의 수치를 씻어낼 수 있게 된 것처럼, 유대인에게 폴리오를 퍼뜨리겠다는 협박으로 우리를 겁주려 한 이탈리아 불량배 열 명을 누구의 도움도 받지 않고 막아낸 난공불락의 젊은 놀이터 감독의 자질 가운데 남은 부분을 내 힘으로 소생시키기라도 할 수 있을 것처럼. "자신에게 맞서지 마세요. 지금 이대로도 세상에는 잔인한 일이 흘러넘쳐요. 자신을 희생양으로 만들어 상황을 더 나쁘게 만들지 말라고요."

그러나 세상에서 망가진 착한 소년만큼 구원하기 힘든 사람은 없는 법이다. 그는 너무 오랫동안 혼자 자신만의 상황 감각을 키워왔기 때문에—또 간절하게 갖고 싶어했던 모든 것을 갖지 못하고 살아왔기 때문에—내 힘으로는 그가 자기 삶의 끔찍한 사건을 해석하는 방식을 몰아낼 수도 없고 그와 그 사건의 관계를 바꾸어놓을 수도 없었다. 버키는 똑똑한 사람도 아니었고—똑똑했다면 아이들에게 체육을 가르치는 사람이 될 필요가 없었을 것이다—결코 태평한 사람도 아니었다. 그는 대체로 재미가 없는 사람이었으며, 의사 표현은 정확했지만 재치는 거의 찾아볼 수 없었고, 평생 풍자나 아이러니가 섞인 말은 해본 적도 없었고, 우스개나 농담을 던지지도 않았다—대신 가혹한 의무감에 시달리면서도 정신의 힘은 거의 타고나지 못한 사람이었기 때문에, 그의 이야기, 시간이 갈수록 그의 불행을 강화하고 치명적으로 확대하는 이야기에 아주 심각한 의미를 부여해 큰 대가를 치렀다. 챈슬러 놀이터와 인디언 힐 양쪽에 초래된 대재난은 그의 눈에 자연의 악의에 찬 부조리가 아니라 그 자신이 저지른 큰 범죄로 보였고, 이런 생각 때문에 그는 자신이 한때 소유했던 모든 것을 내놓고 인생을 망쳤다. 버키 같은 사람의 죄책감은 남이 보기에는 터무니없지만, 사실 불가피한 것이다. 그런 사람은 구제할 수 없다. 그가 하는 어떤 일도 그가 안에 품은 이상에는 이를 수 없다. 그는 자신의 책임이 어디에서 끝나는지 절대 모른다. 그는 절대 자신의 한계를 믿지 않는데, 다른 사람들의 고통에 체념하는 것을 허락하지 않는 엄격한 선善을 천성적으로 짊어지고 있어, 자신에게 어떤 한계가 있다는 것을 인정하면 반드시 죄책감을 느끼기 때문이다. 그런 사람은 사랑하는 사람이 불구인 남편을 얻는 것을 막는 데서 가장 큰 승리감을 맛보며, 그녀를 포기함으로써 자신의 가장 깊은 욕망을 부인하는 것은 영웅적 행동이 된다.

혹시 놀이터의 도전에서 달아나지 않았다면, 혹시 시에서 놀이터를 폐쇄하여 아이들을 모두 집으로 보내기 불과 며칠 전에 챈슬러 아이들을 저버리지 않았다면—또 혹시 가장 가까운 친구가 전사하지 않았다면—그는 그렇게 서둘러 그 대재앙의 책임을 지지 않았을 것이고, 자신의 시대에 의해 갈가리 찢겨버리는 그런 사람이 되지도 않았을 것이다. 혹시 그가 계속 그곳에 있으면서 위퀘이크 유대인들의 공동체가 겪은 폴리오 시험을 끝까지 견뎌냈다면, 자신에게 무슨 일이 벌어지든 상관하지 않고 남자답게 끝까지 그 유행병을 겪어냈다면……

아니면 어디에 있었든지 간에 그는 지금과 같은 방식으로 그 일을 보게 되었을지도 모르고, 내가 아는 바에 따르면—유행병의 과학이 아는 바에 따르면—그렇게 보는 것이 맞을지도 모른다. 버키가 틀리지 않았을지도 모른다. 그가 자기불신 때문에 미망迷妄에 빠진 것이 아니었을지도 모른다. 그의 주장이 과장된 것도, 그가 잘못된 결론을 끌어낸 것도 아니었을지 모른다. 어쩌면 실제로 그가 보이지 않는 화살이었을지도 모른다.

그렇다 해도, 스물세 살에 그는 우리 소년들 모두에게 우리가 아는 가장 모범적인 예이자 우리가 숭배하는 권위였으며, 느긋하고, 친절하고, 공정하고, 사려 깊고, 안정적이고, 상냥하고, 정력적이고, 늠름하고, 확신에 찬 젊은 남자였다—동지이자 지도자였다. 그는 1944년 유행병이 심각하게 도시를 장악하기 전—우리 수많은 아이들의 몸과 생활이 극적으로 바뀌기 전—6월 말이 가까워오던 어느 오후에 우리 모두가 놀이터에서 나와 그의 뒤를 따라 길을 건너고 짧은 비탈을 내려가 잔디 없는 커다란 운동장으로 행군해 갔을 때 우리에게 가장 찬란한 인물이 되었다. 그 운동장은 고등학교 풋볼 팀이 훈련과 연습을 하던 곳이었고, 바야흐로 그가 우리에게 창 던지는 시범을 보여주려는 곳이었다. 그는 광택이 나는 꽉 끼는 육상용 반바지에 소매 없는 상의 차림으로 스파이크가 달린 신발을 신고 오른손에 창을 느슨하게 쥔 채 우리 무리를 이끌고 있었다.

우리가 내려갔을 때 운동장은 비어 있었는데, 캔터 선생님은 우리를 챈슬러 애비뉴 쪽 옆선에 모이게 하고 그곳에서 우리 모두 창을, 무게가 2파운드에 약간 못 미치고 길이가 8.5피트 정도 되는 늘씬한 금속 봉을 살피고 손에 들어보게 했다. 그는 창의 끈이 감긴 손잡이를 잡을 수 있는 다양한 방법을 보여준 다음 자신이 가장 좋아하는 방법을 보여주었다. 그런 뒤 창의 배경에 관해 약간 설명을 해주었는데, 그것은 활과 화살이 발명되기 전 창을 던져 사냥을 하던 고대사회에서 시작해 기원전 8세기에 첫 올림픽이 열린 그리스까지 이어졌다. 처음 창을 던진 사람은 괴물들을 죽인 위대한 전사 헤라클레스라고 전해지는데, 캔터 선생님 말에 따르면 그는 그리스의 최고신 제우스의 거인 아들이며 지상에서 가장 힘센 사람이었다. 강의를 끝낸 선생님은 이제 준비운동을 하겠다고 말했고 우리는 그가 한 이십 분 동안 몸을 푸는 것을 지켜보았다. 옆선의 아이들 몇 명은 애써 그의 동작을 따라했다. 그는 골반이 땅에 닿을 정도로 사이드 스플릿을 하면서, 늘 미리 사타구니 근육들을 풀어주는 것이 중요한데 그쪽 근육들이 쉽게 상하기 때문이라고 말했다. 그는 여러 동작에서 창을 스트레칭 보조 막대로 사용하여, 창을 두 어깨에 멍에처럼 걸고 균형을 잡으며 몸을 비틀고 돌리면서 무릎을 꿇거나 쭈그리고 앉거나 다리를 앞으로 내밀었고, 또 일어서서 몸통을 구부리고 빙빙 돌렸다. 그가 물구나무를 선 채로 큰 원을 그리며 돌자 아이들 몇 명도 따라했다. 그는 땅바닥에서 불과 몇 인치밖에 떨어지지 않은 입을 열어, 바를 이용해서 상체를 스트레칭하는 운동을 대신해 물구나무를 서고 있는 것이라고 말했다. 그는 몸을 앞으로 구부렸다가 몸통을 뒤로 젖히는 동작으로 마무리를 했는데, 뒤꿈치를 땅바닥에 고정시키고 골반을 위로 밀어올리면서 등으로 놀라울 정도로 높은 아치 모양을 만들어내기도 했다. 그가 운동장 가장자리를 두 바퀴 전력 질주하겠다고 말하자 우리는 그의 뒤를 따랐으며, 간신히 그와 보조를 맞추면서도 마치 우리가 창던지기를 위해 몸을 풀고 있는 척했다. 그런 다음 그는 창을 던지지는 않고 그냥 높이 수평으로 곧게 들기만 한 채 잠깐 상상의 주로를 달리는 연습을 했다.

시작할 준비가 되자 그는 어프로치 런*에서부터 시작해 바운딩 스트라이드**를 거쳐 투창으로 끝날 때까지 우리가 무엇을 지켜보아야 하는지 이야기해주었다. 그는 손에 창을 들지 않고 걸어가면서 창을 던지기까지 모든 과정을 느린 동작으로 우리에게 보여주며 하나하나 설명해주었다. "얘들아 이건 마법도 아니지만, 그렇다고 장난도 아니야. 열심히 연습하고 열심히 노력하고 부지런히 훈련을 하면—규칙적으로 첫째 균형 훈련을 하고, 둘째 기동성 훈련을 하고, 셋째 유연성 훈련을 하면—또 웨이트 트레이닝 프로그램을 충실하게 이행하면, 그리고 창을 던지는 것이 정말로 자신에게 중요한 일이라면, 장담하는데, 거기서 뭔가

* 도움닫기 구간까지 빠르게 달려나오는 동작.

** 도움닫기 구간을 겅중겅중 뛰는 동작.

를 얻게 될 거야. 스포츠의 모든 것은 결단을 요구해. 3D야. 결단determination, 헌신dedication, 규율discipline, 그러면 실제로 다 끝난 거나 다름없어."

평소와 마찬가지로 그는 모든 조심성을 발휘하여 안전을 위해 어느 시점에든 누구도 운동장으로 뛰쳐나오면 안 된다고 말했다. 우리는 선 자리에서 모든 것을 지켜봐야 했다. 그는 이 점을 두 번이나 강조했다. 그는 그렇게 진지할 수가 없었으며, 그 진지함은 이 일에 대한 그의 헌신의 표현이었다.

이윽고 그는 창을 던졌다. 그가 공중에서 창을 놓을 때 우리는 그의 모든 근육이 불거지는 것을 볼 수 있었다. 그는 힘을 쓰느라 목이 졸리는 듯한 신음을 토했다(그뒤로 며칠 동안 우리 모두 그 소리를 흉내내며 돌아다녔다). 그것은 그의 본질을 표현하는 소리였다—최고를 향해 노력하는 적나라한 함성. 창이 그의 손에서 날아오르는 순간 그는 균형을 잡으려고, 자신이 스파이크로 흙에 새겨놓은 파울 라인을 넘지 않으려고 춤을 추기 시작했다. 그러면서도 창이 운동장 위에서 높이 큰 호의 궤적을 그리는 것을 계속 지켜보았다. 우리 누구도 바로 우리 눈앞에서 운동선수의 움직임이 그렇게 아름답게 펼쳐지는 것을 본 적이 없었다. 창은 50야드 선을 넘어 계속, 계속 날아가 상대편의 30야드 라인을 한참 지나갔으며, 이윽고 아래로 내려가다 땅에 부딪히자 뾰족한 금속 끝이 날아오던 힘에 밀려 예각으로 땅을 파고들며 자루가 부르르 떨렸다.

우리는 큰 소리로 환호하며 앞으로 뛰쳐나갔다. 창이 그리는 모든 궤도는 캔터 선생님의 유연한 근육에서 나왔다. 그의 몸—발, 다리, 엉덩이, 몸통, 팔, 어깨, 심지어 굵은 그루터기 같은 짧고 단단한 목까지—이 조화롭게 움직여 창을 날리는 동력이 된 것이다. 우리 놀이터 감독이 양식을 찾아다니던 평원에서 잡아먹기 위해 사냥을 하고 손아귀의 힘으로 야생을 길들이는 원시인이 된 것 같았다. 우리는 어떤 사람에게 그렇게 경외심을 느낀 적이 없었다. 그를 통해 우리 소년들은 동네의 작은 이야기를 떠나 우리 옛 남성의 역사적 서사시에 진입했다.

그는 그날 오후 여러 번 창을 던졌는데, 모든 던지기가 매끄럽고 강력했으며, 그때마다 외침과 으르렁거리는 소리가 크게 울려퍼졌고, 매번 던질 때마다 창은 그전보다 몇 야드 더 먼 곳에 떨어져 우리를 기쁘게 했다. 창을 높이 들고 달리다 창을 든 팔을 몸 뒤쪽으로 쭉 당기고, 이어 그 팔을 앞으로 쑥 내밀며 어깨 위 높은 곳에서 창을 놓을 때—뭔가 폭발하는 것처럼 창을 놓을 때—그는 우리에게 무적으로 보였다.

감사의 말

내가 정보를 얻은 자료에는 조지 D. 던 주니어와 케빈 맥길이 쓴 『창던지기 교본』, 미르체아 엘리아데가 편집한 『종교 백과사전』, 앤 로스 페어뱅크스가 쓴 『스프링보드 교습』, H. W. 깁슨의 『캠프 경영』과 『여름 캠프를 위한 레크리에이션 활동』, 나오미 로저스의 『오물과 질병』, 에드먼드 J. 섀스의 『폴리오의 유산』, 니나 길든 시비, 제인 S. 스미스, 폴 와그너의 『마비시키는 공포』, 줄리 실버와 대니얼 윌슨의 『폴리오 목소리들』, 애비게일 밴 슬릭의 『만들어진 황무지』 등이 있다. 특히 유용했던 책은 어니스트 톰프슨 시턴의 『숲의 지식』과 『숲의 인디언 교본』이었는데, 이 소설의 211~216쪽은 앞의 책에서 편하게 끌어온 것이며, 149~150쪽은 뒤의 책에서 인용한 것이다.

옮긴이의 말

『네메시스』는 필립 로스의 마지막 소설이다. 몇 년 전 로스는 앞으로 소설을 쓰지 않겠다고 말했고 또 안타깝게도 그 말을 어기지 않았기에, 살아 있는 작가를 두고 하기는 좀 어색한 말이지만, 적어도 현재까지는 이 작품을 그의 마지막 소설이라고 불러도 될 듯하다. 이렇게 '마지막'이라는 수식어가 붙게 되었으니 이 소설을 로스의 다른 소설들과 조금 다른 눈으로 보고, 좀더 각별한 의미를 부여하고 싶은 마음이 생길지도 모르겠다. 가령 이 소설이 로스의 마지막이 될 수밖에 없었던 이유를 찾아보려 할 수도 있을 것이고, 로스가 이 소설을 쓸 때부터 이것이 마지막이라고 생각하고 쓴 것인지 아닌지 의문을 품을 수도 있을 것이다. 옮긴이 또한 로스의 애독자로서 이러저러한 궁금증이 없을 수 없고 그와 관련하여 눈 밝은 독자들의 이야기를 들어보고 싶은 마음도 적지 않지만 일단은 마지막이기 때문에 특별하다는 느낌은 크지 않았다는 점만 밝혀둔다. 다만 마지막 소설이라고 해서 특별할 것이 없다는 점이 오히려 로스답다는 이야기는 덧붙이고 싶다. 늘 하던 일을 하다가 그럴 만한 때가 되면 그냥 그만두는 것이야말로 왠지 로스에 대한 기대에 부응하는 면모인 듯하기 때문이다.

그러나 이 소설은 마지막이라서가 아니라 그 자체로 특별한 점이 있다. 그것은 이 소설의 주인공에 대한 평가와 관련된 것이다. 로스의 소설이 아니라 해도 좋은 소설이라면 어느 소설에서든 거기에 등장하는 인물에 대한 평가가 간단할 리 없다. 로스 또한 자기 시대의 여러 문제적이고 소설적인 인물을 천착하면서 이 점을 증명해왔고 『네메시스』 또한 예외가 아니다. 아니, 『네메시스』의 주인공 캔터는 일견 평가가 쉬워 보인다는 점에서 예외라고 할 수 있을 정도다. 캔터는 자신의 잘잘못과 전혀 관계가 없는 우연에 의해 무너져가는 인물이기에 우리는 부담 없이 그에게 공감하고 또 그를 동정할 수 있기 때문이다. 로스치고는 너무 쉬워 뭔가 석연치 않은데, 아니나 다를까 로스의 관심은 그런 비극적 상황에 처한 인물보다는 그 인물이 그런 비극적 상황에 어떻게 대처하느냐에 있다는 것이 드러난다. 이 문제로 접어들면서 독자는 자신이 마주한 상황이 그리 만만치 않다는 것을 드디어 깨닫게 된다.

(혹시 소설을 읽지 않고 옮긴이의 말을 보는 독자는 여기서부터는 소설을 읽은 다음에 보는 것이 좋을 듯하다.)

로스는 자신이 애용하는 내레이터 장치를 통해 이 문제를 복잡하게, 또 어떤 면에서는 잔인하게 밀고 나간다. 젊은 시절에 쓴 『포트노이의 불평』이나 그의 대표작이라고 할 수 있는 『미국의 목가』에서도 볼 수 있듯 로스는 이야기의 전달자에 예민해 흔히 복잡한 장치를 만들어놓곤 한다. 이야기의 전달자가 작가가 아닌 소설 속의 인물로 설정될 경우 독자는 곤혹스러운 상황과 마주칠 수밖에 없다. 우선 그 전달자가 작가의 시각을 대변한다고 확신할 수가 없기 때문이다. 게다가 이야기의 전달자를 나중에야 밝히는 경우도 있어, 작가에게 듣는 이야기인 줄 알고 읽어나가던 독자가 중간에 당황하여 지금까지 들은 이야기를 다시 생각해보는 일이 벌어지기도 한다. 『네메시스』가 바로 그런 경우다. 소설 후반부에 드러나지만, 이 소설의 내레이터는 작가가 아니라 소설 전반부에 등장한 한 인물이다. 게다가 그는 캔터와 마찬가지로 자신의 잘잘못과 관계없는 우연으로 불행한 상황에 처한 인물이다. 그러나 그는 캔터와는 다른 방식으로 그 상황에 대처하고 또 캔터와는 다른 방식으로 살아간다. 그런 뒤에 그는 똑

같은 불행을 겪고 "이겨낸" 사람으로서 전혀 부담없는 마음으로, 캔터를 냉정하게, 잔인하게 평가한다. 자, 작가는 이 내레이터의 시각을 지지하는 것일까? 독자도 지지해야 할까? 두 사람은 어디에서 갈린 것일까? 왜 작가는 자신이나 캔터가 아닌 다른 인물에게 내레이터라는 권력을 준 것일까?

얼핏 단순해 보이는 소설이지만 로스는 이런 교묘한 장치를 동원하여 전과 다름없이, 바닥이 드러날 때까지, 끝까지, 가차없이 밀고 나간다. 바로 이 점이 우리가 로스를 사랑하는 중요한 이유이고, 그 점에서 로스는 마지막까지 우리의 기대에 부응한다는 것이 옮긴이의 소감이다.

정영목